Das Buch

Ende August 1961: In einem kleinen Krankenhauszimmer erwacht Rita Seidel aus ihrer Ohnmacht. Und mit dem Erwachen wird auch die Vergangenheit wieder lebendig. Da ist die Erinnerung an den Betriebsunfall und vor allem die Erinnerung an Manfred Herrfurth. Zwei Jahre sind vergangen, seit sie dem Chemiker in die Stadt folgte, um an seiner Seite und mit ihm gemeinsam ein glückliches Leben zu beginnen. Wann hat die Trennung begonnen? Hat sie die ersten Anzeichen einer Entfremdung übersehen? Denken, Grübeln, Fiebern – Tage und Nächte hindurch! »Ich gebe Dir Nachricht, wenn Du kommen sollst. Ich lebe nur für den Tag, da Du wieder bei mir bist.« Manfred ist von einem Chemikerkongreß in Westberlin nicht zurückgekehrt, in dem festen Glauben, daß ihm Rita folgen wird. Sie muß eine Entscheidung treffen, die sie in eine tiefe Krise stürzt ... Christa Wolfs Erzählung ist die einzige gültige Auseinandersetzung mit den Jahren der deutschen Teilung und wird es für lange Zeit bleiben.

Die Autorin

Christa Wolf wurde an ▓▓▓▓▓▓▓▓▓▓▓▓▓▓ Kaufmanns in Landsberg/W▓▓▓▓▓▓▓▓▓▓▓▓ und Leipzig Germanistik, ▓▓▓▓▓▓▓▓▓▓▓▓▓▓ lebt heute als freie Schriftstellerin in Berlin. 1963 erhielt sie den Heinrich-Mann-Preis, 1964 den Nationalpreis für Kunst und Literatur der DDR, 1978 den Bremer Literaturpreis, 1980 den Georg-Büchner-Preis der Deutschen Akademie für Sprache und Dichtung und 1987 für ihre Erzählung ›Störfall‹ den Geschwister-Scholl-Preis. Weitere Werke: ›Moskauer Novelle‹ (1961), ›Nachdenken über Christa T.‹ (1968), ›Kindheitsmuster‹ (1976), ›Kein Ort. Nirgends‹ (1979), ›Kassandra‹ (1983), ›Was bleibt‹ (1990).

Christa Wolf:
Der geteilte Himmel
Erzählung

Deutscher
Taschenbuch
Verlag

Ungekürzte Ausgabe
Juli 1973
26. Auflage April 1993
Deutscher Taschenbuch Verlag GmbH & Co. KG,
München
© 1973 Christa Wolf (für die Taschenbuchausgabe)
Erstveröffentlichung: Halle/Saale 1963
Umschlaggestaltung: Celestino Piatti
Gesamtherstellung: C. H. Beck'sche Buchdruckerei,
Nördlingen
Printed in Germany · ISBN 3-423-00915-2

Für G.

Personen und Handlung sind erfunden

Die Stadt, kurz vor Herbst noch in Glut getaucht nach dem kühlen Regensommer dieses Jahres, atmete heftiger als sonst. Ihr Atem fuhr als geballter Rauch aus hundert Fabrikschornsteinen in den reinen Himmel, aber dann verließ ihn die Kraft, weiterzuziehen. Die Leute, seit langem an diesen verschleierten Himmel gewöhnt, fanden ihn auf einmal ungewöhnlich und schwer zu ertragen, wie sie überhaupt ihre plötzliche Unrast zuerst an den entlegensten Dingen ausließen. Die Luft legte sich schwer auf sie, und das Wasser – dieses verfluchte Wasser, das nach Chemie stank, seit sie denken konnten – schmeckte ihnen bitter. Aber die Erde trug sie noch und würde sie tragen, solange es sie gab.

Also kehrten wir zu unserer alltäglichen Arbeit zurück, die wir für Augenblicke unterbrochen hatten, der nüchternen Stimme des Radiosprechers lauschend und mehr noch den unhörbaren Stimmen sehr naher Gefahren, die alle tödlich sind in dieser Zeit. Für diesmal waren sie abgewendet. Ein Schatten war über die Stadt gefallen, nun war sie wieder heiß und lebendig, sie gebar und begrub, sie gab Leben und forderte Leben, täglich.

Also nehmen wie unsere Gespräche wieder auf: Über die Hochzeit, ob sie schon zu Weihnachten sein soll oder erst im Frühjahr, über die neuen Kindermäntel zum Winter; über die Krankheit der Frau und den neuen Vorgesetzten im Betrieb. Wer hätte gedacht, daß einem das alles so wichtig ist?

Wir gewöhnen uns wieder, ruhig zu schlafen. Wir leben aus dem vollen, als gäbe es übergenug von diesem seltsamen Stoff Leben, als könnte er nie zu Ende gehen.

1

In jenen letzten Augusttagen des Jahres 1961 erwacht in einem kleinen Krankenhauszimmer das Mädchen Rita Seidel. Sie hat nicht geschlafen, sie war ohnmächtig. Wie sie die Augen aufschlägt, ist es Abend, und die saubere weiße Wand, auf die sie zuerst sieht, ist nur noch wenig hell. Hier ist sie zum ersten Mal, aber sie weiß gleich wieder, was mit ihr, heute und vorher, geschehen ist. Sie kommt von weit her. Sie hat noch undeutlich ein Gefühl von großer Weite, auch Tiefe. Aber man steigt rasend schnell aus der unendlichen Finsternis in die sehr begrenzte Helligkeit. Ach ja, die Stadt. Enger noch: das Werk, die Montagehalle. Jener Punkt auf den Schienen, wo ich umkippte. Also hat irgendeiner die beiden Waggons noch angehalten, die da von rechts und links auf mich zukamen. Die zielten genau auf mich. Das war das Letzte.

Die Krankenschwester tritt an das Bett, sie hat beobachtet, wie das Mädchen wach geworden ist und sich mit eigentümlich stillen Augen im Zimmer umsieht, sie spricht sie leise und freundlich an. »Sie sind gesund«, sagt sie munter. Da dreht Rita das Gesicht zur Wand und beginnt zu weinen, hört auch die Nacht über nicht mehr auf, und als morgens der Arzt nach ihr sieht, ist sie nicht fähig, zu antworten.

Aber der Arzt braucht nicht zu fragen, er weiß ja alles, es steht auf dem Unfallblatt. Diese Rita Seidel, eine Studentin, arbeitet nur während der Ferien im Betrieb. Sie ist manches nicht gewohnt, zum Beispiel die Hitze in den Waggons nicht, wenn sie aus der Trockenzelle kommen. Sowieso ist es verboten, bei hohen Temperaturen im Wagen zu arbeiten, aber niemand kann bestreiten, daß die Arbeit drängt. Die Werkzeugkiste ist schwer, sechzig bis siebzig Pfund, sie hat sie noch bis zu den Schienen geschleppt, wo gerade rangiert wurde, und dann kippte sie um – kein Wunder, zart wie sie ist. Nun heult sie, auch das kennen wir.

»Der Schock«, sagt der Arzt und verschreibt Beruhigungsspritzen. Nach Tagen allerdings, als Rita immer noch nicht verträgt, daß man sie anspricht, wird er unsicher. Er denkt, wie gerne er den Kerl unter die Finger kriegen möchte, der dieses hübsche und empfindsame Mädchen so weit gebracht hat. Für ihn steht fest, daß nur Liebe ein junges Ding so krank machen kann.

Ritas Mutter, von ihrem Dorf herbeigerufen und hilflos vor dem fremden Zustand der Tochter, kann keine Auskunft geben. »Das Lernen«, sagt sie. »Ich hab mir gleich gedacht, sie hält es nicht aus.« Ein Mann? Nicht, daß sie wüßte. Der frühere, ein Chemiedoktor, ist doch schon ein halbes Jahr weg. Weg? fragt der Arzt. Nun ja: Abgehauen, Sie verstehen.

Das Mädchen Rita bekommt Blumen: Astern, Dahlien, Gladiolen – bunte Tupfer im bleichen Krankenhaustag. Niemand darf zu ihr, bis sich eines Abends ein Mann mit einem Rosenstrauß nicht abweisen läßt. Der Arzt gibt nach. Hier kann vielleicht ein Reuebesuch den ganzen Kummer auf einmal heilen. Ein kurzes Gespräch unter seiner Aufsicht. Aber da kommt nichts von Liebe, auch nichts von Verzeihen, so etwas merkt man doch, und wäre es an den Blicken. Von irgendwelchen Waggons ist die Rede, was nun jetzt weiß Gott nicht wichtig ist, und nach fünf Minuten artiger Abschied. Der Arzt erfährt, daß dies der junge Betriebsleiter vom Waggonwerk war und nennt sich selber einen Trottel. Aber er wird das Gefühl nicht los, daß dieser junge Mann mehr von der Patientin Rita Seidel weiß als die Mutter, mehr als er selbst, der Arzt, und als jeder einzige Besucher, die nun zahlreich kommen: Zuerst die Tischler aus der Brigade Ermisch, abwechselnd alle zwölf, dann eine blonde, zierliche kleine Friseuse, Ritas Freundin, nach den Ferien Studenten aus dem Lehrerseminar und hin und wieder auch Mädchen aus Ritas Dorf. Es kann für ausgeschlossen gelten, daß die Patientin einsam gewesen ist.

Die da zu ihr kommen, haben sie alle gern. Sie sprechen behutsam mit ihr und tasten mit Blicken ihr Gesicht ab, das blaß und müde, aber nicht mehr trostlos ist. Sie weint jetzt seltener, meistens abends. Sie wird der Tränen Herr werden und, weil es ihr fernliegt, ihr Leid zu hätscheln, auch der Verzweiflung.

Sie sagt niemandem, daß sie Angst hat, die Augen zuzumachen. Sie sieht immer noch die beiden Waggons, grün und schwarz und sehr groß. Wenn die angeschoben sind, laufen sie auf den Schienen weiter, das ist ein Gesetz, und dazu sind sie gemacht. Sie funktionieren. Und wo sie sich treffen werden, da liegt sie. Da liege ich.

Dann weint sie wieder.

Sanatorium, sagt der Arzt. Sie will nichts erzählen. Soll sie sich ausweinen, soll sie zur Ruhe kommen, soll Gras über alles wachsen. Sie könnte mit der Bahn fahren, soweit ist sie schon wieder, aber der Betrieb schickt ein Auto.

Ehe sie abfährt, bedankt sie sich beim Arzt und bei den Schwestern. Alle sind ihr wohlgesinnt, und wenn sie nichts erzählen will, ist das ihre Sache. Alles Gute.

Ihre Geschichte ist banal, denkt sie, in manchem auch beschämend. Übrigens liegt sie hinter ihr. Was noch zu bewältigen wäre, ist dieses aufdringliche Gefühl: Die zielen genau auf mich.

2

Als er damals vor zwei Jahren in unser Dorf kam, fiel er mir sofort auf. Manfred Herrfurth. Er wohnte bei einer Verwandten, die vor niemandem Geheimnisse hatte. Da wußte ich bald so gut wie jeder andere, daß der junge Mann ein studierter Chemiker war und daß er sich im Dorf erholen wollte. Vor seiner Doktorarbeit, unter der dann stand: »Mit Auszeichnung«. Ich hab's selbst gesehen. Aber das kommt später.

Wenn Rita, die mit Mutter und Tante in einem winzigen Häuschen am Waldrand lebte, früh ihr Rad bergauf bis zur Chaussee schob, stand der Chemiker halbnackt bei der Pumpe hinter dem Haus seiner Kusine und ließ sich das kalte Wasser über Brust und Rücken laufen. Rita sah prüfend zu dem blauen Himmel hoch, in das klare Morgenlicht, ob es angetan war, einem überarbeiteten Kopf Entspannung zu geben.

Sie war zufrieden mit ihrem Dorf: Rotdachige Häuser in kleinen Gruppen, dazu Wald und Wiese und Feld und Himmel in dem richtigen Gleichgewicht, wie man sich's kaum ausdenken könnte. Abends führte aus dem dunklen Kreisstadtbüro eine schnurgerade Straße mitten in den untergehenden Sonnenball, und rechts und links von dieser Straße lagen die Ortschaften. Wo der Pfad in ihr eigenes Dorf abzweigte, stand dieser Chemiker an der einzigen windzerrupften Weide weit und breit und hielt seine kurzen Haarstoppeln in den lauen Abendwind. Die gleiche Sehnsucht trieb sie in ihr Dorf und ihn an diese Chaussee, die zur Autobahn und, wenn man will, zu allen Straßen der Welt führte.

Wenn er sie kommen sah, nahm er seine Brille ab und begann sie sorgfältig mit einem Zipfel seines Hemdes zu putzen. Später sah sie ihn langsam auf den blauschimmernden Wald zugehen, eine große, etwas dürre Gestalt mit zu langen Armen und einem schmalen, harten Jungenskopf. Dem möchte man mal seinen Hochmut austreiben. Den möchte man mal sehen, wie er wirklich ist. Das prickelt sie. Gern, sehr gern, zu gerne möchte man das.

Aber Sonntag abends im Gasthaussaal fand sie, daß er älter und härter aussah, als sie gedacht hatte, und ihr sank wieder der Mut. Den ganzen Abend sah er zu, wie die Jungen aus dem Dorf sie herumschwenkten. Der allerletzte Tanz begann, man öffnete schon die Fenster, und frische Luftschleusen zerteilten den Rauchvorhang über den Köpfen der Nüchternen und Betrunkenen. Jetzt endlich trat er zu ihr und führte sie in die Mitte. Er tanzte gut, aber unbeteiligt, er sah sich nach anderen Mädchen um und machte Bemerkungen über sie.

Sie wußte, am nächsten Tag fuhr er in aller Frühe zurück in die Stadt. Sie wußte, er kriegt es fertig, nichts zu sagen, nichts zu tun, er ist so. Ihr Herz zog sich zusammen vor Zorn und Angst. Plötzlich sagte sie in seine spöttischen und gelangweilten Augen hinein: »Ist das schwer, so zu werden, wie Sie sind?«

Er kniff bloß die Augen zusammen.

Wortlos ergriff er ihren Arm und führte sie hinaus. Schweigend gingen sie die Dorfstraße hinunter. Rita brach eine Dahlienblüte ab, die über einen Zaun hing. Eine Sternschnuppe fiel, aber sie wünschte sich nichts. Wie wird er es anstellen, dachte sie.

Da standen sie schon an der Gartenpforte, langsam ging sie die wenigen Schritte bis zu ihrer Haustür – ach, wie stieg ihre Angst bei jedem Schritt! –, schon legte sie die Hand auf die Klinke (die war eiskalt und fühllos wie ein ganzes einsames Leben), da sagte er in ihrem Rücken, gelangweilt und spöttisch: »Könnten Sie sich in einen wie mich verlieben?«

»Ja«, erwiderte Rita.

Sie hatte keine Angst mehr, nicht die mindeste. Sie sah sein Gesicht als helleren Fleck in der Dunkelheit, und genauso mußte er das ihre sehen. Die Klinke wurde warm von ihrer Hand, die eine Minute, die sie noch so dastanden. Dann räusperte er sich leise und ging. Rita blieb ganz ruhig an der Tür stehen, bis sein Schritt nicht mehr zu hören war.

Nachts lag sie ohne Schlaf, und am Morgen begann sie auf seinen Brief zu warten, staunend über diese Wendung der Dinge, aber nicht im ungewissen über ihren Ausgang. Der Brief kam eine Woche nach jenem Dorftanz. Der erste Brief ihres ganzen Lebens, nach all den Aktenbriefen im Büro, die sie überhaupt nichts angingen.

»Mein braunes Fräulein«, nannte Manfred sie. Er beschrieb ihr ausführlich und voller Selbstironie, was alles an ihr braun war, auf wieviel verschiedene Weise, daß es ihn, den doch seit langem nichts mehr an einem Mädchen überraschte, von Anfang an verwundert hatte.

Rita, neunzehn Jahre alt und oft genug mit sich selbst uneinig, weil sie sich nicht verlieben konnte wie andere Mädchen, mußte nicht erst lernen, einen solchen Brief zu lesen. Auf einmal zeigte sich: Die ganzen neunzehn Jahre, Wünsche, Taten, Gedanken, Träume, waren zu nichts anderem dagewesen, als sie gerade für diesen Augenblick, gerade auf diesen Brief vorzubereiten. Plötzlich war da eine Menge von Erfahrung, die sie gar nicht selbst gesammelt hatte. Wie jedes Mädchen war sie sicher, daß vor ihr keine und keine nach ihr gefühlt hatte und fühlen konnte, was sie jetzt empfand.

Sie trat vor den Spiegel. Sie war rot bis an die braunen Haarwurzeln, gleichzeitig lächelte sie, auf neue Weise bescheiden, auf neue Weise überlegen.

Sie wußte, es war genug an ihr, was ihm gefiel und immer gefallen würde.

3

Rita weiß seit ihrem fünften Jahr, daß man immer auf eine plötzliche Veränderung des ganzen Lebens gefaßt sein muß. Dunkel erinnert sie sich an ihre frühe Kindheit in einem blaugrünen hügligen Land, an das Auge des Vaters mit dem eingeklemmten Vergrößerungsglas, an den feinen Pinsel in seiner Hand, der flink und genau winzig kleine Muster auf Mokkatassen malte, aus denen Rita niemals einen Menschen trinken sah.

Ihre erste große Reise fiel fast genau mit dem Ende des Krieges zusammen und führte sie inmitten trauriger, wütender Menschen für immer fort aus den böhmischen Wäldern. Die Mutter wußte eine Schwester des Vaters in einem mitteldeutschen Dorf. An ihre Tür klopften sie eines Abends wie Schiffbrüchige. Sie fanden Einlaß, Bett und Tisch, ein enges Zimmer für die Mutter, eine weißgetünchte Kammer für Rita. Und sooft die Mutter in der ersten Zeit sagte: Hier bleib ich nicht, nie und nimmer! – sie blieben, an die allgemeine Not und an die unsinnige Hoffnung gefesselt, eines Tages werde doch eine

Nachricht vom Vater, der an der Front vermißt war, dieses sichere kleine Haus erreichen.

Wie die Hoffnung schwand und an ihre Stelle Trauer trat, dann schmerzende Erinnerung, vergingen die Jahre. Rita lernte in diesem Dorf lesen und schreiben, sie lernte die Abzählreime der einheimischen Kinder und die altüberlieferten Mutproben am Bach. Die Tante war trocken und genau, ihr Leben, an dieses Häuschen gekettet, hatte ihr großes Glück und großes Unglück versagt, hatte ihr jeden Funken Sehnsucht ausgesogen und zuletzt sogar den Neid auf andere in ihr getilgt. Sie pochte auf ihr Besitzrecht an den zwei Stuben und der Kammer, aber sie liebte das Kind auf ihre Weise.

Den Platz auf dem Herd und die Liebe des Kindes zu teilen, kostete die Mutter mehr Kraft, als sie Rita ahnen ließ. Rita war anhänglich und aufgeschlossen, jedermann war freundlich zu ihr, jedermann glaubte sie zu kennen. Aber worüber sie sich wirklich freute und woran sie wirklich litt, das zeigte sie keinem. Der junge Lehrer, der später in ihr Dorf kam, sah, daß sie oft einsam war. Er gab ihr Bücher und nahm sie auf seine Streifzüge in die Umgebung mit. Er wußte auch, was es sie kostete, die Schule zu verlassen und in dieses Büro zu gehen. Aber sie blieb starrsinnig bei ihrem Entschluß. Ihretwegen hatte die Mutter auf den Feldern und dann in der Textilfabrik gearbeitet. Da sie krank war, hatte nun ihre Tochter die Pflicht, für sie zu sorgen. »Sie werden's noch manchesmal schwer haben«, sagte der Lehrer. Er war wütend auf sie.

Rita war damals siebzehn Jahre alt. Starrsinn ist gut, wenn man gegen sich selbst angehen muß, aber ewig hält er nicht vor. Etwas anderes ist es, mutig einen unangenehmen Entschluß zu fassen, ein Opfer, meinetwegen – etwas anderes, dann Tag für Tag in diesem engen Büro zu sitzen, allein; (denn wieviel Angestellte brauchte schon so eine kleine ländliche Zweigstelle von einer großen Versicherung?) tagtäglich Zahlenreihen in endlose Listen zu schreiben und mit immer den gleichen Worten immer die gleichen säumigen Zahler an ihre Pflichten zu erinnern. Gelangweilt sah sie die Autos kommen, denen anleitende, lobende, tadelnde Männer für ihr Büro entstiegen – immer die gleichen. Gelangweilt sah sie sie wieder wegfahren.

Einst hatte der junge, blasse, begeisterte Lehrer ihre Ansprüche an das Leben bestärkt: Sie erwartete Außerordentliches, außerordentliche Freuden und Leiden, außerordentliche Geschehnisse und Erkenntnisse. Das ganze Land war in Unruhe und Aufbruchstimmung (das fiel ihr nicht auf, sie kannte es nicht anders); aber wo blieb einer, der ihr half, einen winzigen Teil dieses großen Stromes in ihr eigenes kleines, wichtiges Leben abzuleiten? Wer gab ihr die Kraft, einen bösen blinden Zufall zu korrigieren? – Schon bemerkte sie an sich mit Schrecken Zeichen der Gewöhnung an den einförmigen Ablauf ihrer Tage.

Wieder wurde Herbst. Zum drittenmal sollte sie zusehen, wie die Blätter von den zwei mächtigen Linden vor ihrem Bürofenster fielen. Manchmal schien ihr das Leben dieser Bäume vertrauter als ihr eigenes. Oft dachte sie: Niemals krieg ich von diesem Fenster aus noch was Neues zu sehen. In zehn Jahren hält das Postauto auch noch hier, Punkt zwölf Uhr mittags, dann werden meine Fingerspitzen staubtrocken, ich wasche mir die Hände, noch ehe ich weiß, daß ich essen gehen muß.

Tagsüber arbeitete Rita, abends las sie Romane, und ein Gefühl der Verlorenheit breitete sich in ihr aus.

Da traf sie Manfred, und auf einmal sah sie Sachen, die sie nie gesehen hatte. Dieses Jahr verloren die Bäume ihre Blätter in einem Feuerwerk von Farben, und das Postauto verspätete sich manchmal um schreckliche Minuten. Eine feste, zuverlässige Kette von Gedanken und Sehnsüchten band sie wieder an das Leben. In dieser Zeit gab sie sich zufrieden, wenn sie Manfred wochenlang nicht sah. Sie kannte keine Langeweile mehr.

Dann schrieb er, Weihnachten werde er kommen. Rita erwartete ihn an der Bahn, obwohl er es sich verbeten hatte.

»Ach«, sagte er. »Das braune Fräulein mit brauner Pelzmütze. Wie in einem russischen Roman.«

Sie gingen die paar Schritte bis zur Omnibushaltestelle und blieben vor einem Schaufenster stehen. Es zeigte sich: In Briefen kann man leicht »Sie« zueinander sagen und dabei doch ganz vertraut werden, weit weniger leicht aber in Wirklichkeit.

»Sehen Sie«, sagte er schließlich – und für eine Sekunde packte sie die Angst, sie könnte ihn schon jetzt, für immer, enttäuscht haben – »das hab ich vermeiden wollen. Im Schneematsch stehen, auf Gießkannen und Kinderbadewannen starren und nicht wissen, wie's weitergehen soll.« »Wieso denn?« sagte Rita. Sie lernte wirklich rasend schnell, wenn sie mit ihm zusammen war. »Wir lassen den Roman einfach ablaufen.«

»Zum Beispiel?« fragte er gespannt.

»Zum Beispiel sagt die Heldin jetzt zum Helden: Komm,

wir steigen in den blauen Bus ein, der da gerade um die Ecke biegt. Dann bring ich dich nach Hause, und du kommst mit mir zu meinen Leuten, die noch keine Ahnung haben, daß es dich gibt und die dich kennenlernen müssen, damit sie dich zur Weihnachtsgans einladen können. Genug Handlung für einen Tag?«

In der Schaufensterscheibe begegnete sie seinem Blick. »Genug«, sagte er überrascht. »Übergenug. Das hast du gut gemacht...«

Sie lachten ein bißchen und stiegen dann in den blauen Bus ein, der vor der Schaufensterscheibe hielt, und sie brachte ihn zu seiner Kusine, und er begleitete sie zu ihren Leuten, die fast keine Ahnung hatten, daß es ihn gab, und die ihn minutenlang schweigend musterten. Sehr männlich, dachte die Tante, aber zu alt für das Kind. Ein Chemiedoktor, dachte die Mutter. Wenn er sie nimmt, hat sie ausgesorgt, und ich kann beruhigt sterben. Und beide sagten gleichzeitig: »Kommen Sie Weihnachten zum Gänsebraten?«

Wenn Rita heute daran denkt: Weihnachten in dem verschneiten Dörfchen – denn zu Heiligabend war Schnee gefallen, wie es sein muß – und sie gingen ganz still, Arm in Arm, die einsame Dorfstraße hinunter, dann fragt sie sich: Wann war es noch mal so? Wann kann es noch mal so sein? Die beiden Hälften der Erde paßten ganz genau ineinander, und auf der Nahtstelle spazierten sie, als wäre es nichts.

Vor ihrer Haustür zog Manfred einen schmalen silbernen Armreifen aus der Tasche und gab ihn ihr, ungeschickter, als er je einem Mädchen etwas geschenkt hatte. Rita hatte längst begriffen, daß ein für allemal sie die Geschicktere sein mußte. Sie zog ihre Hände aus den dicken Wollhandschuhen, die in den Schnee fielen, und legte sie an Manfreds kalte Wange. Er hielt ganz still und sah sie an. »Warm und weich und braun«, sagte er und blies ihr die Haare aus dem Gesicht. Das Blut schoß ihm in die Augen, er blickte weg.

»Sieh mich ruhig an«, sagte sie leise.

»So?« fragte er.

»So«, erwiderte Rita.

Sein Blick hatte sie getroffen wie ein Stoß. Den ganzen Abend lang mußte sie verbergen, daß ihre Hände zitterten, dann hatte er es doch gemerkt und lächelte, und sie verdachte ihm das Lächeln, obwohl sie ihn weiter und weiter ansehen mußte. Sie war ein wenig zu lebhaft, aber die Tante und die

Mutter hatten nie erfahren oder längst vergessen, wie ein Mädchen beklemmende Liebe zu verbergen sucht. Sie sorgten sich um das Gelingen des Bratens.

Später hob man die Gläser und trank einander zu. »Auf Ihr Examen«, sagte die Mutter zu Manfred. »Daß alles gut geht.« – »Auf die lieben Eltern«, versuchte es die Tante. Sie hatte bis jetzt zu wenig von dem jungen Mann erfahren.

»Danke«, sagte er trocken. Rita könnte heute noch lachen über sein Gesicht. Er war damals neunundzwanzig Jahre alt und eignete sich ein für allemal nicht für den liebevollen Schwiegersohn. Er sagte: »Heut nacht hab ich geträumt, wir feiern zu Hause Weihnachten. Mein Vater, hab ich geträumt, hebt sein Glas und trinkt mir zu. Da hab ich – im Traum! – alle Teller und Gläser, die ich zu fassen kriegte, nacheinander an die Wand geschmissen.«

»Mußt du die Menschen so erschrecken?« fragte Rita ihn später an der Gartenpforte.

Er zuckte die Achseln. »Warum erschrecken sie?«

»Dein Vater...«

»Mein Vater ist ein deutscher Mann. Im ersten Krieg hat er durch den Verlust eines Auges für den zweiten vorgesorgt. So macht er's heute noch: Opfere ein Auge, behalt das Leben.«

»Du bist ungerecht.«

»Läßt er mich in Ruhe, laß ich ihn auch. Zutrinken darf er mir nicht mal im Traum. Warum wollen sie nicht wahrhaben, daß wir alle ohne Eltern aufgewachsen sind?«

Zu Neujahr waren sie in einer kleinen Herberge im nahen Vorgebirge. Sie fuhren nachmittags auf Skiern die sanftweißen Hänge ab, und abends feierten sie mit den anderen Herbergsbewohnern – alles junge Leute – den Anbruch dieses neuen Jahres: 1960.

Nachts waren sie allein.

Rita erfuhr, wie dieser spöttische kalte Mensch sich danach sehnte, unspöttisch und warm zu sein. Es überraschte sie nicht, und doch weinte sie etwas vor Erleichterung. Er wischte ihr brummelnd mit den Fingern die Augen trocken, sie trommelte mit den Fäusten auf seine Brust, erst sacht, dann wütend.

»Na«, sagte er leise, »was trommelt man?«

Da weinte sie stärker. Auch sie war allein gewesen.

Später drehte sie sein Gesicht zu sich herum und suchte im Schneelicht, das durch das Fenster fiel, seine Augen.

»Hör mal«, sagte sie. »Wenn du nun nicht damals diesen letzten Tanz mit mir getanzt hättest? Wenn ich nicht diese merkwürdige Frage gestellt hätte? Wenn du geschwiegen hättest, als ich schon ins Haus gehen wollte?«

»Nicht auszudenken«, sagte er. »Aber ich hab mir alles vorher ausgedacht.«

4

So war er immer: Hochmütig bis zuletzt und schwer zu fassen. Einmal, an einem der seltenen gemeinsamen Sonntage, fragte sie ihn: »Ich bin doch nicht die erste Frau, die dir gefällt?«

Sie zupfte an den Knöpfen seiner Jacke herum, er hielt ihr die Hände fest und dachte: daß sie sich »Frau« nennt und genauso sein kann wie alle anderen! Es rührte ihn, wie ihn früher erschüttert hatte, daß sie anders war als alle.

»Nein«, sagte er ernsthaft. »Nicht die erste.«

Leichthin fragte sie, viel später: »Du hast viele gehabt?«

Er hatte ruhig zugesehen, wie sie schwieg und sich abplagte mit dieser Frage. Jetzt gab er zu: »Mehrere.«

Sie blickte unsicher zu ihm auf, aber er spottete nicht. »Na ja«, sagte sie nach einer Weile, »du gewöhnst mich an alles mögliche.«

Er hob ihr Kinn an und wartete, bis sie ihn doch ansah.

»Du«, sagte er. »Willst du mir was versprechen? Versuch niemals, dich meinetwegen an Unmögliches zu gewöhnen, nein?«

Sie legte den Kopf an seine Brust, ließ sich streicheln wie ein Kind, schluckte und schniefte noch und dachte, ganz getröstet: Was soll mir von dir schon Unmögliches passieren?

Die Wochen zwischen den Sonntagen dehnten sich zäh, manchmal fielen ein paar Tränen auf seine Briefe. Einmal kam ein verwunderter Ausdruck in ihr Gesicht, als ihre Mutter sie dringlich fragte: »Bist du glücklich, Kind?«

Glücklich? Sie fühlte, daß sie lebte wie nie vorher.

Manfred, der viele Arten von Frauen und viele Arten von Liebe kennengelernt hatte, verstand besser als Rita selbst, was an ihrer Liebe Besonderes war. Noch nie hatten ihn gemeinsame Nächte an eine Frau gebunden. In jede neue Begegnung nahm er schon die Kälte der unvermeidlichen Trennung mit hinein und wurde gleichgültiger von Mal zu Mal. An dieses Mädchen band ihn das erste Wort, das sie zu ihm sagte. Er war getroffen, auf unzulässige, fast unwürdige Art im Innersten verwundet. Einige unentschiedene Wochen lang versuchte er, sich zu lösen, bis er einsah, daß dies nicht in seiner Macht lag.

Er war mißtrauisch. Er prüfte Rita auf verschiedene Weise. Sie bestand jede Probe, lächelnd und unbewußt. Gerade daß sie ihre Vorzüge nicht kannte, gewann ihn, der alles an ihr für sie beide entdeckte. Er war wütend, daß sie Hoffnungen weckte, die er begraben hatte. Dann gab er sich zögernd der Hoffnung hin.

»Mein braunes Fräulein«, sagte er, »du bist leider ein Kind und ich bin leider ein alter Mann. Das wird nicht gut ausgehen mit uns.«

»Ach«, sagte sie, »ich bin gewohnt, daß alle Leute sich schlauer vorkommen als ich. Aber so schlau bin ich doch, daß ich keinen Mann laufen lasse, der mich erst verführt hat.«

»Ich verderbe dich«, sagte er.

»Lieber du als ein anderer«, erwiderte sie.

Das hat es gegeben. Das Leben hat vor ihnen gelegen, und sie hatten darüber zu befinden. Alles war möglich, nur daß sie sich wieder verloren, war unmöglich.

Anfang März kam ein »Bevollmächtigter für Lehrerwerbung« in Ritas Kreis, ein hagerer, schwarzhaariger Mann, der alles, was er brauchte, in einer großen Aktentasche bei sich trug. Da sich nirgends ein freier Raum für ihn fand, verfiel man darauf, ihn in Ritas Büro unterzubringen und sie zu bitten, dem Lehrerwerber mit Schreibarbeiten zur Hand zu gehen.

Neugierig beobachtete sie seine Tätigkeit. Er war den ganzen Tag unterwegs, manchmal rief er an und sagte, wo er gerade war. Abends brachte er ein paar ausgefüllte Fragebogen von zukünftigen Lehrerstudenten und übergab sie Rita mit Kommentaren. »Man müßte sich eben öfter die Haare schneiden lassen«, sagte er, als er ihr den Lebenslauf der zierlichen blonden Friseuse von der Ecke überreichte. Oder: »Brigadiere sind meine natürlichen Feinde; glauben Sie, die trennen sich freiwillig von einem einzigen Mann? Aber jetzt hab ich mir einen Brigadier geangelt.«

Dann hängte er seinen Mantel an den Haken und hatte auf einmal viel Zeit. Gleichmütig hörte er sich an, was leitende Funktionäre des Kreises wieder über ihn geschimpft hatten –

sie kamen sogar extra in Ritas Büro und erzählten ihr alle Sorgen, die sie mit Arbeitskräften hatten, als könnte sie ihnen helfen. Erwin Schwarzenbach ließ sich nie auf Verteidigung ein. Er setzte sich hin, rauchte und sprach mit Rita über vielerlei – sie wunderte sich, wie interessant sogar die Zeitung wurde, wenn er sie las – und am Ende fragte er sie immer über alle möglichen Leute aus, die sie kannte und deren Namen er sich aufschrieb.

Rita kam jeden Abend zu spät nach Hause und wurde immer erregter, je länger Schwarzenbach dablieb. Zum erstenmal erlebte sie, wie eine höhere Hand in die Geschicke gewöhnlicher Leute eingriff, die kleine Friseuse, den Brigadier, den Abteilungsleiter aus der Stadtverwaltung packte. Ach, der? dachte sie manchmal zweifelnd. Und die auch? Hatte es ihr an Phantasie gefehlt, daß sie sich diese Menschen immer nur in ihrem alltäglichen Kreis denken konnte? Mußte erst einer von weit her kommen wie der nüchterne Schwarzenbach, um mühelos den gewöhnlichsten Leuten alles mögliche Ungewöhnliche zuzutrauen?

»Zwanzig«, sagte Erwin Schwarzenbach am vorletzten Abend. »Nicht schlecht für einen Kreis.«

»Neunzehn«, verbesserte ihn Rita. Sie verbarg eine kleine, ziehende Enttäuschung – woher kam die eigentlich?

»Zwanzig«, sagte er und reichte ihr, auch jetzt gleichmütig, noch einen Fragebogen über den Tisch. Der war nicht ausgefüllt, aber in der ersten Spalte stand mit seiner Schrift ihr Name.

Ach, ich? dachte sie nun und war nicht so überrascht, wie sie es hätte sein sollen.

»Woran denken Sie?« fragte Schwarzenbach nach einer Weile, in der es ziemlich still im Zimmer war.

Rita dachte: Ich hab mich immer nach kleinen Geschwistern gesehnt. Manfred, dachte sie. Er studiert in derselben Stadt. Sie dachte an Eisenbahnen und Straßenlärm, plötzlich an das blasse Gesicht ihres Lehrers – wo war der jetzt? – an Schulbücher, an Stadtlichter und Kindergeruch, und ganz zuletzt sah sie eine Schulklasse, die ging vom Wald her ihrem Dorfe zu und sang: »Fidirallallala, der Frühling ist da.«

»Ich hab Angst«, sagte Rita. – Schwarzenbach nickte. Er konnte sehr aufmerksame Augen haben. Er will mich wirklich, dachte sie. »Ich kann das nicht.«

»Doch«, sagte Schwarzenbach. »Sie können. Das wissen Sie ja selbst. Wer denn sonst, wenn nicht Sie? Jetzt schreiben Sie ihren Lebenslauf, dann komme ich einen Tag früher nach Hause und hole die Abende wieder ein, an denen ich um Sie geworben hab wie ein Brautmann.«

Rita übereilte sonst nichts, aber wichtige Entschlüsse faßte sie von einer Sekunde zur anderen. Es gelang ihr, während sie, ein wenig abwesend, nach ihrem Federhalter suchte, in Blitzesschnelle den Zufall dieser Lebenswende für sich in Notwendigkeit zu verwandeln. Hatte sie nicht lange genug darauf gewartet? Mußte es nicht so kommen, früher oder später? Würde es sie nicht noch fester an Manfred binden, ohne den sie nie – niemals! – den Mut zu einem solchen Entschluß gefunden hätte?

Beim Schreiben merkte sie beschämt, daß sich ihr ganzes Leben auf einer halben Seite unterbringen ließ. Jedes Jahr, dachte sie, müßte man seinem Lebenslauf wenigstens einen Satz zufügen können, der das Aufschreiben wert ist. So soll es jetzt werden, nahm sie sich vor.

Erwin Schwarzenbach überflog den Bogen und steckte ihn zu den anderen in die Aktentasche. »Wir sehen uns wieder«, sagte er zum Abschied. Er war Dozent am Lehrerbildungsinstitut.

Die zwei Stunden, ehe Rita nach Hause kam und der ganze Wirbel losbrach, den sie vorausgesehen hatte, gehörten zu den merkwürdigsten ihres Lebens. War das noch derselbe Tag, dem sie früh auf der Landstraße entgegengefahren war? War das noch diese kleine grasüberwachsene, bis zum Überdruß bekannte Stadt? Rita grüßte nach links und rechts, dieselben Leute, die sie jeden Tag traf; diesmal drehte sie sich nach ihnen um

Sie wußten nichts. Kein einziger Mensch wußte etwas außer ihr und dem Mann in dem abfahrenden Zug. Das gab es, daß einer kam und einfach sagte: Laß doch das. Fang alles anders an. Wenn es das gab, war alles möglich, jedes Märchenwunder und jede große Tat. Diese träge kleine Stadt konnte erwachen, vom Rand der Welt konnte sie in ihren Mittelpunkt geschleudert werden. Wer weiß, was für wichtige Fragen eines Tages in ihren kleinen Büros entschieden wurden?

Rita fuhr die schnurgerade Straße entlang, und vor ihr zog sich das allerletzte Märzlicht langsam hinter den Wald zurück. Wie oft sie noch auf dieser Straße fahren würde – heute nahm sie Abschied.

Kurz vor der Dunkelheit bekam das Land, das wellig zu beiden Seiten wegfloß, noch einmal eigentümliche Klarheit. Die weißen Schneeflocken auf dem braunen Ackermeer traten scharf hervor. Morgen würde der erste wärmere Wind aus Westen alle Konturen auflösen und neue, härtere hervortreten lassen. Millimeter unter der Erdkruste warteten Schneeglöckchen. Rita lächelte. Wie sie alles kannte! Wie es ein Teil von ihr war! Danke für jeden Vogelruf, dachte sie, für das kühle Flußwasser, für die Morgensonne und den Baumschatten im Sommer.

Sie fuhr schneller. Die Beine merkte sie nicht, von ihnen wußte sie nichts, sie taten ihre Arbeit. Aber der Wind! Der Wind nimmt zu, je schneller man wird. Sie glühte. Wer sagte, daß sie schwach war? Ja, ja, ich gehe dorthin. Wir werden sehen, was sich aus allem machen läßt...

Sie sah schön aus, wie sie zu Hause eintrat, erhitzt von der Fahrt und von innen her durchleuchtet. Die Mutter erschrak gewohnheitsmäßig, weil nach ihrer Erfahrung alles Neue schlechter war als alles Alte. Als Rita erzählt hatte, brach sie in Tränen aus, aber wie immer verleugnete sie ihren eigenen Kummer. Was nur Manfred dazu sagen sollte, jammerte sie. Sie hatte um ihre eigene Ehe nie so gebangt wie um diese Verbindung ihrer Tochter, für die sie sich nicht recht erwärmen konnte und die sie sehnlich herbeiwünschte.

Die Tante, von Ritas eigenmächtigem Entschluß beleidigt, ging wortlos auf ihr Zimmer.

»Keiner begreift etwas«, schrieb Rita an Manfred, nachdem sie einen langen, wirren Brief zerrissen hatte. »Ich will Lehrerin werden. Mehr sage ich nicht. Verstehst du mich?«

Nachdenklich antwortete er ihr, anscheinend könne man nie voraussehen, was sie am nächsten Tag tun werde. Vielleicht lerne man das, später. Übrigens könne sie bei ihm, das heißt, bei seinen Eltern wohnen. »Aber du wirst nicht durchhalten. Ach du mein braunes Fräulein – glaub mir, du kennst das Leben nicht.«

5

Manfred wußte sehr genau: Es gibt eine Art von Tüchtigkeit, die den Tüchtigen kalt läßt. Jetzt erst, da er nicht mehr kalt bleiben konnte, fragte er sich: Was war denn mit mir los? Wann hat denn das angefangen: Diese Gleichgültigkeit gegen alles? Warum hat mir das keiner gesagt? Warum mußte erst dieses

Mädchen kommen und fragen: Ist es schwer, so zu werden, wie du bist?

Mit einer ganz neuen Spannung tauchte er jetzt seine Kunstfaserbüschel in verschiedenfarbige Flüssigkeiten, deren Zusammensetzung er dauernd veränderte, setzte sie den ausgeklügeltsten Proben aus, wählte die schönsten und beständigsten Farbstoffe für die nächste, noch schärfere Prüfung.

Seine Arbeiten gingen dem Ende zu.

Vor kurzem noch hatte er über dieses Ende nicht hinausdenken können. Was sollte er sich wünschen, wenn er dies erreicht hatte? Welch neues Ziel konnte er sich setzen? Jetzt auf einmal reihte sich Plan an Plan. Er sah Fabrikhallen, übelriechende, dampfende Räume, die in seiner Vorstellung schön waren, weil hier nach seiner Methode die Faser gefärbt wurde. Er selbst, in weißem Kittel, ging an den Kesseln vorbei, er untersuchte die Proben, er korrigierte die Zusammensetzung der Laugen. Man schätzte ihn, weil er Bescheid wußte und weil er nicht hochmütig war. Ja – auf einmal erschien ihm wünschenswert, was er solange für dumm gehalten: Bescheidenheit.

Da kam ihr Brief: Ich werde Lehrerin. – Wieso denn, dachte er. Jetzt? Ohne mich zu fragen? Also Schulhefte und Nachhilfeschüler und lamentierende Eltern, wenn ich nach Hause komme? Und nachts Erziehungsprobleme? Eine eifersüchtige Regung kam auf: Sie wird nicht für mich allein leben.

Sie wird nicht durchhalten, dachte er dann. So was Empfindliches wie sie! Sie wird Erfahrungen sammeln, und dann wird sie genug haben. So schrieb er auch. Sie zwang ihn schon zu Zugeständnissen. Der Ärger machte ihn ein wenig kurzsichtig.

Er mußte dafür sorgen, daß sie in seiner Nähe blieb. Also teilte er seiner Mutter in dürren Worten Ritas Existenz mit und setzte durch, daß sie sein Zimmer bekam. Er selbst wohnte seit langem in einer Mansardenstube unter dem Dach.

Die Mutter wehrte sich zäh, das Mädchen aufzunehmen, das ihr den Sohn raubte.

Er wußte vorher, was sie sagen würde, er war auch nicht mehr neugierig auf ihr weinerliches Gesicht und sah sie kalt an, bis sie fertig war.

»Ich habe Gründe«, sagte er dann. »Vielleicht hält sie es eine Weile bei uns aus.«

»Wie du redest!« begehrte sie auf. Dann duckte sie sich wieder unter seinem Blick. Sie war gewohnt, daß er abweisend und verschlossen war und unnachgiebig in allem, was ihm

wichtig war. Sie mußte schon froh sein, daß seit einiger Zeit –
seitdem seine Eltern Manfred vollkommen gleichgültig waren
– die Haßausbrüche zwischen Vater und Sohn aufgehört hatten.

An einem kühlen Aprilsonntag, als sie einzog, zeigte Manfred
seiner künftigen Frau die Wohnung seiner Eltern. »Mein
Lebenssarg. Eingeteilt in Wohnsarg, Eßsarg, Schlafsarg,
Kochsarg.«

»Warum?« fragte Rita. Sie war selbst beklommen von dieser
abseitigen vornehmen Straße, von dieser alten Villa, von diesen
schweren dunklen Zimmern.

»Weil hier nie was Lebendiges passiert ist«, sagte er. »Solange ich denken kann, nicht.«

»Aber dein Zimmer ist hell«, tröstete Rita sich. Sie mußte
aufpassen, daß ihr Entschluß hier nicht einfach verlorenging,
aufgesogen von diesen alten gleichmütigen Möbeln.

»Laß«, sagte er. »Ich zeig dir, wo wir wirklich wohnen.«

Sie standen dann in der Tür seines Bodenzimmers, und Manfred sah sie von der Seite an, ob sie merkte, was diese unaufge-
räumte Kammer für ihn war.

»Aha«, sagte sie und ließ ihre Augen langsam umherwan-
dern: den Arbeitstisch unter einem der kleinen Fenster, die
Couch, die Wandbretter mit den strengen, unordentlichen
Bücherreihen, die paar grellbunten Drucke an der Wand, allerhand Chemikerkram in den Ecken. Sie stellte nie Fragen, auch
jetzt sah sie ihn ruhig an, ein wenig zu gründlich vielleicht,
und sagte: »Für Blumen werde ich wohl immer sorgen müssen.«

Er zog sie neben sich. »Du bist gut«, sagte er ernsthaft. »Du
bist so gut, wie ein Mädchen nur sein kann. Dafür mach ich
dir hier oben die schönsten Salate zum Abend, und im Winter
rösten wir uns Weißbrot auf der Ofenplatte.«

»Ja«, sagte Rita feierlich. »So soll es sein.«

Dann lachten sie und balgten sich, und später lagen sie er-
mattet nebeneinander und warteten auf die Nacht. Der Frühling hielt Einzug unter dem schrillen Pfiff einer Lokomotive,
der weithin über dem Fluß in der Ebene verwehte. Das Zimmerchen mit all seinem Kram und mit seinen beiden Bewoh-
nern wurde zur Gondel einer riesigen Schaukel, die war irgendwo in der blauschwarzen Himmelskuppel festgemacht und tat
so weite, gleichmäßige Schwünge, daß man sie nur spürte,
wenn man die Augen schloß.

Da schlossen sie die Augen.

Nun waren sie einmal oben bei den ersten Sternen, dann streifte der Gondelbogen fast die Lichter der Stadt, dann schwangen sie durch die Nacht auf diese hauchschmale gelbe Mondsichel zu. Wenn sie zurückkamen, waren es noch mehr Sterne geworden, noch mehr Lichter auf der Erde, und das nahm kein Ende, bis ihnen schwindlig wurde und sie sich aneinander festhielten und sich streichelten und lautlos beruhigten, wie es Liebesleute überall tun.

Allmählich erloschen unten die Lichter, dann die Sterne oben, zuletzt verblaßte vor dem rötlich grauen Morgenlicht der Mond. Da standen sie nebeneinander am Fenster. Wind blies herein. Sie sahen ein Stückchen Stadt von oben, ein paar Bäume und einen Streifen Fluß, wie das alles langsam aus der Nacht auftauchte.

Sie tauchten mit aus der Nacht auf. Sie sahen sich an und lächelten.

6

Blieb das Lächeln? War es nicht allzu gefährdet? Wurde es nicht dem grellen Lachen geopfert, dem Zeichen unüberbrückbarer Einsamkeit?

Das Lächeln blieb, lange, auch hinter leichtem Tränenschleier. Es blieb zwischen uns als geheimes, wunderbares Signal: Du bist da? Und es antwortete: Wo sollte ich sonst sein?

Das Sanatorium ist weiß, wie die Trauer selbst. Rita zieht hier ein, da ist es draußen noch warm und sommerlich, aber der Sommer ist von jener Art, die einen mutlos machen kann. Ein Lufthauch, und die Blätter fallen. Was soll uns dieser ganze Zauber kurz vor Toresschluß?

Rita lächelt matt zu der ruhigen Zurückhaltung des neuen Arztes. Sollte er wirklich nicht neugierig sein? Man wird sehen. Man hat Zeit. Wo man diese Wochen verbringt, ist nicht wichtig. Sicher gibt es irgendwo Dinge, die wichtig sind. Sicher begegnet man ihnen wieder, später. Jetzt nimmt man abends das kleine, stark nach Äther duftende Gläschen aus der Hand der Schwester, man trinkt es mit einem Schluck aus, legt sich zurück und kann auf den Schlaf warten, der mit Gewißheit kommt und bis in den Morgen dauert.

Wenn Rita die Augen aufschlägt, ist da eine Wiese, grün und von roten Mohnblumen übersät. Am Fuß eines Abhangs, wo das Rot besonders dicht ist, geht eine zarte Frau, ein Sonnenschirmchen in der Hand, neben sich ein Kind, das in ebensolche Rüschen und Röcke gekleidet ist wie die Frau. Oben, weiter weg, kommen gemächlich noch ein paar Leute, die haben auch nichts vor, als die Wiese und die Mohnblumen anzusehen. Im Hintergrund begrenzt eine Baumreihe die Wiese, und zwischen den Bäumen steht ein kleines viereckiges weißes Haus mit rotem Dach, wie es Kinder in ihre Bilderbücher malen. Am Himmel, der ein sehr natürliches, ausgeblaßtes Blau hat, ziehen die Wolken, die jeder aus seiner Kindheit kennt und die man später nur noch selten sieht. Die Leute im Bild blicken ja auch nicht hoch, sie verpassen die Gelegenheit, diese Wolken zu sehen, nun ist es zu spät, denn inzwischen sind sie fast hundert Jahre tot. Der Maler auch, aber er hat das alles gesehen.

Ich kann mich ans Fenster stellen und über den alten großen Parkbäumen den Himmel sehen und Wolken, soviel ich will. Das ist der Vorteil, wenn man lebt, vielleicht kein sehr großer Vorteil, aber immerhin.

Soviel Rita auch darüber nachdenkt – so eine Mohnblumenwiese hat sie nie gesehen (und sie kennt Wiesen!); sie kann das Bild zuerst nicht leiden wegen seiner angenehmen, längst vergangenen Süße, aber dann sagt sie sich, warum sollen vor hundert Jahren nicht auch Wiesen und Bäume anders gewesen sein als heute? Von diesen zartbleichen Frauen da ganz zu schweigen. Sie merkt dann, daß das Bild sich bei jedem Tageslicht verändert, und das gefällt ihr. Sie weiß: Das gibt es. Das stimmt.

Das hat sie damals so erstaunt, als sie neu in der Stadt war. Sie kannte keine Städte, wenn man davon absieht, daß sie schon zum Einkaufen oder auf Besuch hiergewesen war. Sie war neugierig auf alles und jedes. Sie hatte Herzklopfen, als sie den Schauplatz ihrer künftigen Abenteuer besichtigen ging. Sie wollte ausdauernd, unerschrocken und gründlich sein.

Ihr fiel auf: Das sind ja mehrere Städte. Die sind in Ringen umeinandergewachsen wie ein alter Baum. Sie schritt die Straßenringe ab und überwand in Stunden mühelos Jahrhunderte. Es zog sie ins Stadtinnere, das überhaupt nicht für diesen Verkehr und für diese Menge Leute gemacht war und das in seinen Fugen krachte, wenn der Abendstrom des Nachhausegehens, Einkaufens und Von-der-Arbeit-Kommens losging.

Das machte ihr Spaß, sie ließ sich treiben und stoßen, sie stellte sich in einen Winkel und wartete, daß ringsum die Lichter ansprangen.

Sie hatte auch ein bißchen Angst. Hier achtet keiner auf keinen, wie leicht kann einer hier verlorengehen, dachte sie. Junge Leute bleiben in der Straßenbahn sitzen und lassen alte Frauen stehen, die Autos spritzen dir den Straßenschmutz an die Beine, in den Geschäften werfen sie sich in der Eile gegenseitig die Türen an den Kopf, und in den großen Warenhäusern rufen sie die Verkäuferinnen, die zur Direktion kommen sollen, mit Lautsprechern aus...

Sie ging die langen, gesichtslosen Kasernenreihen der Arbeiterviertel lang, sie las die Tafeln an mancher Straßenecke: »Hier fiel in den Märzkämpfen des Jahres 1923 der Genosse...« Manche Straße hatte auf einmal ihre Jahreszahl und ihr Gesicht.

Die zweimal hunderttausend Leute lebten nicht hier, weil es besonders Spaß machte, hier zu leben. Das sah man ihren Gesichtern an: Eine andere Art von Erregtheit, von Gewitztheit, von Festigkeit und Müdigkeit. Freiwillig kam man wohl nicht hierher. Was aber zwang sie?

Rita stieg für zwanzig Pfennig auf den hohen, uralten Turm am Markt, sie blieb lange da oben und suchte in der Ferne ihren heimatlichen Bergzug, aber sie konnte ihn nicht finden. Von der weiten, baumlosen Ebene aus fuhr der Wind ungehindert in die Stadt. Jedes Kind konnte hier die Richtung des Windes nach dem vorherrschenden Geruch bestimmen: Chemie oder Malzkaffee oder Braunkohle. Über allem diese Dunstglocke, Industrieabgase, die sich schwer atmen. Die Himmelsrichtungen bestimmte man hier nach den Schornsteinsilhouetten der großen Chemiebetriebe, die wie Festungen im Vorfeld der Stadt lagen. Das alles ist noch nicht alt, keine hundert Jahre. Nicht mal das zerstreute, durch Dreck und Ruß gefilterte Licht über dieser Landschaft ist alt: Ein, zwei Generationen vielleicht.

Ich mach mir nichts aus Vorahnungen, aber daß mir manchmal schwer zumute sein würde, das hab ich gewußt, wie ich da auf meinem Turm stand. Hunderttausend Gesichter, wenn ich wollte. Unter den hundert in meinem Dorf bin ich nicht so allein gewesen.

Auch heutzutage noch kommt ein Mädchen zum erstenmal im Leben in die große Stadt.

Ein schräger Sonnenstrahl traf für Sekunden gerade ihren Turm, gerade sie. Sie sah, daß die Wolken schneller zogen. Der

Aprilwind beeilte sich, den Himmel zu räumen. Bald würde Sonne in die Straßen da unten fallen. Sie stieg die vielen Stufen hinab und ging langsam zurück in die alte, grünüberschleierte Villenstraße.

Manfred sah ihr gespannt entgegen. Sie seufzte. »Kein Plätzchen, wo nicht schon einer ist. Höchstens auf dem Turm...«

Er lachte und ging nun mit ihr. Er hatte für all die fremden, langweiligen, zugeschlossenen Straßen und Plätze den Schlüssel, der hieß Erinnerung. Er öffnete ihr die Stadt, sie sah, daß sie verborgene Schönheiten und Reichtümer hatte.

Manfred aber tauchte neben ihr in seine Kindheit und Jugend unter. Er wusch sich rein von Ängsten und Nöten, von Bitterkeit und Scham, die aus jenen halb unbewußten Jahren in ihm waren. Auch was er nicht ausdrücklich erzählte – nicht alles ist aussprechbar – löste sich jetzt von ihm, und er fühlte sich leicht werden wie lange nicht. Später hat er manchmal daran gedacht: Die frühlingshafte, von häufigen schnellen Regengüssen blankgewaschene Stadt, Ritas Gesicht vor grauen, zerlaufenen Häuserfassaden, ein dürftiger Park, vorbeieilende Schatten vieler Menschen.

Und der Fluß.

Sie waren in dem Armeleuteviertel, das an die vornehme Villenstraße seiner Eltern stieß, über zerbröckelnde Holztreppen, ineinandergeschachtelte lichtlose Höfe, durch dumpfige, schwammzerfressene, mit niedergetretenen Ziegeln gepflasterte Hausflure geschlichen – den Indianerpfad seiner Kindheit – und standen plötzlich, überraschend für Rita, am Fluß. Der war, seit Manfred ihn als Kind verlassen hatte, nützlicher und unfreundlicher geworden: er führte watteweißen Schaum mit sich, der übel roch und vom Chemiewerk bis weit hinter die Stadt den Fisch vergiftete. Die Kinder von heute konnten nicht daran denken, hier schwimmen zu lernen, obwohl die Ufer flach und von Gras und Weiden gesäumt waren.

Doch der Anmarschweg für alle Jahreszeiten war das Flußtal geblieben. Von hier aus blies der Winter seinen Frostatem in die menschenarmen Stadtstraßen, und jetzt sammelte hier der Frühling seine Kräfte. Er hatte dem Sträuchergrün schon das erste Blütengelb hinzugefügt, und morgen würde er diese ganze ernste, beschäftigte Stadt überwältigen und in ihren Vorgärten blühen ohne alle Scham.

Auch hatte der Fluß nicht verlernt, Menschengesichter zu

spiegeln, wenn sie sich an einer ruhigen Stelle weit genug über
ihn beugten, den Atem anhielten und in das fließende Wasser
blickten, lange.

Nie hatte Manfred das Gesicht einer Frau neben dem seinen
im Fluß gesehen. Es bewegte ihn, daß es zum erstenmal geschah. Er sah zu, wie Rita einem kleinen schwarzen Käfer behutsam auf die Beine half, dann zog er sie hoch, musterte sie,
wie zum erstenmal, bis sie verlegen wurde. Er schüttelte nur
wie erstaunt den Kopf.

Sie folgten dem Uferweg in der schnell fallenden Dämme-
rung bis zu dem Punkt, da der Fluß beim letzten Haus die
Stadt verließ. Sie kehrten um. Plötzlich hatten sie Lust, unter
Menschen zu sein. Sie gerieten in ein kleines, handtuchschmales
Vorstadtkino, mitten in eine Kindervorstellung. Die alten
Apparate krächzten und flimmerten, aber das störte die Kinder
nicht, und auch sie fanden sich damit ab.

Das Gesicht des kleinen Jungen auf der Leinwand nahm sie
gefangen. Es war klug, für Trauer und Freude gemacht, aber
nicht für Bosheit und Stumpfsinn, es war gewitzt, enttäuscht,
verzweifelt, jubelnd. Es konnte von Schmutz und Hunger, von
Unterwürfigkeit, Niedrigkeit und Haß entstellt werden; es
konnte seine Reinheit behalten und mit Wissen auch Güte gewinnen, jeder Anstrengung und jeden Opfers wert.

Als der Junge, zitternd vor Glückserwartung, zum guten
Ende mit seinen Eltern auf einem zugigen Lastauto hinaus in
die Welt fuhr, mitten im strengsten Winter, da entlud sich die
angestaute Erregung der Kinder in einem vielstimmigen Seuf-
zer. Das Licht ging an. Manfred sah, daß Ritas Gesicht von
Tränen naß war, und daß es ihr immer noch nicht gelingen
wollte, sich zu fassen.

Zum zweitenmal an diesem Tag schüttelte er über sie den
Kopf. »Ach, du Kind«, sagte er fast bekümmert, »was mach ich
bloß mit dir?«

7

In der Nacht entschied sich das Wetter anders. Der Wind
drehte auf Ost, er wuchs zum Sturm, und gegen Morgen sah es
nach Frost aus.

An diesem Morgen ging Rita zum erstenmal ins Werk.
»Glückauf!« rief Manfred ihr nach, als sie die Tür hinter sich

zuzog. Er machte sich lustig über sie, aber sie hielt sich an das Versprechen, das sie Schwarzenbach gegeben hatte (»ein Lehrer muß heutzutage einen Großbetrieb kennen!«). Manfreds Vater hatte ihr die Arbeitsstelle besorgt. Er war kaufmännischer Direktor im Waggonwerk.

Sie war zaghaft und hatte keinen, der ihr Mut zusprach. Da gab sie sich selbst den Befehl: Guck nicht rechts und links und mach dich auf den Weg. Reiß die Augen auf. Wenn du was falsch machst, sieh dich vor, daß es nicht noch mal passiert. Laß keinen merken, wie dir zumute ist. Nimm dir mal vor, das alleine zu schaffen.

Schon unterwegs wurde ihr klar, daß sich die Wochen, die vor ihr lagen, mit nichts vergleichen ließen, was sie kannte. Ihr Dorfleben versank endgültig hinter ihr, fern und kühl. Sie fand keine Zeit, irgend etwas zu bedauern. Sie paßte sich dem hastigen Rhythmus des frühen Morgens an. Sie stand an der Straßenbahnhaltestelle, als das erste fahle, kalte Grau über den Himmel kroch. Sie fror und war froh, als sie sich in den vollen Wagen drängen konnte. Dann zählte sie die Haltestellen, bis sie aussteigen mußte.

Im Strom der Waggonbauer ging sie auf das Werk zu. In der langen, kahlen Pappelallee, die in das Fabriktor mündete, fuhr ihnen der Wind entgegen und jagte den Vorstadtstaub auf. Die Arbeiter hielten sich die Aktentaschen schräg vors Gesicht. Sie grüßten einander durch Handbewegungen und Zurufe, sie gingen zu zweit und dritt und redeten miteinander. Nur Rita ging allein zwischen allen Gruppen. Sie klappte den Mantelkragen hoch und hielt ihn mit der Hand fest, daß er ihr Gesicht halb verdeckte. Sie wollte keine erstaunten oder neugierigen Blicke sehen.

Am Werktor sah sie sich noch einmal um. Gerade traf etwas Sonne die Pappelspitzen, und ein paar erst silbrige Blätter kamen ins Glitzern, Sonne und Wind werden auch heute ihre Arbeit an ihnen tun.

Hinter den Toren der Werke galten die Jahreszeiten der Produktion.

Übrigens war es gar kein Tor, das sie einließ, sondern eine ziemlich schmale Tür, und dann stand sie auf einem Fabrikhof, wie heutzutage jeder ihn kennt, auch wenn er nie in einer Fabrik gewesen ist, und das Besondere fing immer noch nicht an. Hier find ich mich nie zurecht, dachte sie, hier verlauf ich mich jeden Morgen; am besten ist, ich komme immer zehn Minuten früher. Sie fragte sich durch: Brigade Ermisch? Ein älterer Mann kannte sie nicht (»ich bin erst neu hier...«), dann kamen andere dazu. Sie stritten sich: Nun sag doch dem Frollein nicht den umständlichsten Weg, nun sag ihr doch, wie sie am sichersten hinkommt! Also passen Sie mal auf...

Das dachte ich mir doch, ich find sie nie!

Sie prägte sich ein paar Markierungspunkte ein: Links an der Wandtafel vorbei *(Waggonbauer! Sichert die Planerfüllung für März! – März? Wieso März?)*, über ein dreieckiges Stückchen Hof, dann in den Schlund einer großen Halle mit halbfertigen, stumpfgrauen Waggons, die funkensprühenden Arbeitsplätze der Schweißer rechts liegenlassen, durch eine neue Halle und endlich die Holztreppe hinauf, die zu den Brigadeverschlägen der Tischler führt.

Sie war bis jetzt tapfer gewesen, aber dann stand die ganze Brigade, zwölf Mann, im Kreis um sie herum, und sogar der Brigadier Günter Ermisch, sonst ein Mann schneller Entschlüsse, wußte nichts mit ihr anzufangen. Da dachte sie zornig: Wozu brauch ich das? Da hat sich Schwarzenbach was Unsinniges ausgedacht. Das überleg ich mir noch mal.

Die Männer machten keine Witze, aber man sah ihnen an, daß sie sich welche ausdachten für später. Heute erkennt Rita sich selbst kaum noch in dem tapsigen Wesen, das sich da ahnungslos zwischen den Menschen bewegte. Dieses grüne Ding, dem jeder die Nestwärme anroch, hat sich in etwas mehr als einem Jahr in eine blasse, großäugige junge Frau verwandelt, die lernt mühsam, aber für die Dauer, dem Leben ins Gesicht zu sehen, älter und doch nicht härter zu werden.

Der Ermisch, ein drahtiger, schwarzhaariger Kerl Mitte Dreißig, überschlug blitzschnell im Kopf die Verhältnisse seiner Brigademitglieder und steckte das Mädchen dann mit Rolf Meternagel und Hänschen zusammen. Eine geniale Entscheidung, das sahen sie alle gleich. Der eine war zu alt für Rita, hatte selbst erwachsene Töchter und war von der Arbeit besessen, der andere aber war viel zu jung, nicht draufgängerisch und, um es ehrlich zu sagen, auch nicht allzu fix im Denken. Man grinste hinter ihnen her, wie sie zu dritt loszogen, nicht sehr glücklich in ihrer Haut.

In den ersten Tagen wurde wenig gesprochen. Es kam natürlich sehr schnell heraus, daß Rita nicht das Primitivste von den Arbeitsvorgängen verstand. In den engen Abteilen und Gängen der Wagen, in dem gefährlichen Gedränge bei der Endfertigung, mußte man sich noch neben sie quetschen und ihr jeden Handgriff zeigen, schneller hätte man es selber gemacht, und das merkte sie auch. Gerade das schien Hänschen zu gefallen. Leute, die ihm in allem voraus waren, gab es genug, zum erstenmal konnte er jemandem etwas zeigen. »Druckrahmen einbauen«, sagte er. »Sieht einfach aus. Will aber alles gelernt sein.« Er arbeitete selbst schneller als sonst.

Rolf Meternagel, der dauernd unterwegs war, sagte nach ein paar Tagen »Kind« zu Rita, sie nannte ihn schüchtern »Herr Meternagel« und faßte Zutrauen zu seinem hageren Gesicht. Sie sah genau hin, wenn er ihr zeigte: So mußt du die Schraube halten, so den Bohrer ansetzen, und drück fest auf, sonst springt er ab.

Rita begann sich umzusehen. Das Werk war ein kreischendes, schmutziges Durcheinander, ein Gewinkel von Hallen und Schuppen und Häusern, kreuz und quer von Gleisen durchzogen, von Waggons, Autos, Elektrokarren befahren und in ein viel zu kleines Dreieck zwischen die Hauptausfallstraße der Stadt, einen anderen Betrieb und die Bahnlinie gequetscht. »Soviel Wagen wie heute sind hier noch nie gebaut worden«, sagte Meternagel. »Nächstens stapeln wir sie übereinander.« »Oder auch nicht«, bemerkte Herbert Kuhl, der kühle Herbert, wie sie ihn nannten. »Hast du was gesagt?« fragte Meternagel gereizt. »Nein«, sagte Kuhl gleichgültig, »wir sind ja eine berühmte Brigade.« »Eben«, erwiderte Meternagel.

Rita sah von einem zum anderen, aber alle aßen, als wäre nichts gewesen, keiner wollte ihr erklären, was dieser Streit um nichts zu bedeuten hatte. Sie hatte mit Herbert Kuhl noch kein Wort gesprochen, er war der einzige, vor dem sie Scheu hatte, der nie einen Witz machte und wenig sprach und der sein Betragen nicht änderte, mochte sie dabeisein oder nicht. Den rührt rein gar nichts, dachte sie manchmal, und war froh, daß sie nicht mit ihm zusammen arbeiten mußte. Günter Ermisch reichte einen Zeitungsartikel herum, der von ihnen handelte (*Die tüchtigen Zwölf!*), sie lasen ihn der Reihe nach, kauten dabei ihre Brote und sagten nichts. Ermisch heftete den Artikel zu den anderen an die Wandzeitung.

Der Kaffee aus der großen Kanne schmeckte nach Aluminium, er machte einen schläfrig. Der Rücken und die Schultern schmerzten Rita, sie hatte vormittags wie immer ihre Kräfte überschätzt. Aber dann vergingen die Stunden bis zur Feierabendsirene auch noch, dann ging sie wieder die öde Pappelallee hinunter, sehr langsam jetzt, den Wind im Rücken, auch die Sonne.

Manfred suchte in der ersten Zeit nach Anzeichen von Enttäuschung oder Überdruß in ihrem Gesicht. Er hatte schon öfter gemerkt, daß sie nicht ausdauernd war, wenn sie den Nutzen einer Sache nicht einsah, daß sie sich in Nebensachen leicht lenken ließ. Ihm machte es Spaß, ihr eine Bluse zu schenken, die ihr stand, ihr zu zeigen, wie sie ihr Haar tragen mußte, und sie folgte ihm blindlings in allem.

Aber allmählich begriff er, daß sie auf ihr Ziel, Lehrerin zu werden, so unbeirrbar zuging, wie sie auf ihn zugegangen war. Damit hat man sich abzufinden, und man durfte nicht einmal ahnen lassen, daß überhaupt von »abfinden« die Rede war. Manchmal war sie abends so müde, so ausgelaugt, daß sie ihm leid tat und er eine Wut bekam auf diese sinnlose Vergeudung ihrer Kraft. »Steig doch aus da«, sagte er. Aber sie schüttelte den Kopf. »Da kann man nicht einfach aussteigen«, sagte sie. Man kann, was man will, hielt er ihr vor. »Dann will ich's nicht.«

Und abends saßen sie alle um den großen runden Herrfurthschen Familientisch.

Herr Herrfurth entfaltete die Serviette wie eine Signalfahne immer mit der gleichen Unternehmungslust, er hob den Deckel von der Schüssel und sagte zeremoniell: »Ich wünsche allerseits guten Appetit.«

Herr Herrfurth sah noch immer gut aus, er war schlank und groß, sein Haar wurde dünn, aber es war kaum ergraut, und sein Glasauge störte fast gar nicht. Mit ihm ließe sich auskommen, fand Rita, aber Manfred schien ihn zu hassen. Seine Mutter, deren säuerliche Vornehmheit Rita einschüchterte, war ihm lästig.

Zu reden gab es fast nichts zwischen ihnen. Größere Gegensätze als die kochende Unruhe der Fabrikhalle und die ständig bedrohte, aber um so deutlichere Stille an Herrfurths Abendbrottisch waren nicht zu denken. Beides erregte Rita. Weder die Betriebsamkeit der Menschen im Werk, noch das spannungsreiche Schweigen der Familie Herrfurth waren ihr durchschaubar. Als Zuschauer saß sie vor einer Bühne mit wechselnder Beleuchtung und Szenerie, sie sah die Spieler agieren, und der Gedanke verfolgte sie, daß all diese Bruchstücke am Ende ein Schauspiel ergeben müßten, hinter dessen Sinn sie alleine kommen sollte.

Darüber sprach sie mit Manfred nicht. Wenn er sie unruhig ansah, lächelte sie, und wenn er fragte, sagte sie: »Ich habe ja dich im Hinterhalt.«

»Das soll dir was nützen?«

»Mehr als du denkst.«

Manchmal fand Herr Herrfurth den Faden zu einem ergiebigen Thema, das war ein guter Tag, seine Rede plätscherte lange und wohlgeformt dahin, man mußte nur nicken und war am Ende über die Ernteaussichten des Jahres unterrichtet oder über die Wetterlage im europäischen Raum.

Unglücklicherweise konnte Frau Herrfurth ihren Mann nicht lange reden hören. Sie spickte seinen gleichmäßigen Wortfluß mit kurzen, spitzen Bemerkungen und gab ihm dadurch sogar etwas wie Dramatik.

Meist wendete sie sich an Rita, die sie nicht offen bekämpfen durfte, die sie aber ihrer Natur nach noch weniger in Ruhe lassen konnte.

»Früher«, sagte sie seufzend, »bereiteten junge Mädchen sich in einem Internat auf die Heirat vor. Heute steckt man sie in eine Fabrik unter lauter fremde Männer...« Frau Herrfurth war eine gepflegte Frau. Sie trug ihr weißes, kurzgeschnittenes Haar wohlfrisiert, bei der Hausarbeit zog sie Gummihandschuhe an, und ihre Hüte paßten auf die Nuance genau zur Farbe ihrer Kostüme. Sie verachtete ihren Mann und mochte in dreißig Ehejahren Gründe dafür gesammelt haben, aber sie sorgte dafür, daß er sich mit ihr sehen lassen konnte. Ihr Gesicht hatte unter dem ätzenden Einfluß bitterer, mißgünstiger Gedanken scharfe, fast männliche Züge angenommen, auf denen Puder und Schminke widernatürlich wirkten. Sie magerte ab, weil sie sich hartnäckig nach strengen Rohkostplänen ernährte, sie beteiligte sich regelmäßig an der Gymnastik eines Westsenders und hielt sich gerade wie ein Stock. Niemand hätte ihr die hysterischen Anfälle zugetraut, zu denen sie fähig war.

Weil Rita dabei war, mußte Herr Herrfurth gegen seine Gewohnheit auf die Ausfälle seiner Frau überstürzt reagieren. »Elfriede!« mahnte er sanft, aber seine Frau wich leider der Auseinandersetzung mit ihm nicht aus. Sie blickte ihn interessiert an, bis er seine drei, vier maßvoll korrigierenden Sätze vorgebracht hatte, als erwarte sie immer noch das Wunder, einen einzigen Gedanken aus seinem Mund zu hören. Wenn er geendet hatte, sank sie ein wenig zusammen und aß weiter, halb befriedigt, halb enttäuscht. Sie brachte es fertig, gleichmütig zu bemerken: »Hast du nicht Feierabend, Ulrich? Dein Parteiabzeichen hängt an der Garderobe.«

Herr Herrfurth war Meister in der Kunst des Überhörens.

Dafür genoß er, wenn seine Frau es unternahm, ihren Sohn ins Gespräch zu ziehen. Sie wußte, wie diese Versuche endeten, aber ein selbstquälerischer Drang trieb sie, das fremde Mädchen immer wieder zum Zeugen ihrer Niederlagen zu machen. Beklommen erwartete Rita die Veränderung in Manfreds Gesicht, wenn seine Mutter ihren eindringlichen liebevollen Blick auf ihn richtete. Er sah sie kalt an und wahrte knapp die mindeste Höflichkeit. Doch Frau Herrfurth schnappte nach seinen hingeworfenen Satzfetzen und drehte und knetete sie so lange, bis sie Bekenntnisse eines Sohnes an seine heißgeliebte Mutter waren. Es passierte ihr, daß sie sogar ihrem Mann mitteilte: »Mein Sohn hat mir gesagt...«, so oft gebrauchte sie diese Wendung, wahrscheinlich auch in Gedanken.

Wenn das Essen endlich vorüber war, wenn sie endlich, von ein paar wehleidig-kränkenden Bemerkungen Frau Herrfurths begleitet, das Zimmer verlassen hatten, wenn sie die Wohnungstür hinter sich schlossen, dann bewährte sich jeden Abend neu die Verwandlungskraft ihres Bodenzimmerchens. Sie lachten ein bißchen, zuckten die Achseln – nie redete Manfred über seine Eltern –, dann nahm Rita ihre englische Grammatik zur Hand, die ihr das Gefühl gab, doch wenigstens schon etwas für ihren künftigen Beruf zu tun, und Manfred machte sich an seine Formeln.

Er hatte die Gabe, von einem Augenblick zum anderen in seiner Arbeit zu versinken. Er stellte das kleine alte Radio an, das auf einem Eckbrett stand und nur noch schnarrende Töne von sich gab. Dann grub er seine Hände in die Hosentaschen und begann im Zimmer umherzuwandern, wobei er seinen Arbeitstisch im Auge behielt wie der Fuchs die Beute. Rita verhielt sich reglos, bis sie merkte, daß er angebissen hatte. Dann knurrte er nervös und pfiff Melodienfetzen aus dem Radio mit *(das sollst du du du mir verrahaten)*. Er beugte sich über seine Papiere, immer noch skeptisch und eigentlich gelangweilt; auf einmal fing er an, wie wild etwas zu suchen, er stapelte Tabellen und Berechnungen auf die Erde. Endlich hatte er, was er brauchte. »Aha«, brummte er, setzte sich hin und begann zu schreiben.

Rita sah sein Profil, die schmalen Schläfen, die scharfe, gerade Nase, den Kopf, der jetzt nicht mit ihr beschäftigt war. Sie ahnte, daß er jeden Tag, ehe er sich an die Arbeit setzte, einen starken Widerstand in sich überwand, ein Gefühl der Unzulänglichkeit, eine Angst, er könne auf die Dauer der Aufgabe nicht genügen. Vor den Tatsachen, die er zutage fördern sollte, war er scheu wie ein Kind. Sie hütete sich, ihn merken zu lassen, was sie nach und nach über ihn herauskriegte. Eben darum verbarg er überhaupt nichts vor ihr.

»Jetzt schnurrt's!« verkündete er nach einer Weile und drohte mit der Faust, weil sie über ihn lachte. »Was schreibst du gerade?«

Er las ihr einen Satz vor, gespickt mit Formeln und lateinischen Ausdrücken, und sie nickte verständig mit dem Kopf.

»Und was schreibst du wirklich?«

»Daß dein künftiger Pullover schöner blau wird, wenn ich ihn soundso lange in diese Flüssigkeit lege und nicht in jene.«

»Siehst du«, sagte sie. »Das ist recht von dir. – Du findest, ich sollte Blau tragen?«

»Unbedingt. Kobaltblau, kein anderes.«

Dann strickte sie ein bißchen an der dicken braunen Jacke für ihn, die so langsam wie das Jahr auf den fernen Winter zuwuchs. Dabei wurde sie ruhig und müde. Die Gedanken zogen wie Wolkenschwärme durch ihren Kopf. Zwar kam in diesen Wochen ein wenig viel auf sie zu, diese aufgeregten Tage im Betrieb, diese anstrengenden Abende am Familientisch und dazu die wehmütigen Briefe der Mutter aus ihrem Dorf. Aber am Abend bei der englischen Grammatik und bei dieser dicken braunen Strickjacke wurde sie ganz gut mit allem fertig, fand sie.

8

»Besuch für Sie«, sagt die Schwester eines Nachmittags. »Ausnahmsweise außer der Reihe.«

Rita schreckt hoch und sieht ungläubig zu, wie Rolf Meternagel hereinkommt, wie er sich umblickt, den Kopf einzieht, als habe er Angst, die Decke könnte zu niedrig sein, und wie er sich dann an ihr Bett setzt.

»Na«, sagt er, »einer muß dich ja mal auf Trab bringen, was?«

Er hat überhaupt keine Zeit, er war auf Kartoffeleinsatz in

den nördlichen Bezirken, natürlich mußte ausgerechnet er das wieder machen. Er hat einen Lastwagenzug voll Kartoffeln bei sich, verschiedene Tonnen, das kann ich dir flüstern. Der steht draußen auf der Straße, und länger als zehn Minuten will der Fahrer nicht warten, jedenfalls nicht in dieser gottverlassenen Gegend.

»Ich freu mich«, sagt Rita, und er lacht. Er ist abgehetzt, das sieht man. Den ganzen Tag hat er die Mütze nicht abgenommen, sie hat einen Rand in sein Haar geschnitten, rund um den Kopf. Er wischt sich immer wieder den Schweiß ab.

»Ist doch gar nicht warm draußen, Rolf.«

»Denkst du, man kann nur bei Hitze schwitzen?«

Sie schweigen. »Was gibt's Neues«, fragt Rita nach einer Weile. Rolf sieht sie kurz an. Will sie es wirklich wissen? Dann sagt er: »Wir bauen jetzt zwölf Fenster pro Schicht.«

Das sagt er so hin, aber beide wissen: Hinter so einem Satz steckt ein ganzer Roman. Leidenschaften, Heldentaten, Intrigen – was man sich nur wünscht. In jeder Zeitung stehen jeden Tag zehn solcher Sätze, aber diesen einen kann Rita vollkommen verstehen, Wort für Wort.

»Ach«, sagt sie. Und, da ihr nichts Stärkeres einfällt: »Ihr seid eben doch eine berühmte Brigade.«

Darüber müssen sie beide lachen.

»Weißt du«, sagt Rita, »Eisenbahnwagen – das war gerade das Richtige für mich. Ich hätte mich natürlich auch woanders eingelebt. Aber ich kann mir gar nicht denken, daß mir irgendwas so gefallen hätte wie der Pfiff unserer Lokomotive, wenn sie abends mit den beiden neuen Wagen abzieht...«

Wohin, fragte ich mich oft. Überallhin. Sibirien, Taiga, Schwarzes Meer...Manchmal schickte ich einen Gruß mit, ich zog einen Faden aus meinem roten Kopftuch und band ihn um ein Leitungsrohr. Ein Hoffnungsfädchen, daß ich irgendwann nachkommen würde...

Da kommen ihr schon wieder die Tränen, weil ihr einfällt, wie Manfred sie immer mit diesem Tuch geärgert hat: Rotkäppchen, Rotkäppchen, wann frißt dich der Wolf?

»Stehst noch nicht auf?« fragt Meternagel. Das Mädchen wird doch nicht zu heulen anfangen!

»Doch«, sagt sie. »Jeden Tag ein bißchen mehr.«

Aber er hat in Wirklichkeit über etwas anderes nachgedacht. Er hat sich eben selbst gesehen, wie er vor anderthalb Jahren durch den Betrieb gegangen ist. Wie ein Verrückter, sagt er

37

sich jetzt, wie ein kranker Stier. Und wie er ab und an stehenblieb und zu einem aus seiner Brigade sagte: Wir bauen noch mal zehn Fenster pro Schicht, denk an meine Worte, und wie die ihn mitleidig ansahen und sagten: Du spinnst. Und jetzt erzähl ich einfach dem Mädchen: Zwölf Fenster pro Tag.

Als wär das nichts. Als macht sich das alles von alleine.

Ganz gut, wenn immer einer da ist, der sich noch darüber wundern kann. Man selber hat das verlernt, da läßt sich nichts machen. Aber die Kleine hier, wenn sie erst wieder fest auf den Beinen steht, die wird nicht aufhören, sich über all und jedes zu wundern.

»Weißt du noch, wie ich dir unsere Brigade erklärt habe?«

»Ja«, sagt Rita. »Ich weiß.«

Er hat einfach ausgenutzt, daß sie neugierig auf Menschen ist. Dagegen kann sie nichts machen, wie andere gegen Zigarettenrauchen nichts machen können. Schwarzenbach hatte das auch gleich gemerkt und war darum so sicher gewesen, daß er sie kriegen würde. Und Meternagel ist noch gewitzter als Schwarzenbach.

Er sah ihr eine Weile zu, wie sie vorsichtig mit den Männern aus der Brigade umging, als hätte jeder eine Ladung Dynamit in sich, und wie die Männer ihren Spaß daran hatten. Da sagte er sich: Warum soll sie all die Dummheiten noch mal machen, die jeder am Anfang macht? Er nahm sie sich vor.

»Hör zu, Mädel«, sagte er. »Du weißt: Wir sind eine berühmte Brigade.«

»Ja«, sagte Rita folgsam, aber nicht nur folgsam. Sie dachte zwar an die Auszeichnungen und an die vielen Zeitungsartikel über sie, aber sie dachte auch an den Streit zwischen Meternagel und Kuhl.

»Gut«, sagte Rolf. »Dann weißt du das Wichtigste. Das Zweitwichtigste bring ich dir bei: Wie man mit berühmten Leuten umgeht.« Er war todernst, nur seine Stimme kam ihr nicht geheuer vor. Der hat vielleicht Augen! dachte sie damals zum erstenmal. Wie alt ist er eigentlich?

Aber über sich selbst sagte Meternagel kein Sterbenswort. Überhaupt erzählte er ihr nicht alles, aber doch so viel, wie sie wissen mußte, um nicht zu vorsichtig und nicht zu wagemutig zu sein. Sie merkte: Die Brigade war ein kleiner Staat für sich. Meternagel zeigte ihr nun die, welche an den Fäden zogen und die, welche sich ziehen ließen; er zeigte ihr die Regierer und die Regierten, die Wortführer und die Opponenten, offene und versteckte Freundschaften, offene und versteckte Feindschaften. Er machte sie auf Unterströmungen aufmerksam, die ab und zu in einem scharfen Wort, einem unbeherrschten Blick, einem Achselzucken gefährlich nach oben trieben.

Sie fing an, sich zurechtzufinden. »Trotzdem möcht ich wissen«, sagt sie jetzt, aus ihren Gedanken heraus, »woher du das damals gewußt hast.«

»Was?« fragt Rolf.

»Was du mal zu mir sagtest: So wie es jetzt ist, bleibt es nicht, denk an meine Worte!«

Meternagel lachte. Er stand auf und gab ihr die Hand. »Na und?« sagte er zum Abschied. »Hast du an meine Worte gedacht?«

Damals hätte Rita noch nicht geglaubt, daß so eine Sprengkraft in Rolf Meternagels ehrlichem Namen stecken könnte. Unbefangen nannte sie ihn eines Abends, als Herr Herrfurth sie liebenswürdig nach ihren Kollegen fragte: Rolf Meternagel.

Sofort spürte sie, daß der Name hier nicht zum erstenmal ausgesprochen wurde. Die Stille am Tisch veränderte sich.

Alles wäre noch einmal gut gegangen, hätte Frau Herrfurth zu schweigen gewußt. Aber sie beherrschte sich nicht. Sie rief: »Ach, den gibt es noch!«

Manfred sah sie an, und sie hätte herzlich gern ihren Ausruf zurückgenommen, aber der hing im Raum und klang lange nach.

»Glaubst du denn«, fragte Manfred höhnisch, »daß jeder gleich umkommt, den Vater mal kurz stolpern läßt?«

Da sprang Herr Herrfurth auf. Niemand hatte gesehen, wie er von größter Freundlichkeit in größte Wut gekommen war. Jetzt war er schon auf dem Gipfel der Wut. Er fing gleich in voller Stärke zu schreien an, in der Art unsicherer Menschen vergriff er sich in der Tonlage.

Er schrie vielerlei, was nicht zur Sache gehörte, vor allem verbat er sich ausdrücklich den rüden Ton und die fortgesetzten Diffamierungen seines Sohnes. »Meines Sohnes«, sagte er, um niemanden anreden zu müssen. Er steigerte sich in einen Anfall hinein, dessen Ende gar nicht abzusehen war, aber auf einmal brach er ebenso schroff ab, wie er angefangen hatte. Er hatte bemerkt, daß Manfred ungerührt weiteraß.

Wie Herr Herrfurth jetzt auf seinen Stuhl sank, wie er sich das Gesicht mit dem Taschentuch abtrocknete und hilflos ein paar Worte über die seelische Roheit der jüngeren Generation hervorstieß, da glaubte man ihm.

Manfred stand auf.

»Die Platte kenn ich«, sagte er. »Aber ich habe heute keine Lust, sie mir anzuhören. Ich hab überhaupt keine Lust mehr, mir von dir irgendwas anzuhören.«

Seine Mutter vertrat ihm den Weg zur Tür, sie hielt ihn zurück, sie beschwor ihn weinend, nicht zu gehen, das Tischtuch nicht zu zerschneiden, den Vater zu achten, es ist doch dein Vater, überleg doch, was das heißt...

Manfred war blaß geworden. Er ging steifer als sonst, an seiner Mutter vorbei zur Tür.

Rita sah und fühlte alles gleichzeitig: das scharfe Brennen in der Brust, als sich die Tür leise hinter Manfred schloß; Mitleid mit der Frau, die sich schluchzend auf einen Stuhl fallen ließ; Verlassenheit.

Wie soll das enden?

Als sie lange genug auf Manfred im Bodenzimmer gewartet hatte, ging sie schließlich auf die Straße. Sie stand da bis kurz vor Mitternacht, dann kam er.

»Na«, sagte er. »Heute hättest du allein schlafen sollen.«

Sie schüttelte den Kopf. »Das nächste Mal nimm mich mit«, sagte sie.

Er sah sie kurz an. »Ich weiß nicht, ob ich dich mitnehmen soll. Ich weiß wirklich nicht.«

Er lehnte an dem rauhen Pfeiler des Gartentors, und Rita konnte keinen Schritt auf ihn zugehen. Aber sie dachte krampfhaft daran, wie er immer an der Weide gewartet hatte, Abend für Abend, und das war noch gar nicht lange her. Da hatte sie jedesmal, wenn sie ihn stehen sah, wie ein Schlag die Gewißheit getroffen, daß sie alles von ihm wußte.

Immer werde ich es sein, die ihn halten muß, dachte sie. Und wenn mir nicht jetzt gleich irgendein Wort einfällt – nein, nicht irgendeins, das einzige, das richtige –, dann bleibt sein Gesicht so, wie es ist, und er geht mir noch heute nacht auf und davon.

Er ging auch wirklich, aber sie sah seinen zusammengezogenen Schultern an, daß er wußte, sie würde an seiner Seite bleiben.

Nach einer Weile sagte er: »Ich könnte ja weiter still sein wie der liebe Gott, aber nun kann ich dir ebensogut ein biß-

chen erzählen. Nichts Besonderes, wirst schon sehen. Bloß daß
ich mich immer noch nicht daran gewöhnen kann...

Übrigens hatte ich mich fast gewöhnt. Aber nun bist du mir
da hineingeraten, und auf einmal ist alles wieder genauso zum
Kotzen wie es immer war.«

Er kam schwer über den Anfang hinaus. So schweig doch!
hätte sie am liebsten gesagt. Ging es denn an, daß er ihr berich-
tete wie einem, dem man Rechenschaft schuldet?

Oder vielleicht schuldete er ihr Rechenschaft?

Vielleicht sollte gerade ich ihn damals lossprechen? denkt
sie, weil sie doch nicht anders kann, als immer und immer darüber nachzudenken. Zum erstenmal fällt ihr auf, daß es in dieser Zeit alle Augenblicke vorkommt, daß einer dem anderen
sein Bekenntnis abnehmen und sich ihm gewachsen zeigen
muß. Die Luft ist schwer von Bekenntnissen, als hänge jetzt
vieles davon ab, daß aus dem Innersten der Menschen Wahrheit
an den Tag kommt.

Sie denkt: Habe ich denn genug anzufangen gewußt mit
seiner Wahrheit?

9

»Rolf Meternagel ist gar nicht so wichtig«, sagte Manfred. »Ich
kenne ihn überhaupt nicht. Wenn du mir sagst, er ist ein an-
ständiger Kerl, glaub ich dir das aufs Wort.

Im vorigen Jahr war er in eurem Betrieb noch Meister. Das
hat er dir nicht gesagt, was? Er soll Aussicht gehabt haben,
weiterzukommen. Sein Pech war: Er hatte unehrliche oder
schludrige Untergebene und sein Vorgesetzter war mein Vater. Der hat ruhig zugesehen, wie irgend so eine Abrechnungs-
liste, unter der Meternagels Name stand, von Monat zu Monat
verworrener wurde, und als er genug Beweise hatte, schlug
er zu. Er setzte eine große Kontrolle an. Tatsächlich stimmte
diese Abrechnung nicht. Ein Schaden von dreitausend Mark.
Meternagel flog von seinem Posten. Er soll getobt haben, damit machte er alles nur noch schlimmer.

Und seitdem ist er in der Brigade, wo du ihn kennengelernt
hast.

Warum mein Vater so was macht? Wo er doch sonst feige
und unselbständig ist und sich nicht gern in Gefahr begibt? Er
muß es nötig haben, denk ich mir.«

Rita ging still neben ihm, mit den gleichen großen Schritten, die er machte. Sie wartete, bis er einen neuen Anfang fand.

»Du hast mal gesagt, ich sei ungerecht zu ihm. Sollen andere gerecht sein. Ich wehre mich meiner Haut, seit ich denken kann...

Die älteste Geschichte, die ich kenne – ich hab sie hundertmal gehört wie andere Kinder Dornröschen oder Rotkäppchen – ist das Märchen von meiner Geburt.

Hör zu: Es waren einmal Mann und Frau, die liebten sich so, wie man sich nur im Märchen lieben kann. Zwar hätte sie ihn nie geheiratet, aber sie ging auf die Dreißig zu, und alle anderen Männer hatte sie mit ihren übertriebenen Ansprüchen verscheucht, so war sie auf diesen angewiesen, einen unbedeutenden Vertreter einer Schuhfabrik. Das gehört nicht zum Märchen, ich sag es bloß zu dir. Zum Märchen gehört: Sie liebten sich, aber sie bekamen kein Kind. Fehlgeburten gab es, meine Mutter hat mich später genau unterrichtet, doch damit schweif ich schon wieder vom Märchen ab. Denn als das Wunsch- und Wunderkind doch noch geboren wurde – ein Knabe: Ich –, da war es eine Frühgeburt und zum Leben zu schwach. Nach der Meinung der Ärzte.

Da kommt die Märchenfee, die gute Schwester Elisabeth, die päppelt den Schwächling auf, mit einem Teelöffel und fremder Muttermilch, bis sie ihn der eigenen Mutter zum Weiterpäppeln übergeben kann. Diese Frau, meine Mutter, sieht ihr Schicksal in diesem Kind. Sie kettet es an sich mit allen Fesseln selbstsüchtiger Mutterliebe. Sie zahlt den Preis, den jedes Wunder in jedem Märchen kostet, und baut darauf, daß ich ihn weiterzahlen werde.

Damit endet das Märchen, und mein Leben beginnt.«

Manfred genoß es, daß er endlich sprach. Aber ihn quälte doch auch die Unmöglichkeit, alles zu sagen. Zwar war das Mädchen neben ihm hellhörig, sie würde am Ende mehr wissen, als ein Mensch einem anderen erzählen kann. Und doch zog, als unsagbarer Untertext zu seinem Bericht, eine Fülle von Bildern, Gerüchen, Worten, Blicken, Gedankenfetzen an ihm vorbei.

Er erinnerte sich an Fotos aus dem Familienalbum, da war seine Mutter schön und hatte etwas Sanftes im Blick, das sie später beim Zusammenleben mit diesem Mann verloren haben mußte. Oft hatte er in seinem Gedächtnis nach den flüchtigen Spuren ihrer allmählichen Veränderung gesucht, hatte sich besonnen, wann er sie lebenstüchtig oder warm und liebevoll gesehen hatte und stellte sich immer wieder vor, wie diese Frau heute wäre, ohne das Gefängnis dieser Familie, ohne diese gräßliche Verarmung ihres Daseins.

»Sie kann einem leid tun«, sagte er zu Rita. »Das bestreite ich nicht. Wie oft habe ich als Kind Gekeif und Weinen aus dem Schlafzimmer gehört! Dann hatte sie wieder mal entdeckt, daß ihr Mann sie betrog. Er war erster Einkäufer in einer Schuhfabrik geworden, nicht zuletzt durch ihren ehrgeizigen Antrieb. Er kam selten nach Hause, fuhr einen Dienstwagen und fühlte sich als Herr. Meine Mutter war fast immer beleidigt, da fand er genug andere Frauen, die ihn anhimmelten. Dabei strengte es ihn eigentlich zu sehr an, ein Doppelleben zu führen...

Natürlich trat er frühzeitig in die SA ein. Ich erinnere mich, wie er sich vor dem Korridorspiegel und vor meiner Mutter in der neuen Uniform drehte. Da muß ich knapp vier Jahre gewesen sein. Ich sah, wie sich ihre Blicke im Spiegel trafen. Ihre Übereinstimmung war mir unheimlicher als Streit. Ich drückte mich zwischen die Mäntel.

Danach begann meines Vaters Freundschaft mit seinem Chef. Er war Prokurist geworden, also gesellschaftsfähig. Sonntags gingen wir zur Chefsfamilie, manchmal kam sie auch zu uns.

Vorher hatte ich selten mit Kindern spielen dürfen. Meine Mutter saß hinter der Gardine und mischte sich ein: ›Die garstigen Kinder tun dir weh, Fredie!‹ Nun wurde ich Sonntag für Sonntag dem Chefsohn Herbert überantwortet, der war drei Jahre älter als ich und machte mit mir, was er wollte. Er zwang mich zu unguten Streichen. Immer fiel die Schuld auf mich. Mein Vater, der mich sonst kaum ansah, so gleichgültig war ich ihm, prügelte mich vor diesen Leuten, damit sein Chef sehen konnte, wer bei uns Herr im Hause war...

Ich ging noch nicht zur Schule, da haßte ich ihn schon. Und das ist das einzige, worauf ich mich auch heute noch sicher verlassen kann.«

Er suchte Ritas Augen, aber sie wich seinem Blick aus. Sie sah auf ihre Füße, die gleichmäßig weiterliefen, einmal durch den Lichtkreis einer Laterne, dann wieder im Dunkeln. Sie merkte nicht, daß Manfred eine Bewegung machte, ihre Hand zu ergreifen, aber den Arm wieder sinken ließ.

»Ich bin bis jetzt ganz gut ohne Zuhörer ausgekommen«,

sagte er weicher. »Vielleicht hätte ich es auch weiter versuchen sollen?«

Rita schüttelte den Kopf. Sie vermied es, in sich hineinzuhorchen. Später würde sie sehen, was mit ihr vorgegangen war. Jetzt kam es darauf an, ihm zuzuhören. Vielleicht hatte alles sich verändert, wenn es Morgen wurde. Vielleicht waren sie der Veränderung nicht gewachsen; aber davor zu erschrecken, war es nun zu spät.

»In der Schule war ich immer der Beste«, sagte Manfred. »Sie nannten mich ›Siebenmonatskind‹. Meine Mutter war jede Woche mit einer Beschwerde beim Lehrer, da hörten sie auf, mich zu quälen und mieden mich nur noch. Zu Hause log ich nach Strich und Faden, spiegelte Freundschaften, Erfolge vor, die für mich überhaupt nicht in Frage kamen...

Als sie mich im Jungvolk anmeldeten, war schon Krieg. Mein Vater war seinem Chef unentbehrlich. Wir hatten nichts auszustehen. Jedermann war damals froh über ein Paar Friedensschuhe.«

Wozu erzähl ich dir das alles? dachte er. Versteht sie überhaupt, was damals los war? Sie war ja noch nicht mal geboren...

Komisch: Irgendwo zwischen ihr und mir fängt die neue Generation an. Wie soll sie begreifen, daß man uns alle frühzeitig mit dieser tödlichen Gleichgültigkeit infiziert hat, die man so schwer wieder los wird?

»Wovon sprachen wir?« fragte er. »Ja: In der Hitlerjugend fehlte ich nie, obwohl sie mir zuwider war. Ich sprang mit geschlossenen Augen von jeder Mauer, wenn sie es befahlen. Ich hätte ganz andere Sachen gemacht, mir braucht keiner zu erzählen, wie man aus Angst zum Verbrecher wird. Aber sie zogen mich in nichts hinein, ich war nicht ihr Typ.

Zuletzt, als sie meinen Vater doch noch zur Heimatverteidigung geholt hatten, geriet ich in eine Bande, lauter Jungens in meinem Alter. Die trieben mir die Angst aus und machten mich normal, was man damals normal nannte. Ich rauchte und pöbelte Leute an und grölte auf der Straße, und zu Hause legte ich meiner Mutter die Beine auf den Tisch. Schließlich schoß ich während der Geschichtsstunde mit einem alten Colt durchs Lehrerpult. Der Lehrer war ein guter Nazi; natürlich wäre ich von der Schule geflogen, wenn sie nicht gerade alle Schulen als Lazarette gebraucht hätten.

Wir lungerten einen Sommer lang umher und sahen uns genau an, was die Erwachsenen vor unseren Augen in ziemlich kurzer Zeit mit ihrer Rechthaberei und ihrem Besserwissen angestellt hatten. Die sollen uns bloß noch mal kommen! sagten wir. Wir lachten laut, wenn wir die Plakate lasen: Alles wird jetzt anders. Anders? Mit wem denn? Mit diesen selben Leuten? Im Herbst wurde unsere Schule wieder aufgemacht. Johlend zogen wir aus unserem alten Klassenschrank die alten Nazi-Liederbücher. Die Neuen hatten nicht mal Zeit gehabt, das Zeug wegzuschaffen.

In irgendeiner der fünfundvierziger Aprilnächte hat meine Mutter das Führerbild verbrannt. Seitdem hängt diese Herbstlandschaft bei uns über dem Schreibtisch, du erinnerst dich? Die ist genausogroß wie früher der Hitler, und kein Mensch könnte heute noch sagen, woher der helle Fleck an der Tapete kommt. Übrigens ist die Tapete neu.

Als mein Vater ein Jahr nach Kriegsende abgelumpt und ziemlich verkommen wieder auftauchte, fand er auch seine braune Uniform nicht mehr. Nein, meine Mutter ließ sich nicht aufs Umfärben ein wie andere Leute, die nicht ein kleines Schuhlager zum Verschieben hatten.

Meine Mutter stieg ganz groß auf. Sie organisierte unseren ganzen Tauschhandel. Ihr verdanken wir, daß wir nicht hungerten. Was war denn mein Vater noch? Ein belasteter Mensch mit tödlich verwundetem Selbstgefühl. Ein Mitläufer, mehr nicht, das hat er mir oft versichert, und es stimmt. Ein deutscher Mitläufer. Eine Überzeugung hat er nie gehabt. Er hat auch nichts Besonderes auf dem Gewissen. Andere Leute können ihm ruhig die Hand geben. Im Archiv der Schuhfabrik muß es noch Briefe von ihm geben, die ihm heute peinlich wären. Peinlich, nicht ekelhaft.

Übrigens: Aus dieser Zeit kennt ihn Meternagel – weil du doch wissen wolltest, warum mein Vater ihm ein Bein stellt. Mehr will ich dazu nicht sagen.

Meine Mutter entfaltete eine unerhörte Energie, um meinen Vater wieder ins Geschäft zu bringen. Das ist ihr gelungen. Ihn hat sie endgültig unterworfen.«

Und mich endgültig verloren, dachte er. Wenn sie es auch bis heute nicht wahrhaben will.

Es machte ihm jetzt nichts mehr aus, zu reden. Im Gegenteil, er fürchtete fast, nicht wieder aufhören zu können. Dabei war es lange nach Mitternacht. Die Straßen lagen feuchtkalt und einsam vor ihnen wie unwegsame Schluchten, zum drittenmal kamen sie schon an ihrer Haustür vorbei, und das Mädchen neben ihm fror vor Müdigkeit. Aber es blieb beharrlich an seiner Seite.

»Eines Tages«, erzählte Manfred weiter, »erschien im Knopfloch meines Vaters das Parteiabzeichen. Ich lachte laut los, als er damit ankam, und seitdem ist er schon beleidigt, wenn er mich bloß sieht.«

Dabei war er doch nicht der einzige, dachte Manfred; da gab es viel schlimmere. Trotzdem haben viele Glück gehabt. Sie sind an ehrliche Leute geraten, als sie sie gerade brauchten. So was ist mir nicht passiert. Wenn ich genauer hinsah, kam immer die andere Farbe durch. Woher sollten in diesem Land auch die ganzen ehrlichen Leute kommen? Außerdem: Hab ich sie wirklich gesucht? Und ist es so wichtig, sie zu finden, solange man selber ehrlich ist? Bis zum Letzten und mit aller Anstrengung, die man dazu braucht? Kann ich's nicht werden, wenn ich wirklich will?

»Lässig beendeten wir die Schule. Damals waren wir Fünfzehnjährigen die älteste Klasse, in der keine Gefallenenliste hing…

Eine altjüngferliche Lehrerin entdeckte mein Schauspielertalent. Du wirst es nicht glauben, aber bald sprach ich vor jeder Feier in dieser Stadt Gedichte. Damals gab es viele Feiern. Was ich aufsagte? Vielerlei. Alles gefühlvoll, nichts mit Gefühl. ›Wie im Morgenglanze du rings mich anglühst, Frühling, Geliebter‹… Und: ›Diese Zeit braucht deine Hände!‹ – Übrigens, in unserem geheimen Kellerklub, da schrie ich: ›Glotzt nicht so romantisch!‹ Und ich säuselte: ›Es fragt die Hanna Cash, mein Kind, doch nur, ob sie ihn liebt.‹ Mit Gefühl.«

Mein lieber Junge, dachte er, war das eine Zeit! Und damals fing sie gerade an, lesen zu lernen…

Er wollte jetzt schnell zu Ende kommen.

»Meine Mutter saß bei jeder Feier in der ersten Reihe, mit feuchten Augen. Sie war überzeugt, daß ich Schauspieler würde. Ich sollte ihr den Ruhm liefern, den das Leben ihr schuldig blieb.

Ich bin nicht Schauspieler geworden, wie du weißt. Rachsüchtig durchkreuzte ich die Pläne meiner Mutter. Das sollte mein schönster Tag werden: der Aufnahmeschein für die naturwissenschaftliche Fakultät. Sie hat auch geheult und getobt, wie ich gedacht hatte. Aber mir machte es auf einmal keinen Spaß mehr.

Überhaupt hat mir seitdem nichts richtigen Spaß gemacht.

Bloß mein Beruf, der ist gut. Gerade genug Exaktheit, gerade genug Phantasie.

Und du. Du bist auch gut.«

»Gerade genug Exaktheit, gerade genug Phantasie«, sagte Rita, mit kleiner Stimme. Manfred nahm es ernst.

»Ja, braunes Fräulein«, sagte er. »Genau so.«

10

Heute weiß sie: Damals, in jener Nacht, hatte sie zum erstenmal das noch unaussprechbare Gefühl einer drohenden Gefahr. Sie behielt ihre Ratlosigkeit für sich, das war ihre unbewußte, für Manfred nicht kränkende Art von Tapferkeit. Sie hatte genau die Art von Tapferkeit, die er brauchte.

Im Betrieb fand sie sich besser zurecht. Sie verlor allmählich die Angst, daß sie alle Augen auf sich zog. Immer noch wunderte sie sich, wie aus dem wirren Gehaste, dem Schimpfen und Brüllen jeden Tag zwei funkelnde dunkelgrüne Eisenbahnwagen hervorgingen, schnittig, solide und nagelneu. Bei Schichtende wurden sie auf dem Probegleis langsam aus dem Werk geschoben. Im Fahren noch sprangen die letzten Monteure mit ihren Handwerkskästen ab, manchmal war Rita dabei. Sie lachte mit den anderen über die tägliche Verzweiflung des Abnahmemeisters, und dann standen sie alle und blickten dem kleinen Zug so lange nach, bis ihn der Vorstadtrauch verschluckt hatte.

»Wenn man denkt...«, sagte Hänschen versunken. Das war sein Lieblingswort, aber aus irgendeinem Grund brachte er es nie dazu, zu sagen, was einem passiert, wenn man dachte. »Da laß dich man erst gar nicht drauf ein«, warnten die anderen ihn gutmütig.

Überhaupt hatten sie zusammen eine gute Zeit, wenn es auch nicht weiter nötig war, darüber zu reden. Jeder tat, was zu tun war, Zank gab es nicht. Selbst Meternagel, bei dem man immer mit allem rechnen konnte, hielt sich zurück. In den Mittagspausen saßen sie einträchtig auf rohen Planken in einem grünen Winkel des Hofes zusammen, die Beine weit von sich gestreckt, den Rücken fest gegen die Bretter gepreßt, die Hände in die Taschen gebohrt, und alles schien ihnen ziemlich in Ordnung, so wie es war. Sie blinzelten in die Sonne, die noch mild war, sie sahen dem Wolkenzug nach, der vereinzelte weiße Wolkenfedern auf immer der gleichen Bahn quer über den Himmel trieb und wunderten sich, wie durchsichtig um die Mittagszeit die Luft wurde.

Fern von der Stadt durchbrachen Düsenflugzeuge mit ohrenbetäubendem Knall die Schallmauer und waren im Nu über ihnen, sehr hoch, sehr schnell. Sie blickten träge hinter ihnen her, und ihre Friedfertigkeit wurde immer größer.

Am größten war sie vielleicht an dem Tag, nach dem im Werk die große Unruhe losbrach. Sie feierten den fünftausendsten Wagen, der nach Kriegsende aus dem Werk rollte, und dazu feierten sie den Geburtstag ihres Brigadiers.

Rita sieht alles noch vor sich, sie merkt, daß ihr an diesem Tag nicht die geringste Kleinigkeit entgangen ist. Der Werkhof war blankgekehrt, Wind fegte darüber hin. An einer Schmalseite stand der girlandengeschmückte Jubiläumswagen, weithin sichtbar leuchtete die Zahl *Fünftausend* neben dem Datum: 20. April 1960. Eine Musikkapelle spielte, was sie konnte, dann traten einige Redner auf. Jeder bekam Beifall, alles war, wie es sein mußte. Rita, wie immer zwischen Hänschen und Rolf Meternagel, klatschte vergnügt mit den anderen. Sie mußte immerzu ohne Grund lachen, obwohl sie nur Malzbier getrunken hatte. Als die Tanzgruppe in weißen Blusen und bunten Röcken auf die Holztribüne sprang, wurde die Stimmung noch besser. Sie hatten ihre Freude daran, wie Ermisch sich unauffällig in die vorderste Reihe schob, weil man heute vergessen hatte, ihn zur Tribüne einzuladen und weil er keinen anderen Weg sah, sich wieder in Erinnerung zu bringen.

Schließlich öffnete sich der tiefhängende graue Himmel zu einem Guß, und alle stoben auseinander. Man hatte längst gewußt, daß es regnen würde, es roch schon den ganzen Tag nach Malzkaffee: Westluft. Der Wind trieb noch ein paar Papierfetzen gegen den Bretterzaun, dann lag der Hof verlassen.

Die Ermischleute zogen mit ihrem Geburtstagsbrigadier in die nächste Kneipe, wo sie bekannt waren und in der Fensterecke mehrere Tische zu einer langen Tafel zusammenrückten. Mochte es draußen regnen, was es wollte, sie ließen sich von Ermisch Bier und Doppelte ausgeben und tranken sie zügig auf sein Wohl.

Das Licht in diesem verräucherten schlauchartigen Raum war trübe.

Rita saß hinter ihrem Limonadenglas und fragte sich, wieviel sie trinken würden und wie lange sie selbst bleiben müßte. Der

Wirt lief eilfertig hin und her, sie waren seine lohnendsten Gäste. Qualm stieg von der Tafel auf wie stinkender Nebel, sie tranken und lärmten. Rita wurde immer stiller.

Sie hatte noch nie Zeit gehabt, sich diese zwölf Männer einmal gründlich anzusehen.

Der Älteste war sechzig, der grauhaarige Karßuweit aus Ostpreußen, den alle nur mit dem Nachnamen anredeten: He, Karßuweit, erzähl noch mal die Sache mit den Eiern und deinem Baron! Er war Gutstischler bei einem richtigen Baron gewesen und saß heute noch wie ein Bauer unter den Arbeitern. Hänschen, der Jüngste, von dem jeder nur den Vornamen kannte, trank heute zum erstenmal mit ihnen und glänzte vor Stolz. Er war nicht gerade in einer Glückshaut geboren, er hatte nicht mal den Mut, sich eine Freundin zu suchen, aber er war immer fröhlich.

»...und dann kam er selbst aufs Feld zu den Saisonschnittern und sagte: Wetten, daß ich eine Mandel Eier allein aufessen kann, und sie sagten: Unmöglich, Herr Baron, und da nahm er sich den Eierkorb vor und fing an zu essen und brachte es sage und schreibe auf sechzehn Stück...« An immer der gleichen Stelle unterbrach Ermisch den Alten und schrie, krebsrot vor Lachen: »Und ihr dummen Teufel habt ihn noch bewundert, daß er eure Eier fraß!«, und dann wieherte die ganze Brigade wie über den besten Witz. Karßuweit aber, der sich immer wieder dazu verleiten ließ, von seinem Baron zu erzählen, machte eine verächtliche Handbewegung und schwieg.

Durchschnittsgesichter die meisten, wie man sie auf der Straße trifft. Mehr Ältere als Junge. Sind bis jetzt durchgekommen, irgendwie, am besten, man fragt nicht danach. Nicht unversehrt, jedenfalls. Nicht ohne sich nach der Decke zu strecken oder sich zu bücken vor der Übermacht, je nachdem. Nicht ohne in aussichtslosen Lagen verzweifelt den einzigen Ausweg zu suchen, über den sie entschlüpfen konnten, sie allein.

»Das ist überhaupt nichts«, sagte Franz Melcher leise zu seinem Nebenmann. »Paris, na schön. Aber hast du schon mal Beduinenfrauen gesehen, wenn sie sich waschen, frühmorgens an der Quelle, und du mit dem Fernglas nahebei...« Er merkte auf einmal, daß er allein noch sprach und alle ihm zuhörten, er warf einen schnellen Blick auf Rita und verstummte. »Ein Lied!« schrie einer vom anderen Tischende. »Drei, vier!«

Von den Bergen rauscht ein Wahasser...

Was alles hatten sie hinter sich gelassen! Gefallene Brüder, in Gefängnissen erschlagene Freunde, Frauen in manchem Land Europas und allerhand Spuren in vielen Gegenden der Welt *(Glücklich ihist, wer das vergihihißt, was nun einmal nicht zu ähändern ist!)*. Nun sollten ihre Erlebnisse ihnen jeden Tag weniger nützen, sie konnten hier nichts darauf bauen. Aber konnten sie sie deshalb aus sich herausreißen? Alle zehn Tage warteten zwei, drei oder vier Menschen auf das Geld, das sie nach Hause brachten: Essen und Wohnung und die Musik aus dem Radio.

Ging es nicht darum, immer noch?

»Sollst leben!« rief Hänschen über den Tisch und trank Ermisch zu.

Sie griffen nach dem Schnapsglas und kippten es mit einem Ruck, alle mit der gleichen Bewegung. Dann tranken sie Bier in großen Zügen.

O, du schöhöhöner Wehehesterwald, tüdelütütüdü... Irrte sie sich, oder hatte sich der spöttische Zug in Herbert Kuhls Gesicht vertieft? Er sang nicht mit, aber er machte ein Gesicht, als ob der Gesang ihm etwas bestätigte, was er immer gedacht hatte. Nur schien er nicht genau zu wissen, ob er sich über diese Bestätigung freuen sollte oder nicht.

Über deine Höhen pfeift der Wind so kalt, jedoch...Da kam noch ein Mann herein: Ernst Wendland. Rita sah ihn zum erstenmal. Für den Produktionsleiter so eines großen Werkes war er ihr zu jung und überhaupt zu unscheinbar: kräftig, etwas blaß, mit blondem, glattem Haar. Ermisch winkte ihn an den Tisch, und Wendland setzte sich, wenn auch widerwillig. Rita sah, wie er sich Mühe gab, die aufgekratzte Stimmung nicht zu stören. Er stieß mit Ermisch an und machte ein paar Witze (»Wohin geht einer, wenn er achtunddreißig ist?«), aber besonders lustig wurde er nicht. Am Tisch war man nicht leiser geworden, seit Wendland dabeisaß.

Aber irgend etwas hatte sich verändert. Das war nicht mehr die gleiche Feier. Rita sah auf einmal den Tisch mit ihrer Brigade im trüben Kneipenlicht aus einer Entfernung, die sonst nur verstrichene Zeit geben kann, sie hörte die Stimmen zugleich leiser und genauer. Wendland störte gerade deshalb, weil er versuchte, sich anzupassen, wie jeder stört, der anderen zuliebe seiner Natur Zwang antut. Plötzlich kommt den anderen ihre Natur fragwürdig vor. Mißbilligt der sie vielleicht?

Man fing an, herausfordernd zu grölen und die Gläser auf den Tisch zu hauen. Gönnte ihnen hier irgendeiner ihre Geburtstagsfeier nicht?

Und doch kam ihnen das Unbehagen, das von Wendland auszugehen schien, nicht überraschend. Sie hatten ja so was erwartet. Soviel Erfahrung hat man in anderthalb Jahrzehnten schließlich gesammelt, um zu wissen: Wenn es einem gerade so richtig gut ging, wenn man gerade mal mit sich selbst rundherum zufrieden war, dann brachten die es ganz bestimmt fertig, einen wieder unzufrieden und kribblig zu machen.

Dabei sprach Ernst Wendland nicht ein einziges unpassendes Wort. Er wurde sogar immer stiller. Er trank sein Bier schnell aus, pochte zum Abschied mit den Faustknöcheln auf den Tisch und ging.

In die Stille hinein sagte Meternagel, halb grimmig, halb befriedigt:

»Das hab ich gewußt, oder vielleicht nicht?«

Niemand widersprach, obwohl nicht einzusehen war, was Meternagel gewußt haben wollte. Der Spaß war ihnen vergangen. Hänschen, dem es um die schöne Feier leid tat, wollte sie alle an Wendland rächen: »Ziemlich jung noch, nicht?« meinte er, so empört er konnte. Da war noch mal was zu lachen. Aber dann fingen die ersten an, sich zu verabschieden: »Dein Bier schmeckt nicht, Herr Wirt, trink es selber!«

Rita ging mit ihnen.

Der Regen hatte aufgehört, ein feuchter warmer Luftstrom strich durch die Stadt. Rita, gleichzeitig müde und angestachelt, wäre am liebsten jetzt weit gelaufen, zum Beispiel die Stadtchaussee entlang, die an der windzerrupften Weide vorbei zu ihrem Dorfe führte.

Als sie aus der Straßenbahn stieg, stand Manfred vor ihr. »Du hast auf mich gewartet?« fragte sie überrascht.

»Nimm's an«, sagte er.

»Lange?«

Er zuckte die Achseln. »Wenn ich sage ›lange‹, bildest du dir wer weiß was ein und kommst jeden Abend so spät und stinkst nach Bier und Rauch!«

»Nach fremdem Bier, nach fremdem Rauch!« versicherte Rita.

»Wie willst du das beweisen?«

Sie lachte und rieb ihr Gesicht an seinem Ärmel. Also kam man wie jeder andere abends nach Hause und wurde erwartet und hatte Rechenschaft zu geben über den Tag und wurde ausgeschimpft für langes Ausbleiben. Was heißt hier Stadtchaussee, was Weidenbaum?

In ihrer Haustür prallten sie auf einen Mann, der sich im Herauskommen eine Zigarette anzündete. Im Schein des Streichholzflämmchens erkannte Rita ihn: Ernst Wendland. Verwirrt grüßte sie ihn, er sah auf und wurde erst jetzt, nachträglich gewahr, daß da ein Mädchen unter den zwölf Männern in der Kneipe gesessen hatte. Er zog den Hut und ging schnell zum Auto, das unter der nächsten Laterne auf ihn wartete.

»Wer war das?« fragte Manfred.

Rita sagte es ihm.

»Den kenn ich doch...«, meinte er nachdenklich.

In seinem Arbeitszimmer saß verstört Herr Herrfurth. Ohne an das Zerwürfnis mit seinem Sohn zu denken, erzählte er überstürzt, was passiert war: Der alte Werkleiter des Waggonwerks war von einer Dienstreise nach Berlin (»Berlin W, du verstehst!«) nicht zurückgekommen. Wahrscheinlich wollte er sich der Verantwortung für den Produktionseinbruch entziehen, der im nächsten Monat auf den Betrieb zukam: Er mußte die Katastrophe zuerst bemerkt haben.

Neuer Werkleiter war seit heute Ernst Wendland.

11

Die Erinnerung an jene Wochen wird Rita immer mit brandroten Sonnenaufgängen verbinden, vor denen dunkler Rauch aufsteigt, mit zwielichtigen, unzufriedenen Tagen und bis in die Träume hinein herumirrenden Gedanken.

Nicht nur sie, alle schienen das Gefühl zu haben, daß auf einmal von ihrem Werk, das weder sehr groß noch sehr modern war und von zentralen Stellen wenig beachtet wurde, alles Mögliche abhinge. Die Spannungen, schien es, denen das ganze Land seit Jahr und Tag ausgesetzt war, hatten sich nun gerade auf diesen einen Punkt zusammengezogen. Sogar die »drüben« nahmen nun von ihnen Notiz; ihre Sender waren sich nicht zu schade, fast jeden Tag Neuigkeiten aus der »vom Untergang bedrohten ehemals blühenden Mildner-Waggonbau-GmbH« zu verbreiten – Wahres, Erlogenes, Halbwahres. Sogar der alte Werkleiter sprach über den westlichen Rundfunk. Er habe schon lange gewußt, daß er auf verlorenem Posten stehe, aber erst in letzter Zeit hätten Freunde ihm geholfen, sich durch die einzig richtige Entscheidung aus dem Konflikt seines Gewissens zu befreien. Seine Arbeiter aber, deren freiheitliche Gesinnung er kenne, grüße er aus dem glücklicheren Teil Deutschlands und stelle ihnen anheim, das gleiche zu tun wie er selbst.

Am nächsten Tag lief diese Rede in der Frühstückspause über den Betriebsfunk. Nach jedem Absatz wurde sie unterbrochen, und sie hörten die bekannte, sehr junge und ungeschulte Stimme der Betriebsfunkredakteurin: »Genossen! Kollegen! So spricht ein Verräter an unserem Betrieb, an unserem Staat, an uns allen!«

Über zwei Wochen lang sank die Produktion von Tag zu Tag. Die kleine Werklokomotive hätte abends einen halben Waggon hinter sich herziehen müssen, wenn so etwas denkbar wäre. Sorgenvolle Kommissionen in weißen und blauen Ärztekitteln arbeiteten sich durch den Betrieb und klopften und horchten an seinem Riesenleib herum. Zuerst spöttisch, dann bedenklich und schließlich drängend sahen die Arbeiter ihnen nach.

Beklommen lauschte Rita auf das allmähliche Absinken der brüllenden, stampfenden, kreischenden Geräusche in den Hallen. Gespannt sah sie in die resignierten, abwartenden Gesichter ihrer Brigade, verglich diese Gesichter mit denen auf den Zeitungsbildern, die noch heute an der Bretterwand der Frühstücksbude hingen und fragte sich: Wer lügt hier? Auf einmal waren die immer längeren Pausen (»Keine Arbeit! Kein Material!« sagte Ermisch meistens schon früh bei Schichtbeginn) angefüllt mit Gehässigkeiten und Gezänk.

Rita hatte noch nie erlebt, was es heißt, so einen großen Betrieb aus dem Dreck ziehen. Wie immer, ehe der Ausgang einer Sache entschieden ist, gab es besonders viele Mißmutige, Übellaunige und Böswillige. Mancher schien toll vor Schadenfreude darüber, daß mitten auf hoher See das Schiff sank, mit dem er selbst fuhr.

»Was ist los?« fragte sie Rolf Meternagel.

»Was los ist? Das Normale. Das, was kommen mußte. Wenn keiner sich verantwortlich fühlt und jeder nur in seinem kleinen Eckchen kramt, und das bis hoch hinauf in die Leitung, dann muß aus vielen kleinen Schweinereien eines Tages die ganz große Schweinerei werden. Dann hat die Materialverwaltung keine Ahnung von der neu anlaufenden Produktion, dann ist also das Material nicht eingeplant, dann ist auch die Technologie nicht fertig und keiner weiß, was er machen soll. Laß dann noch ein paar Zulieferbetriebe stocken, wie es jetzt geschieht, und du hast alles, was du brauchst.«

»Aber kommen wir denn da wieder 'raus?«

Meternagel lachte bloß.

Manfred sah Ritas Ratlosigkeit und sagte sich: Sieh mal an, so schnell? Er tröstete sie. Er sprach ihr Mut zu. Er brachte Beispiele, wo viel schlimmere Lagen sich zum Guten gewendet hatten. Er beklagte sich nicht, daß sie Tag und Nacht nur noch vom Werk sprach. »Später«, sagte er, »vielleicht bald, wirst du deine Verzweiflung von heute belächeln.« – Er wußte nicht, wie recht er hatte.

Verwundert beobachtete Rita an sich, daß in den schwärzesten Tagen, als es fast keine Arbeit mehr gab und die Brigaden in bösem Schweigen in ihren Bretterverschlägen zusammenhockten, ihre eigene Mutlosigkeit in Ungeduld umschlug und in die Bereitschaft, einen Umbruch, wenn er doch endlich kommen sollte, mit aller Kraft zu unterstützen.

Manches kleine Zeichen war ihr nicht entgangen. Immer öfter fing sie Blicke zwischen Ermisch und Rolf Meternagel auf, spöttische Blicke Meternagels, die er wie Versuchssonden in unbekannte Luftschichten losschickte. Ermisch erwiderte sie zuerst abweisend, dann unsicher, fragend. In diesen Tagen zeigte sich, überraschend für die meisten, daß Günter Ermisch ein guter Brigadier für gute Zeiten war, für hohe Sollerfüllung und hohe Löhne, für Rundfunkreporter und allgemeine Aufrufe und Ehrenplätze auf der Tribüne am Ersten Mai. Aber für schlechte Zeiten reichten seine Festigkeit und seine Zuversicht nicht aus. »Was starrst du mich an?« fragte er Meternagel. »Was gibt's an mir zu sehen?« – »Allerlei«, erwiderte Rolf. »Du solltest dich auch mal anstarren.« Es half nichts: Ermisch mußte zulassen, wogegen er sich sträubte: Er mußte einen Rivalen, Meternagel, neben sich hochkommen lassen.

Die Männer aus der Brigade kamen jetzt öfter zu ihm, der ruhig blieb und der so tat, als habe er alles vorausgesehen und als sei gar nichts Außergewöhnliches passiert. Sie alle, natürlich auch der mit allen Wassern gewaschene Ermisch, witterten den bevorstehenden Stimmungsumschwung in den Brigaden. Ermisch richtete sich im stillen darauf ein, mit seinen Leuten nicht als Letzter zu kommen. Wenn er nur wüßte, was zu tun war!

Meternagel aber schwieg.

Dafür wurde an Herrfurths Familientisch auf einmal geredet. Mehr als alles andere bestärkte dies Rita in ihrer Zuversicht. Herr Herrfurth schwang seine weiße Serviette viel weniger munter als früher, und es gelang ihm schon gar nicht mehr, mit ihr alle unappetitlichen Ereignisse des Tages vom Tisch zu fegen. Die Unordnung des Betriebes brach verheerend in den wohlorganisierten Mechanismus der Herrfurthschen Mahlzeiten ein.

Zuerst, als noch die Untersuchungen über die Flucht des alten Werkleiters liefen, hegte Herr Herrfurth Befürchtungen, die mit gewissen, auch von ihm unterzeichneten Schriftstücken zusammenhingen – Materialanforderungen und dergleichen. »Schließlich kann man nicht alles nachprüfen, und ich möchte mal den sehen, der nicht unterschreibt, was der Werkleiter ihm hinhält!« Dann aber, als er mit Ermahnungen und einer gut dosierten Selbstkritik davongekommen war, verging seine Nervosität: »Kunststück, woher nehmen die im Handumdrehen einen kaufmännischen Leiter, der auch was versteht?«

Dafür erfaßte ihn jetzt eine tiefere Unruhe, die andauerte. Sie äußerte sich in kurzen Bemerkungen über den neuen Werkleiter, den er zwar nicht zu kritisieren wagte, der ihm aber unheimlich war. »Ein junger Mann«, sagte er, »frische Kenntnisse, gesunder Ehrgeiz. Warum auch nicht. Aber Rom ist auch nicht an einem Tag gebaut worden.« – Ein andermal sagte er: »Schön und gut, ein ausgesprochener Organisator. Aber laß ihn sein Schema erstmal an unserem Werk ausprobieren, an diesen Leuten... Schade, daß so ein Junge hier keine Zeit kriegt, sich die Hörner abzustoßen. Der hat sich bald zugrunde gerichtet...«

Frau Herrfurth aber, die von alledem nichts verstand, die den Betrieb nicht einmal mehr von außen gesehen hatte, seit er volkseigen war – gerade sie reagierte am genauesten auf die Katastrophe, die alle so erregte. Sie kannte ihren Mann, sie beobachtete das Mädchen, das ihr Sohn heiraten wollte, und sie hatte, wenn auch nur für Sekunden, das Gesicht dieses ehrgeizigen, zu allem entschlossenen Wendland gesehen, den sie jetzt ihrem Mann vor die Nase gesetzt hatten. Das genügte ihr. Der Haß schärfte ihren Blick.

Was da seit mehr als einem Jahrzehnt außerhalb ihrer vier Wände geschah, hatte sie bisher für lästig gehalten, weil es einen zu gewissen Anpassungsmanövern zwang. Aber immerhin war es ziemlich dumm und lächerlich und jedenfalls nicht für die Dauer. Auf einmal geschah, was sie immer gewünscht hatte: Der Bestand dieser lästigen Neuheit war bedroht – eines Teiles davon, gewiß; aber mit Teilen fing es immer an. Und jetzt beobachtete sie die Anstrengungen, die man unternahm, die Bedrohung abzuwenden. So zu handeln, konnte man niemandem befehlen. Solche Mühen nimmt man nur freiwillig auf sich, nämlich dann, wenn man vor einem schweren, unersetzlichen Verlust für sich selbst steht.

Also war in all diesen Jahren etwas Ernsthaftes geschehen, da draußen. Also war es diesen Fanatikern gelungen, andere mit ihrer Tollheit anzustecken. Also mußte man daraus Schlüsse ziehen.

Frau Herrfurth nahm in jenen Tagen den Briefwechsel mit ihrer Schwester, einer Postsekretärswitwe in Westberlin, wieder auf.

Unmerklich war unter all den Ereignissen Rita nicht »die Neue« geblieben. Sie wußte jetzt, mit welcher Bahn sie früh fahren mußte, um Bekannte zu treffen, und abends ging sie mit Rolf Meternagel nach Hause, der den gleichen Weg hatte wie sie. Sie wechselten ein paar Worte über die Arbeit, über den bevorstehenden Sonntag, ehe sie sich trennten – immer an der gleichen Ecke, an der im Laufe ihrer Bekanntschaft ein Fliederbusch Knospen getrieben, dunkelviolett geblüht hatte und nun schon zu welken begann. Da fragte Rita an einem der ersten Juninachmittage, für sich selbst überraschend: »Wie lange wollen Sie das noch mitansehen, Herr Meternagel?«

Der wußte sofort, was sie meinte. Er ärgerte sich, daß seine übergroße Zurückhaltung im Werk schon diesem Mädchen auffiel, und sein Ärger richtete sich zuerst gegen sie. Gereizt sagte er: »Und wie lange willst du mich eigentlich noch ›Herr Meternagel‹ nennen?« Er heiße Rolf, ein Name, den sich bisher noch jedermann merken konnte.

Dann schwiegen sie. Als Rita sich schüchtern verabschieden wollte, sagte er, so daß sie keinen Widerspruch wagte: »Komm mal mit, du hast doch Zeit.«

Sie gingen stumm ein paar Schritte, dann sah er sie mißtrauisch von der Seite an, als wolle er sich noch einmal vergewissern, ob sie auch wirklich diejenige sei, der er gleich etwas Bedeutsames mitteilen würde. Und dann sagte er in möglichst beiläufigem Ton, aber doch so, als erkläre dieser eine Satz alles: »Ich habe nämlich eine rückläufige Kaderentwicklung.«

Sie begriff, daß er diesen Satz vielleicht noch niemals ausgesprochen, aber oft und oft gedacht hatte.

Was Rita jetzt von Meternagel erfuhr, war ihr später immer gegenwärtig, wenn sie mit ihm zusammen war. Was sie am meisten erstaunte, war die Tatsache, daß er seine Geschichte für alltäglich hielt. Erst später sah sie ein, wie recht er damit hatte. Er gehörte zu den Menschen, die aus dem Dunkel unvermittelt in ein grelles Licht gestoßen wurden und die sich nun, da sie alle Blicke auf sich gerichtet sehen, in der blendenden Helle noch unsicher bewegten.

»Was war ich denn früher schon!« sagte er zu Rita. »Nun ja: gelernter Tischler. Und war noch stolz darauf. Aber mit uns konnten sie doch machen, was sie wollten. Der Krieg schien doch nur darauf gewartet zu haben, daß wir endlich erwachsen würden.« So war er denn mitmarschiert, in mehreren Ländern verwundet, mehrmals als einziger überlebend.

Rita überlegte, wie alt er sein könnte, und als er es ihr sagte – fast fünfzig –, da dachte sie, daß seine sehr hellen, scharfen Augen ihn jünger machten.

»Dann habe ich drei Jahre lang Bäume gefällt und Baracken gebaut, sehr weit im Osten. Kannst mir glauben, daß es lange gedauert hat, ehe ich einsah, daß diese Arbeit der Tischlerei näher lag als über Kimme und Korn auf lebende Ziele zu schießen.« Aber sie müsse doch zugeben, daß es nicht allzuviel war, wenn er nur das verstand, und daß es eigentlich nicht ausreichte, um ins Parteihaus zu gehen und sich anzumelden, wie er gleich nach seiner Rückkehr tat, sechsunddreißig Jahre alt. Damals konnte man nicht lange fragen, wieviel einer verstanden hatte, wenn er nur ehrlich kam (und selbst manchen Unehrlichen hat man in der Eile mit geschluckt und später wieder von sich gegeben oder ihn ehrlich gemacht – auch das kommt vor). Er traf gleich auf einen alten Freund, der froh war, den Instrukteurstuhl im Nebenzimmer mit einem »zuverlässigen Element« besetzen zu können. Er sagte ihm noch, daß solche Leute wie sie beide jetzt die Macht zu handhaben hätten – wer denn sonst, wenn nicht sie! – und wandte sich dann seufzend anderen dringenden Angelegenheiten zu.

Die nächsten Jahre vergingen ihm wie ein wilder Traum. Sie schleuderten ihn hoch mit einer Kraft, die es in seinem Leben niemals vorher gegeben hatte, sie forderten viel mehr von ihm, als er geben konnte, sie trugen ihm Aufgaben zu, an die er niemals gedacht hätte, und neue Worte und Redewendungen, die er brauchte, um die Aufgaben irgendwie zu bewältigen, aber er kam nie dazu, sie wirklich verstehen zu lernen. Die Zeit kam über ihn, sie fraß seine Nächte auf, entfremdete ihm die Frau, ließ die Töchter fast unbemerkt neben ihm heranwachsen (und er hatte sie doch auch als Kinder kaum gekannt;) und gab ihm immer ein neues Steuer in die Hand. Nur manchmal, in Augenblicken völliger Stille, fragte er sich wohl: Regiere ich das alles oder werde ich regiert? Er stieg und stieg und sah sich selbst dabei zu – bin ich das noch? –, er lernte immer größere Worte gebrauchen, je mehr ihm trotz seines verzweifelten Suchens ihr Sinn entschwand; er lernte sich in vielem zurechtfinden; er lernte auch kommandieren, er lernte sogar, jemanden anzubrüllen, dem er anders nicht antworten konnte.

»Das glaubst du nicht? Du hättest mich sehen sollen!« sagte er mit grimmiger Selbstironie, und Rita dachte, wie lange er wohl gebraucht hatte, um so darüber sprechen zu können. Es kam, was kommen mußte: Eines Tages, als er schon aufgehört hatte, immer damit zu rechnen, überführte man ihn einer schweren Unterlassung, fand ihn seinen großen Aufgaben nicht gewachsen und versetzte ihn als Meister in den Waggonbau. In seinem Sturz lag ebensoviel Gerechtigkeit gegenüber der Allgemeinheit wie Ungerechtigkeit ihm gegenüber, der der Allgemeinheit gedient hatte – selbstlos, das stand fest. Nicht ohne Bitterkeit sah er die Jüngeren auf seine Plätze rücken, die, während er sich mit unzulänglichen Kenntnissen verbissen abquälte, in aller Ruhe gelernt hatten, was sie wissen mußten, um ihn zu ersetzen.

Er sagte es nicht direkt, aber Rita hörte heraus, daß ihn seine zweite Degradierung – eben jene, von der an Herrfurths Abendbrottisch die Rede gewesen war – härter getroffen hatte als die erste. Jetzt hatte er an einer Stelle versagt, die wie für ihn gemacht schien, jetzt gab es keine Entschuldigung. Geld war zuviel gezahlt worden, unter seiner Verantwortung, für Arbeitsgänge, die es seit Wochen nicht mehr gab. Er hatte sich übertölpeln lassen wie ein grüner Junge, wie ein Anfänger, und zwar von jenen Kollegen, mit denen er jetzt zusammenarbeitete und denen er einmal vertraut hatte. Konnte ihnen vielleicht jemand beweisen, daß sie ihm absichtlich falsche Abrechnungen unterschoben hatten? Für Fehler des Brigadiers steht der Meister gerade.

Und diesem selben Brigadier, diesen selben Kollegen, die ihn hinter seinem Rücken noch immer »Meister« nannten und über ihn grinsten – denen sollte er jetzt mit seinem Besserwissen kommen?

Er nahm Rita mit hinauf in seine Wohnung, ließ ihr Kaffee vorsetzen und zog, nachdem seine Frau unauffällig hinausgegangen war, ein großes, in schwarzes Wachstuch gebundenes Buch unter dem Radio hervor. Er schlug die erste Seite auf. Rita las: ›*Studien am Arbeitsplatz*‹. »Hier«, sagte er befriedigt und klopfte auf den harten Deckel, »hier steht alles drin.« Nicht umsonst habe er in den letzten Wochen den ganzen Betrieb durchgekämmt, ihm könne keiner mehr was erzählen.

»Der Ermisch ahnt was und umstreicht mich wie ein Kater die Katze. Aber noch mach ich das Buch nicht auf. Wenn ich was gelernt hab in den zwölf Jahren, dann ist es: warten. Nichts ist so dumm wie Heldentum am falschen Platz. Der Wendland – ich kenn ihn ja – der knetet und massiert jetzt den Betrieb durch und durch, kannst dich drauf verlassen. Dabei muß er ja eines Tages auch zu uns kommen. Und auf den Tag wart ich.«

Rita hätte viel darum gegeben, wenigstens einen einzigen Blick in dieses geheimnisvolle Buch tun zu können. Aber Meternagel hatte es längst wieder unter das Radio geschoben.

Zu Hause in ihrem Dorf war alles einfach gewesen, durchschaubar, von Kind auf gekannt. Etwas von dem »Siehe, es war gut!« des letzten Schöpfungstages hatte noch über der gelassenen Natur gelegen und über den Menschen, die ihr nahe waren. Wenn es eine Unberührtheit der Seele gibt, so hatte sie sie einst besessen und verlor sie jetzt. Der Spiegel, der ihr die Welt zurückwarf, war wie von einem kalten Hauch getrübt.

Also warf man einen Mann wie Meternagel einfach in irgendwelche Aufgaben hinein und überließ ihn dann seinem Schicksal? Man betrog ihn sogar – unmöglich!, die Männer, mit denen sie jeden Tag um einen Tisch saß! – und machte sich noch über ihn lustig? Und sie sollte sich mit solchen Ungerechtigkeiten abfinden, wie Meternagel sich anscheinend damit abgefunden hatte?

Rita ahnte, daß sie erst jetzt die Schwelle zum wirklichen Erwachsensein überschritt, daß sie nun ein Reich betrat, in dem nur das Ergebnis über den Menschen entschied, nicht sein guter Wille, nicht einmal seine Anstrengung, wenn sie unzulänglich blieb.

Gegen die Strenge eines solchen Lebens lehnte sie sich auf.

Von der großen Versammlung, die man endlich einberief, wurde vorher in den Brigaden merkwürdig wenig gesprochen, aber gegen die Gewohnheit gingen alle hin. Sie hockten in der größten Halle zwischen halbfertigen Waggons auf provisorischen Bänken. Der schwere Dunst von Metall, Öl, Schweiß und Tabaksqualm stieg zur Decke, durch das schmutzige Glasdach sickerte trübes Tageslicht. Weit vorn leuchtete ein schmales, grellrotes Transparent, aber sie strengten sich nicht an, die Schrift darauf zu lesen.

»Genossen!« rief einer in den Lautsprecher, und ringsum verstummten die Gespräche um Gartenzaunfarbe und Ferienschecks.

Es zeigte sich, daß die vielen Kommissionen immerhin einen Bericht verfaßt hatten. Den verlas nun der Parteisekretär, ein untersetzter, weißhaariger Mann. Der Bericht war kurz, er maß jedem sein Teil Schuld zu. Viel war nicht dagegen zu sagen, nur wer auf Sensationen gerechnet hatte, wurde enttäuscht. Man mußte sich wundern, daß so große Folgen aus so kleinen Ursachen entstanden waren.

Ernst Wendland wurde ans Mikrofon gerufen. Einige klatschten. Rita dachte: Ist er größer geworden, seit ich ihn in der Kneipe gesehen habe?

Der Werkleiter war heiser. Er hatte in den letzten Wochen nicht viel geschlafen, noch im Stehen trank er seinen Kaffee aus. »In seiner Haut möchte ich nicht stecken«, sagte einer hinter Rita, und es klang nicht so bitter, wie man bis dahin über die Leitung gesprochen hatte.

Ernst Wendland war kein Redner, und ein Redner wäre auch das Letzte gewesen, was hier jetzt gebraucht wurde. Er sagte nüchtern, wie die Lage war: Planrückstand soundso viel Prozent, Mangel an Material, Mangel an Halbfabrikaten, vor allem Mangel an Arbeitskräften. Er nannte Zahlen: Soundso viel Schlosser, Tischler, Schweißer fehlen im Waggonwerk, soundso viel im ganzen Bezirk. »Keiner wird uns helfen«, sagte er. »Mit Überstunden haben wir lange genug gearbeitet. Der Ausweg ist: Jeder leistet soviel er kann, ehrlich.«

Der Tag für die Versammlung war gut gewählt, der Ton auch. Jeder hatte in den letzten Wochen seinen Mißmut gründlich aus sich herausgeschimpft, nun verlangte man danach, die

Leere zu füllen, die in einem entstanden war. Versprechungen hätten sie zurückgewiesen, durchdachte Vorschläge hörten sie an. Was gab es groß zu reden!

Als die ersten aus dem Saal nach vorn gingen, Zustimmungen, Verpflichtungen bekanntgaben, wurde Ermisch unruhig.

Hatte er diesmal etwa den Anschluß verpaßt? Kam er mit seinen Leuten vielleicht zu spät? Meternagel sah ihn herausfordernd an.

»Jetzt mach ich mein Buch auf«, sagte er.

Rita kam spät nach Hause, sie stieg sofort in die Dachstube hinauf. Manfred sah ihr an, daß sie erregt war und es ihm nicht zeigen wollte. Er stellte ihr Brote und Tee hin und beschwerte sich, daß sie schon vor der Ehe anfing, ihn warten zu lassen.

»Na«, fragte er dann, »wer ist nun schuld?«

Rita sah überrascht auf.

Oder sei es etwa nicht darum gegangen, den Schuldigen zu kreuzigen?

»Ja«, sagte Rita langsam. »Der Wendland hat gut gesprochen.«

»Und jetzt«, fragte Manfred spöttisch, »wird alles anders bei euch, stimmt's?«

»Ich hoffe«, sagte Rita unsicher.

»Und du denkst wirklich«, fragte Manfred, »nach der Versammlung geht alles besser als vor der Versammlung? Auf einmal habt ihr genug Material? Auf einmal sind unfähige Funktionäre fähig? Auf einmal denken die Arbeiter an die großen Zusammenhänge anstatt an ihren eigenen Geldbeutel?«

»Mag sein, daß alles beim alten bleibt«, sagte Rita nachdenklich.

Eine stille, mondhelle Nacht. Sie lagen nebeneinander, ohne zu schlafen.

»In jedem Betrieb«, sagte Manfred, »hat es Dutzende solcher Versammlungen gegeben. Du hast eine einzige mitgemacht.«

Wennschon, dachte Rita störrisch. Die eine ist mir wichtig. Wie kann er Angst haben, etwas, was mir wichtig ist, könnte mich von ihm wegtreiben?

»Hör mal«, sagte sie nach einer Weile, »wollen wir uns doch vornehmen, nicht auf Versammlungen eifersüchtig zu sein, ja?«

13

Der September ist vorübergegangen. Eines Nachts, unerwartet, setzen die Herbstregen ein. Mit gleichmäßigem Rauschen fällt der grauflirrende Vorhang vor den Fenstern des Sanatoriums, und er hebt sich nicht wieder, Tage und Nächte lang. Die Bäume, schwarzfleckig von der Nässe des Sommers, verlieren ihre letzten Blätter. Verlassen liegt der aufgeweichte Park.

Sie sei gesund, sagt Rita fast täglich zu dem Arzt, der zurückhaltend und unaufdringlich geblieben ist. Er nickt und denkt: In diesem Alter sollte man das – was es auch sei – schneller überwinden. Empfindsame Menschen haben es heutzutage schwer, denkt er. Ihm gefällt der Ausdruck bemühter Tapferkeit nicht, der in ihr Gesicht kommt, wenn er sie ansieht. Die dunklen Ränder unter ihren Augen gefallen ihm auch nicht, aber sie sind echt, sie sagen die Wahrheit: Die Patientin ist müde.

Lange hat sie Vergessen gesucht, jetzt wird ihr angst, wenn sie daran denkt, daß sie vergessen könnte. Eine Welle von Erinnerung kommt auf sie zu, schwillt an, wenn sie die Augen schließt, schmerzlich-süß schlägt sie nachts über ihr zusammen. Sein Gesicht, immer wieder sein Gesicht. Hundertmal geht sie jeder Linie in diesem Gesicht nach, das schwindet, wenn sie es ganz erfassen will. Und die Berührung seiner Hände. Es schüttelt sie, sie preßt die Zähne aufeinander. Ihr Herz schlägt hart.

Dieser Sommer ist ihr verlorengegangen, soll er wirklich zu Ende sein?

Ein Tag steigt vor ihr auf, ein vollkommener Sommertag in der Mitte des Jahres. Leichthin hatten sie ihn angenommen, weil er wiederholbar schien nach ihrem Ermessen. In der Erinnerung ist er einzig – Lebenshöhepunkt, Gipfel –, und die Kraft, noch einmal so zu steigen, scheint vergangen.

In aller Frühe verließen sie an jenem Tag den Dunstkreis der Stadt. Sie durchquerten das blaugraue Kupferschiefergebiet mit seinen strengkantigen Haldenpyramiden. Freier atmeten sie die reine Luft des hügligen, unversehrten Landes. Ein kräftiger Farbenteppich stieg aus dem Morgendunst.

Manfred hatte das Auto – einen gebrauchten Wagen älteren Typs – am Tag seiner Promotion gekauft, und Rita warf ihm im Scherz vor, er freue sich mehr über das Vehikel als über seine neue Würde. Sie putzten und polierten den blinden Lack, daß er blitzte, und nun, da die Morgenlandschaft schnell an ihnen vorüberzog, sah Rita sich gleichzeitig auf der Spitze eines dieser grünen Hügel sitzen und ihr kleines graues Auto von fern wie einen gepanzerten Käfer über die Straße kriechen.

»Kannst du nicht schneller?« fragte sie.

Manfred gab Gas.

»Mehr!« forderte sie. Sie wischten in eine Kurve, dann lag gerade Strecke vor ihnen, eine Apfelbaumallee.

»Mehr!«

Manfred war ein ungeübter Fahrer. Er saß verkrampft am Steuer, mißtrauisch gegen sich selbst, er schwitzte, regte sich auf und horchte gespannt auf die Geräusche des Motors.

»Mehr!« rief Rita.

Höher wurde der Ton der vorbeisirrenden Apfelbäume.

»Hast du noch nicht genug?«

»Mehr!« rief Rita. »Mehr, mehr!«

Sie fing seinen Blick auf und gab ihn zurück, herausfordernd, rückhaltlos. Ein neuer Ausdruck war in ihrem Gesicht, den kannte sie selbst noch nicht. Dieses Gesicht verdankte sie ihm, und sie zeigte es nur ihm, heute und immer.

Sie war ihm gewachsen!

Plötzlich begriff Manfred den Doppelsinn dieses Wortes. Seine Augen wurden heiß, er griff nach ihren Fingern und preßte sie.

Weit vor ihnen war die Teerstraße ein gleißendes spiegelndes Wasserband. Mit großer Geschwindigkeit schwammen sie auf eine Brücke zu, die fern auftauchte, größer wurde, näher kam. Ein schmales, steinernes Tor, hinter dem sich die Weite der Welt auftat, und neue Sehnsucht und neue Weite.

Sie rasten durch die Brücke.

»Genug«, sagte Rita. Der Wagen rollte aus. Sie schloß die Augen und lehnte sich in den Sitz. Sie war erschöpft und glücklich.

Manfred saß locker am Steuer. Er zündete sich eine Zigarette an und blies den Rauch aus dem Fenster. Diese Straße, die Brücken, die vorbeischießenden Bäume – er hatte das alles in der Hand. Das war ausprobiert.

Manfred beugte sich zu Rita und tippte ihr auf die Nase. »Du kannst zaubern, junge Frau«, sagte er.

Durch eine winklige alte Bergmannstadt fuhren sie dem nahen Gebirge zu. Mühelos nahmen sie steile Straßen, passierten bunte Fachwerkdörfer und rollten auf schwindelnden Windungen in eine tannenumsäumte Schlucht hinab, die ein Fluß, heute ein schmales, wildes Bächlein, in mehreren Erdzeitaltern eingekerbt haben mußte.

Sie rasteten am Bach auf einer sonnigen Waldlichtung.

Rita legte sich auf eine Bank aus grüngrauen Moossternen, sie verschränkte die Hände hinter dem Kopf und sah in den kühlen blauen Himmel. Manfred setzte sich neben sie und betrachtete sie aufmerksam.

»Nun?« fragte sie nach einer Weile.

»Hier laßt uns Hütten bauen«, sagte er, ohne zu verbergen, daß er ergriffen war.

Das Unvergängliche in ihrer Liebe trat immer schärfer hervor, frei von Täuschung, Wunsch und Irrtum, durch Wissen und Entschluß gesichert. Das ist kein schwankender Boden mehr, auf dem ich gehe, dachte Manfred. Zum erstenmal betrete ich festes Land. Sie schafft es, sie macht mich im Leben fest. Wie habe ich nur denken können, man könnte das Vermögen, glücklich und unglücklich zu sein, durch irgend etwas anderes ersetzen? Wie kann man sich nur an Teilnahmslosigkeit gewöhnen? Euridike holt Orpheus aus dem Schattenreich; doch der erste Lichtstrahl, der ihn trifft, unterwirft ihn auch wieder den Gesetzen der wirklichen Dinge.

Mittags kamen sie in eine saubere bunte Stadt am Nordhang des Harzes. Zuerst lag sie wie aus der Spielzeugschachtel aufgebaut zu ihren Füßen, dann hielten sie Einzug unter dem Gebimmel der Mittagsglocken unzähliger kleiner Kirchen. Das Blau der Luft verflüchtigte sich in der Sonnenglut, und die Himmelskuppel wurde der Erde leicht. Dafür drückte die Hitze die Menschen in den schmalen Schattenstreifen der Straßen.

Nach der Mahlzeit reihten sie sich in den Touristenkorso ein, der träge, mit einem unheimlichen Instinkt begabt, an allen Sehenswürdigkeiten der alten Stadt vorbeitrieb und in einer letzten Anstrengung das zusammengeklitterte Schloß auf dem Burgberg erreichte. Matt ließen sie Türme und Türmchen, Ritterrüstungen, alte Teller und Töpfe, Geschichte und Deutung an sich vorüberziehen. Auch noch die zweihundert Stufen zum Aussichtsturm stiegen sie. Sie hielten ihre Nase in alle Windrichtungen, sahen mit Vergnügen, daß alles Land grün war und hatten nicht nötig, sich darüber etwas zu sagen.

In nordwestlicher Richtung könne man, hörten sie den Burgführer, die Stadt B. sehen, die schon im Westen liege. Wenn das Wetter klar sei.

Das Wetter war klar. Alle Leute auf dem Turm drängten sich in der nordwestlichen Ecke zusammen und starrten auf die ferne, im Dunst verschwimmende Andeutung einer westdeutschen Stadt wie auf eine Fata Morgana.

Aus irgendeinem Grund, aus sehr verschiedenen Gründen schwiegen sie alle.

»Ach ja«, sagte Manfred im Hinuntergehen. »Das werden sie bald in den Reiseprospekt schreiben: ›Blick auf Westdeutschland‹. Die merkwürdigste der Merkwürdigkeiten in dieser Stadt.«

Sie fuhren, schläfrig in der Nachmittagsglut, weiter am Nordrand des Gebirges entlang, bis sie in einem kleinen Städtchen von Leuten mit roten Armbinden angehalten wurden. Sie sollten warten, hieß es, gleich passiere der Festumzug diese Straße. Das Städtchen feierte wie jedes Jahr seinen Heimattag, der sich an irgendein Ereignis aus früheren Jahrhunderten knüpfte. Aber der Anlaß war fast vergessen.

Papiergirlanden baumelten über den Straßen, von Bodenluke zu Bodenluke. »Sie kommen!« ging es durch die Menge am Straßenrand. Die Alten legten sich Kissen in die niedrigen Fenster, die Kinder saßen in Festkleidung im Rinnstein.

Rita bestand darauf, den Zug zu sehen.

Ordner in dunklen Tuchuniformen und weißen Stulpenhandschuhen schritten ihm voran. Ihnen folgten Ehrenjungfrauen in leichten Gewändern. Sie blickten eher vergnügt als züchtig, versagten es sich aber, nach rechts und links zu winken, obwohl die Zuschauer ihre Namen riefen. Ein quicklebendiger Alter, der hinter Rita stand und über alles Bescheid wußte, regte sich auf. Sie hätten also doch Fleischers Lisa in den Zug genommen und nicht Beckmanns Regine, rief er seiner zittrigen Frau zu, die aus dem Fenster sah. Überhaupt schien man seine Vorschläge nicht in allen Stücken befolgt zu haben, jedenfalls ärgerte er sich über Details in der Ausrüstung der Knappen, die nun daherritten und von den jungen Mädchen mit Blumen beworfen wurden.

Der Unmut des Alten verflog, als Rita sich mit Fragen an ihn wandte. Sie war an den langjährigen Arrangeur des Festumzuges geraten, einen ehemaligen Maurerpolier, der in der Geschichte der Stadt Bescheid wußte wie kein zweiter und nun, da das Fest ohne seine Hilfe zustande kam, unter dem Gefühl litt, seine alten Tage nutzlos zu verbringen. Er unterbrach seine Erklärung der historischen Bilder immer wieder durch Zurufe an die unter ihren Kostümen dampfenden Darsteller der verschiedenen Grafen, Bürgermeister, Bauleute und Zerstörer der Stadt. Die Salzsieder und Kupferschieferbergleute traten in Gruppen auf und hatten nicht den Vorzug, mitsamt ganzen Laboratorien auf Lastwagen gefahren zu werden wie die Vertreter der neuzeitlichen Chemie.

Auch erschien der Turnvater Jahn, in Perücke und Tracht seiner Zeit, ziegelrot im Gesicht und vielleicht ein wenig zu beleibt. »Bravo, Heinrich!« rief der Maurerpolier dem Turnvater zu, der zwar nichts mit der Stadtgeschichte zu tun hatte, aber von ihm persönlich vor Jahren dem Festumzug eingegliedert worden war, aus reiner Begeisterung für den Sport. »Frisch, fromm, fröhlich, frei!«

Die Sonne brannte auf Lebende und Tote, auf Unterdrücker und Unterdrückte, auf Gerechte und Ungerechte. Mit Fahnen und Liedern und blauen Halstüchern endete der Zug, der nun den Alten nicht mehr so interessierte.

Er bestand darauf, daß die beiden jungen Leute von dem Kirschkuchen kosteten, den seine freundliche Frau aus dem Fenster reichte. Kirschkuchen mit Decke, sagte er genießerisch, wie er heutzutage selten geworden sei.

Die Menge – besonders Kinder und junge Leute – drängte zur Festwiese vor der Stadt. Rita hatte nie der Lockung von Rummelplätzen widerstehen können. Genußvoll atmete sie die von Staub und Schweiß und allerlei fremden, süßen und scharfen Gerüchen gesättigte Luft. Sie zwang Manfred, mit ihr auf der Geisterbahn zu fahren und entdeckte ihm ihre Vorliebe für billiges Zuckerzeug. Er kaufte ihr Zuckerwatte und Pfefferminzbruch, und dann mußte er für sie würfeln.

Sie wunderten sich beide nicht, daß sie in einer Glückssträhne waren. Zuerst gewann Manfred einen riesengroßen Kater aus Plüsch und Holzwolle, danach Glasteller und Schüsseln und eine Kaffeekanne mit Vergißmeinnichtmuster. Rot vor Freude nahm Rita alles in Empfang und schenkte es sofort an die Kinder weiter, die sich um den vom Glück begünstigten Spieler angesammelt hatten. Ungläubig, der Freigebigkeit Ritas nicht trauend, verschwanden sie blitzschnell mit ihren Schätzen.

Ein kleines Mädchen war leer ausgegangen. Manfreds Würfelkunst versagte, schon sollte es zu Tränen kommen. Eindringlich nach seinen Wünschen befragt, verlangte das Kind

schließlich einen Luftballon. Einen roten Luftballon. Sie
brauchten lange, bis sie den Ballonverkäufer endlich aufge-
trieben hatten. Rita sah hinter dem Kind her.

»Siehst du«, sagte sie. »So gleicht sich alles aus. Den Luftballon hat meine Tante einmal einem anderen Kind verweigert,
meinetwegen. Er war genauso rot wie der. Die Tante brachte
ihn mir aus der Stadt mit. Ein anderes Kind hatte sie sehr im
Omnibus darum gebeten. ›Ich hab noch nie einen gehabt‹, soll
es gesagt haben. Meine Tante hat ihn nicht hergegeben, kannst
du das verstehen? Ich könnte heute noch darüber heulen.«

Tatsächlich kamen ihr die Tränen. Manfred nahm sie vor
allen Leuten in den Arm. »Du bist ein weißer Rabe«, sagte er.
»Und das Beste ist: Du weißt es nicht.«

»Was ich nicht weiß, weißt du«, erwiderte sie.

14

Kurz vor der Dämmerung gingen sie wieder durch die Stadt,
müde und schweigsam. Halbe Sätze genügten ihnen jetzt, oder
ein Händedruck. Rita war stolz auf die dunkelrote Papierrose,
die Manfred für sie geschossen hatte. Sie leuchtete jetzt, da die
Tageshelle abnahm, sehr stark.

Plötzlich, vor einem kleinen, lampiongeschmückten Vorgartencafé, blieb Manfred stehen. »Natürlich«, sagte er. »Natürlich. Jetzt weiß ich, woher ich ihn kenne.«

Rita folgte seinem Blick und sah an einem der Tische Ernst
Wendland, im Gespräch mit einem wenig Jüngeren.

»Woher?« fragte sie überrascht. »Woher kennst du ihn?«

»Warte mal«, sagte Manfred. Er suchte sich sehr schnell an
etwas zu erinnern, an den Ablauf einer bestimmten Begeben-
heit, und er konnte nicht gleich entscheiden, ob diese Wieder-
begegnung, die ihn auf die Erinnerung brachte, ihn freuen oder
ärgern sollte. »Egal«, sagte er schließlich. »Da gehen wir jetzt
mal hin.«

Aber er steuerte nicht auf Ernst Wendland zu, sondern auf
dessen Begleiter, den Jüngeren, etwas Dunkleren. Der blickte
auf, als Manfred ihn ansprach, stutzte und brauchte ein paar
Sekunden, um sich zurechtzufinden, Rita bemerkte auf seinem
Gesicht die gleiche Unsicherheit, die sie eben auch bei Manfred gesehen hatte: Sollte man das Zusammentreffen angenehm
finden oder unangenehm? Und der Fremde mochte zu dem

gleichen Schluß gekommen sein: Das hängt von dem anderen ab.

Inzwischen sprang der Fremde auf, schüttelte Manfreds Hand, wandte sich sogar Ernst Wendland zu: »Du mußt ihn doch auch gesehen haben, damals.«

»Stimmt«, sagte Wendland, der sich sein Verhalten nicht erst zurechtlegen mußte. »Ich weiß sogar, wo.«

»Ich auch«, sagte Manfred förmlich.

»Und ich auch«, erwiderte der dritte, der nun entschlossen schien, dieser Begegnung die beste Seite abzugewinnen.

Plötzlich wurde den drei Männern bewußt, daß Rita als einzige überhaupt nichts wußte. Sie setzten sich alle um den Tisch und begannen ihr zu erklären: Der Jüngere, der Rudi Schwabe war, war ein Schulkamerad von Manfred; er ging zwar in eine höhere Klasse, aber er war FDJ-Sekretär der Schule, und jeder kannte ihn. »Einmal hat er uns aus der Patsche geholfen«, sagte Manfred mit gekünstelter Leichtigkeit. »Ich hab dir doch von diesem Kellerklub erzählt?« Glotzt nicht so romantisch! Ich weiß, dachte sie. »Auf einmal sollte das ein politisches Oppositionszentrum sein. Das wäre uns teuer zu stehen gekommen. Aber in der großen Versammlung, wo alle schon die Messer gewetzt hatten, hat der Rudi Schwabe und der da« – er zeigte auf Wendland – »uns 'rausgehauen. Sie waren doch damals in der FDJ-Leitung der Stadt?«

»Stimmt«, sagte Wendland wieder. »Ihr hattet Lehrer, die euch zu offensichtlich zu Fall bringen wollten. Darum ließ sich etwas für euch tun. – Allerdings weiß ich bis heute nicht, ob die Verhandlung nicht *auch* aufs politische Gleis gehört hätte, wenn auch in einem anderen Sinn...«

»Zweifellos«, sagte Manfred pikiert. »Zumindest nach der Theorie, daß alles, was ein Mensch sagt, tut, denkt, fühlt, Politik ist. Wir sind nun mal die politische Generation, nicht wahr?«

Wendland sah ihn prüfend an, blieb aber freundlich. Ganz so weitherzig lege er diese Theorie gar nicht aus, sagte er.

Die Kellnerin brachte Eis und Sahne. Sie begannen schweigend zu essen. Da gingen mit einem Schlag die elektrischen Glühbirnen in den Lampions an, die ringsum das Café bekränzten, und eine kleine anspruchslose Kapelle begann zu spielen. Der höfliche Rudi Schwabe verbeugte sich vor Rita, doch sie fand den Mut, ihn auf später zu vertrösten, weil sie zuerst mit Manfred tanzen wollte.

Der war noch verstimmt. Wendland hatte ihn gereizt. Er ließ seinen Ärger an Rudi Schwabe aus. »Hast du gesehen, wie er nach Wendland schielt, ehe er sich zu lachen traut?« sagte er. »Früher war er anders. Da hat er noch was riskiert. Aber wie ich sehe, hat er es nicht fertiggebracht, einen anständigen Beruf zu lernen... Allround-Funktionär – ist das vielleicht ein Beruf?«

Rita fragte nichts, sie antwortete auch nicht, sie zwang ihn nur, immer schneller zu tanzen. Ihr gefiel das alles, und sie ließ es ihn merken: Die kleine Tanzfläche, die hell und bunt über der dunklen Straße schwamm, der zart aprikosenfarbene Himmel, die vielen Leute in Feststimmung. Ihr gefiel auch, daß Manfred sie zum erstenmal mit seinen Bekannten zusammenbrachte und daß jeder ihnen anmerken mußte, daß sie ein Brautpaar waren; ihr gefiel der nüchterne, gründliche Wendland, der so verschieden von Manfred war.

»Weißt du überhaupt, daß wir heute zum zweitenmal zusammen tanzen?« fragte sie ihn.

»Tatsächlich«, sagte er. »Noch können wir unsere Freuden zählen, jede einzeln.«

»Das findest du schön, ja?«

»Ja«, sagte er. »Mir gefällt es, wenn man irgendwas für immer behält, und sei es nur eine Kleinigkeit.«

»Dann behalt diesen Tag und vergiß deine Empfindlichkeit gegen Wendland.«

»Aber du kennst doch diese alte Geschichte gar nicht«, sagte er.

»Dafür kenn ich dich. So wie jetzt siehst du aus, wenn du unrecht hast und es nicht zugeben willst.«

»So«, sagte er. »Jetzt fängst du auch noch an, mich zu bessern?«

»So eine Frau hast du nie gewollt, nicht wahr?«

»Gewiß nicht«, gab er zu. »Aber was nützt mir die Reue?«

Später, als Rita mit Rudi Schwabe tanzte, sah sie zufrieden, daß Manfred und Ernst Wendland, die am Tisch zurückgeblieben waren, doch in ein Gespräch kamen. Sie erfuhr dann, daß Wendland Manfred gefragt hatte: »Wie finden Sie Rudi?«, und daß der, in plötzlicher Lust nach Offenheit, geantwortet hatte: »Sehr verändert. Ich habe ihn struppig in Erinnerung, wie einen nassen jungen Hund. Jetzt ist er ganz und gar gezähmt.«

Wendland lachte auf, anscheinend ein wenig überrascht, sagte aber nichts dazu. »Sie werden ihn jetzt öfter sehen«, bemerkte er nur. »Er kommt ins Studentendekanat der Universität.« Manfred ließ das kühl. Er hatte wenig mit den Universitätsbehörden zu tun.

Sie gingen dann noch ein Stück gemeinsam die Straße hinunter, die stiller geworden war. Ernst Wendland hielt sich neben Rita.

»Was macht die Brigade Meternagel?« fragte er. Rita mußte lachen, weil er so genau wußte, wer in ihrer Brigade den Ton angab. Sie blickte sich nach Manfred um, ob er sie nicht hören konnte, und senkte unwillkürlich die Stimme, als gehe das, was sie jetzt besprachen, nur sie und Wendland an. Sie hatte Manfred nicht gesagt, daß er recht behalten hatte: Nach der Versammlung blieb alles beim alten.

»Sie zanken sich«, sagte sie.

Wendland verstand gleich, was sie meinte. »Meternagel macht zuviel Dampf, was?«

»Er hat doch recht«, sagte Rita. »Warum glauben sie ihm nur nicht?«

»Das enttäuscht Sie?« fragte Wendland, ohne eine Spur von Überlegenheit in der Stimme. Es fiel ihr leicht, »Ja« zu sagen. »Mir geht's auch manchmal so, immer noch«, sagte Wendland. Plötzlich war eine Offenheit zwischen ihnen aufgekommen, deren Ursprung schwer zu erklären war. Die alte dunkle Straße begünstigte sie, und dieser Tag, der hinter ihr lag.

Sie fragte sich nicht, was Wendland in die gleiche Stimmung gebracht hatte.

»Mißtrauen«, sagte er. »Es trifft einen immer wieder. Aber es trifft nur uns Jüngere, haben Sie das schon gemerkt? Für die Älteren ist es die zweite Haut. Eine Art historischer Schutzschicht, denk ich mir . . .«

Er schwieg, als habe er damit genug gesagt, und sie dachte über seine Worte nach. Ihr tat wohl, daß er unvoreingenommen und frei von Gereiztheit war. Erst jetzt fiel ihr auf, daß man mit den meisten anderen Menschen nicht in Ruhe reden konnte.

Sie hielten an einem winzigen Häuschen, das schief und krumm in einer schiefen, krummen Zeile von Bergarbeiterhäusern stand. »Hier wohnen wir«, sagte Wendland. »Einmal im Jahr, zu Mutters Geburtstag, treffen wir uns alle hier, wir Geschwister. Diesmal ist Rudi Schwabe dazugekommen.«

Er steckte die Finger in den Mund und stieß einen grellen Pfiff aus. Aus der Dunkelheit tauchte ein Kind auf, ein schmales, flinkes Bürschchen mit großen dunklen Augen. »Mein Junge«, sagte Wendland. Rita wunderte sich, daß er einen Jungen hatte, sie versuchte, sich eine Frau für diesen Mann vorzustellen, aber es gelang ihr nicht. Auf seinem Gesicht war jetzt ein Ausdruck, den sie nicht erwartet hatte: Zärtlichkeit und ein bißchen unbewußte Wehmut.

Dann verschwanden Rudi Schwabe, Ernst Wendland und sein Junge im Haus – die beiden Männer bückten sich vor der niedrigen Tür, und der Junge, der es noch nicht nötig hatte, tat es ihnen nach –, für Sekunden fiel ein gelbrotes Lichtdreieck auf die Straße, dann klappte die Tür zu, und Rita und Manfred standen im Dunkeln.

Sie schlenderten bis zum nächsten Restaurant, einem alten, kleinen Weinkeller, suchten sich ein Plätzchen in einer Ecke und Manfred stellte ein Essen zusammen, das Rita verwunderte.

»Das kennst du noch nicht an mir«, sagte er. »Ich esse gerne. Früh möchte ich speisen wie der Präsident von Amerika: Pampelmusensaft. Vormittags auf englische Art: Lunch mit Tee: Zum Mittag ein französisches Diner, nachmittags auf gut deutsch Kaffee und Kuchen, und abends schwer und reichlich wie die Russen.«

»Du weißt hoffentlich, daß ich nicht kochen kann?« fragte Rita erschrocken. – »Ich koche selbst«, versicherte er.

Sie tranken kühlen Weißwein, den sie mit Wasser mischten. Ihre Hände berührten sich leicht, wenn sie miteinander anstießen. Alles kann immer wieder neu anfangen, dachte Rita, immer wieder mit ihm. Nun kannten sie sich gerade so viel, um einander sicher zu sein, und gerade so wenig, um sich immer wieder zu überraschen. Sogar die kleine Vertraulichkeit mit Wendland, die Rita für sich behielt, brachte sie Manfred näher.

»Weißt du auch, daß ich so überhaupt noch nicht gegessen habe?« fragte Rita nach einer Weile. »Und daß ich noch nie so einen schönen Tag hatte? Daß ich mir nicht mal vorstellen konnte, was für schöne Tage es gibt?«

Es war spät, als sie auf die Landstraße kamen. Der Mond, der unsichtbar hinter einer dünnen gleichmäßigen Wolkendecke war, verbreitete ein unwirkliches, geisterhaft blaues Licht, welches das Himmelsgewölbe scharf von dem schwarzen runden Erdteller abgrenzte. Rita konnte sich nicht satt sehen an diesem Licht, für das sie keinen Namen und keinen Vergleich wußte und das gleichzeitig weich und hart war.

Auf einmal tauchte zu ihrer Linken, genau an der Grenzlinie zwischen Himmel und Erde, eine Lichterinsel auf.

Sie schwammen schnell darauf zu. Bald unterschied man verschiedene Farben und Stärke der Lichter: gelbe Lichterketten auf der Erde und höher vereinzelte rote Lampen. Dann hoben sich schwarze Schornsteinschatten vom helleren Himmel ab. Gestank schlug herein, sie mußten die Fenster schließen. Sie waren wieder im Bann der großen Betriebe.

Als Rita schon im Bett war, zur Wand gekehrt, hörte sie hinter sich Manfred leise eintreten. Papier raschelte. Er sagte: »Gerade in dieser Sekunde wird jemand zwanzig Jahre. Es ist Mitternacht.«

Rita drehte sich um. Da stand er mit einem großen Nelkenstrauß. Sie zählte die Nelken: Es waren zwanzig.

»Danke«, sagte sie. »Danke.«

15

Damals konnte keiner ahnen, daß den ersten sommerlichen Hitzetagen viele Wochen unter einem böse glühenden Sonnenball folgen würden. Ein unirdisches Wesen schickte seinen Glutatem über das Land. Matt erhob man sich von der Nachtruhe und verfolgte tagsüber mit brennenden, lichtsatten Augen die majestätisch langsame Wanderung des glühenden Gestirns über den blaßblauen hohen Himmel. Die Wiesen sah man verdorren, Getreide auf dem Halm verbrennen. Mitten im Sommer warfen manche Bäume ihr dürres Laub ab und trieben neue Blätter, ein nie gesehenes Ereignis. In den Gärten reiften pralle, süße, saftige Früchte, wie man sie sonst nur aus dem Süden bekam. Niemand wurde der Fülle Herr, und nachts hörte man mürbe Äpfel und Birnen mit dumpfem Aufprall zu Boden fallen.

Rita blieb unberührt von der unheimlichen Gleichgültigkeit der Naturkräfte. Stärker als an irgend etwas anderes aus dieser Zeit erinnert sie sich an Rolf Meternagels Gesicht. Seine Augen, die sie bisher spöttisch und abwartend gekannt hatte, sah sie nun aufmerksam, zupackend, hart und unnachgiebig. Manchmal, in Stunden des Zweifels und der Verzweiflung waren diese Augen das einzig Wirkliche, daran sie sich halten konnte. Später wußte sie, daß mehr als alles andere vielleicht dieser ausgemergelte, zähe Mann es war, der sie davor bewahrt hatte, von der unfruchtbaren Sehnsucht nach einem Phantom ausgefressen zu werden. Dies war wirklich geschehen, und nicht um eines Wahnes willen: Vor ihren Augen hatte ein Mensch einen schweren Packen auf sich genommen, von niemandem gezwungen, nicht nach Lohn fragend, hatte einen Kampf begonnen, der fast aussichtslos schien, wie nur je die bewunderten Helden alter Bücher; hatte Schlaf und Ruhe geopfert, war verlacht worden, gehetzt, ausgestoßen. Rita hatte ihn am Boden liegen sehen, daß sie dachte: Der steht nicht mehr auf. Er kam wieder hoch, jetzt etwas Furchterregendes, fast Wildes im Blick; gerade da traten, ihm selbst beinahe unerwartet, andere neben ihn, sagten, was er gesagt hatte, taten, was er vorschlug. Rita hatte ihn aufatmen und schließlich siegen sehen, und das alles blieb ihr unvergeßlich.

Rolf Meternagel machte sein Buch auf. Er reichte es herum und ließ alle eine Zahl lesen, die rot auf der letzten Seite stand: Eine dreistellige Zahl. »Arbeitszeitvergeudung unserer Brigade im letzten Monat.«

Sie zuckten die Achseln. Er sagte ihnen nichts Neues. Sie blickten auf Günter Ermisch. Der kritzelte in seinen Abrechnungszetteln herum und schwieg. Wer war hier eigentlich der Brigadier?

»Ich habe mal die Ursachen zusammengesucht«, sagte Meternagel.

»Das zeig der Werkleitung«, sagte einer.

Meternagel schlug eine andere Seite seines Buches auf. Er war geduldig und behutsam, das reizte die anderen erst recht. »Arbeitsausfall wegen der Mängel in der Arbeitsorganisation«, las er vor. Er nannte die Stundenzahl. »Das sind die Hälfte der Fehlstunden. Mir geht's um die andere Hälfte.«

»Mir nicht«, sagte Franz Melcher, stand auf und ging.

»Müßt ihr denn immer alles auf die Spitze treiben?« fragte vorwurfsvoll der alte Karßuweit.

Meternagel blickte Günter Ermisch an, bis der aufstand, seinen Kram zusammenpackte und sagte: »Etwas kann man schon noch tun.«

Wenn Ermisch so sprach, konnte ihnen nicht viel passieren.

»Kräht der Hahn früh auf dem Mist, ändert sich's Wetter, oder 's bleibt wie es ist«, sagte Herbert Kuhl herausfordernd, als er an Meternagel vorbeiging.

»Irr dich nur nicht!« schrie Rolf ihm nach. Dieser Mensch

machte ihn immer wütend. Alle anderen hatten sich daran gewöhnt, daß Kuhl jede Gelegenheit nutzte, sich und sie zu verhöhnen. Nur Rita dachte manchmal: Hat er wirklich Spaß daran? Kann man überhaupt Spaß daran haben?

Am nächsten Morgen brachte Rolf Meternagel einen weißen Zettel mit und heftete ihn an das Wandbrett, mitten zwischen die angestaubten Zeitungsartikel aus der ruhmreichen Zeit ihrer Brigade. *Verpflichtung* stand auf dem Zettel, aber niemand wollte ihn lesen. Alle drehten ihm den Rücken zu und kauten ruhig ihre Brote. Sie sprachen laut und lustig miteinander, nur mit Rolf sprachen sie nicht. Rita sah, wie sein Gesicht sich immer mehr anspannte, aber er beherrschte sich bis zum Ende der Pause. Dann sprang er auf, so daß alle erschreckt zu ihm hinsahen, riß den Zettel von der Wand und knallte ihn auf den Tisch.

Verpflichtung lasen alle. Anstatt acht Rahmen täglich, sollte jeder von ihnen zehn Fensterrahmen pro Tag einbauen. »Und erzählt mir nicht, daß das nicht möglich ist.«

»Möglich ist vieles«, sagte Franz Melcher. »Bloß sein eigenes Nest bescheißen, das ist unmöglich für einen normalen Menschen.«

»Was nennst du normal?« fragte Herbert Kuhl schnell. Rita glaubte einen Funken von echtem Interesse in seinen Augen zu sehen, der aber sofort wieder erlosch.

»Was normal ist?« fragte Rolf Meternagel gefährlich leise. Jetzt erst, da er sich der Lust hingab, sich gehenzulassen, merkte man ihm die Anspannung der Selbstbeherrschung an. »Das werd ich dir sagen. Normal ist, was uns nützt, was unsereinen zum Menschen macht. Unnormal ist, was uns zu Arschkriechern, Betrügern und Marschierern macht, die wir lange genug gewesen sind. Aber das wirst du nie begreifen, du – Leutnant.«

Es war ganz still geworden. Warum sagt keiner was? dachte Rita. Warum hat er mir nie erzählt, daß Kuhl früher mal Leutnant war?

Einzig Herbert Kuhls Gesicht blieb unverändert: spöttisch, kalt. Aber er war kalkweiß geworden.

Also gab es doch etwas, was ihm nicht egal war.

»Da hast du einen Fehler gemacht«, sagte Günter Ermisch später zu Meternagel. Jetzt hätte Rolf mit ihm reden können, aber er blieb störrisch. »Wennschon«, sagte er. »So einen Fehler mach ich gerne noch mal.«

Kein einziger hatte Meternagels Verpflichtung unterschrieben.

Warum wehren sie sich so? fragte Rita sich. Und wogegen eigentlich?

Sie rief sich ins Gedächtnis, was sie jetzt, nach drei Monaten, von jedem wußte. Was war ihnen wichtig? Die Braut, das kleine ererbte Grundstück, das Motorrad, der Garten, die Kinder, die alte Mutter, die blind war und Pflege brauchte, die neuen Arbeitsnormen, Schauspielerfotos. Vielerlei, was an ihnen zerrte, verfluchte und doch gehätschelte Verstrickungen verschiedener Art. Anspruchslose Vergnügungen, die man ihnen früher untergeschoben hatte für das große Vergnügen, das man ihnen vorenthielt: aus dem vollen zu leben. Nun klammerten sie sich an ihre Gewohnheiten, nun hackten sie erbittert nach Meternagel.

In einem oder zweien aber wuchs eine Ahnung davon, was sie zu erwarten hatten, wenn sie an dieser Sache festhielten, die sie einmal gepackt hatte. Eines Morgens stand auf dem Verpflichtungszettel, der immer noch weiß und leer an der schwarzen Wandtafel hing, neben Meternagels Unterschrift ein neuer Name: der des stillen, bescheidenen Wolfgang Liebentrau. Günter Ermisch stellte ihn verwirrt zur Rede. Liebentrau wurde immer verlegen, wenn man ihn ansprach, als bäte er um Verzeihung, daß man sich mit seiner unwichtigen Person überhaupt befaßte. Er war auch jetzt verlegen, als er sagte: »Ich dachte mir: Entweder man ist in der Partei oder nicht.«

»Glaubst du denn, ich würde nicht alles für die Partei tun?« fragte Günter Ermisch entrüstet.

»Das kann von dir keiner annehmen«, sagte Liebentrau erschrocken. Wie konnte er sich denn mit dem Brigadier Ermisch vergleichen! Da ging Günter Ermisch wortlos an das Wandbrett, leckte seinen Brigadierstift an und schrieb seinen Namen auf das Blatt.

Dann hockten sich Meternagel, Liebentrau und Ermisch zusammen um den Brigadetisch, und Hänschen, sehr froh, daß wieder jemand mit Meternagel sprach, stellte sich vor die Tür und ließ keinen hinein. »Parteigruppe«, sagte er.

Zwei Wochen später war unter der Überschrift *Sie zeigen den Weg* wieder ein Foto von der Brigade Ermisch in der Zeitung. Rita, die sich vergebens gesträubt hatte, war in die erste Reihe geschoben worden, dicht neben Hänschen, der sich zwanzig

Zeitungen kaufte und die ausgeschnittenen Bilder immer bei sich trug, wie seine liebsten Filmschauspielerinnen. Der Sieger aber, Rolf Meternagel, war ruhig hinter die anderen getreten, hinter seine Leute, gegen die er gekämpft und mit denen er nun gesiegt hatte.

Rita sah sich das Brigadefoto gründlich an, und immer begann sie bei Rolf Meternagels Gesicht, das in der letzten Reihe fast hinter den anderen Köpfen verschwand. Dann nahm sie sich die anderen vor. Besonders oft kehrte sie zu Meternagels ärgstem Widersacher zurück, zu Herbert Kuhl. Er stand in der ersten Reihe, und sicher würden die hunderttausend Betrachter des Bildes, besonders die Frauen, gerade auf ihn mit Wohlgefallen blicken. Auch jetzt blickte er spöttisch und kalt, mit einer Verachtung für all und jeden, die sie erschreckte. Und doch verstand Rita, warum Meternagel zurückgetreten, sogar noch hinter diesen Herbert Kuhl zurückgetreten war. Meternagel war nicht nur mutig, er war auch klug, sogar listig. Er stellte den Herbert Kuhl in die erste Reihe und sich selbst in die letzte, damit alle Blicke sich auf Kuhl richteten. Vielleicht machte ihn das Gefühl, unter vielen Augen zu leben, mit der Zeit etwas wärmer und freundlicher. Meternagel, fand Rita, konnte diese Blicke entbehren.

Über all den Aufregungen hatte sie ihre eigenen Ängste und Beklemmungen vergessen. Sie konnte sich jetzt darauf verlassen, daß sie früh zur richtigen Minute erwachte, daß sie mit geschlossenen Augen wußte, wann sie aus der Bahn zu steigen hatte. Immer an der gleichen Stelle traf sie in der Pappelallee immer die gleichen Leute, und die Mittags- und Feierabendzeit erkannte sie an einem Dutzend untrüglicher Zeichen.

Meist war sie jetzt mit Hänschen allein im Wagen. Meternagel kam manchmal, wenn er sich bei den anderen erschöpft und heiser geredet hatte, um bei ihnen zu verschnaufen. Sie zeigten ihm ihre Arbeit, er nickte und setzte sich müde auf die noch rohen Holzsitze des Wagens. Sie beide nahmen ihm gegenüber Platz – soviel Zeit hatten sie immer –, ließen ihn in aller Ruhe rauchen und kümmerten sich nicht um das Fluchen der Elektriker, die ihre dicken Kabel durch das Fenster zogen und kreuz und quer im Wagen verlegten, auch nicht um die Lackierer, die über ihren Köpfen an der Decke herumturnten. Sie saßen mit Rolf zusammen und schwiegen meist. Sein Gesicht wurde immer hagerer, nur die Augen traten stark daraus hervor, eisblau, intensiv strahlend. Manchmal gab er Rita kleine

Aufträge, die sie gewissenhaft ausführte. Sie ging jetzt ohne Scheu in jeden Winkel des Werkes und sprach jeden beliebigen Menschen an.

Nach einer Weile zog Meternagel seine Uhr hervor – ein altes Gehäuse mit zerkratztem Horndeckel –, besah sie eine Zeitlang, in Gedanken versunken, sagte: »Die Uhr vom Meternagel kennt jetzt der ganze Betrieb«, lachte knurrig und ging.

Hänschen und Rita machten sich wieder an die Arbeit. Hänschen, wie immer zwei große Schrauben links und rechts in den Mundwinkeln – eine Art eisernes Gebiß, das ihm Selbstgefühl gab –, Hänschen meinte nach einer Weile:

»Warum macht er das bloß?«

Rita schwieg. Sie hätte ein paar Antworten gewußt, aber die kamen ihr zu hochtrabend vor.

Hänschen überlegte weiter. »Ob es stimmt, daß er wieder Meister werden will? Viele sagen das. – Aber vielleicht will er sich bloß beim Werkleiterschwiegersohn einkratzen.«

»Bei wem?«

Hänschen war glücklich, daß sie das noch nicht wußte. Ernst Wendland war noch vor einem Jahr mit Meternagels ältester Tochter verheiratet gewesen. Die hatte aber, während Wendland Monate auf einer Schule verbrachte, unter den Augen des Vaters – bei dem sie wohnte – einen anderen Mann dem ihren vorgezogen. Jeder wußte, daß Meternagel seinen Töchtern nichts verbieten und nichts abschlagen konnte – er fand vielleicht, er habe sich kaum das Recht auf väterliche Autorität erworben.

Aber Wendland vergaß ihm diese Duldsamkeit nicht, auch dann nicht, als er schon von seiner Frau geschieden war. Die beiden Männer gingen sich aus dem Weg.

Darüber mußte Rita nun tagelang nachdenken. Zwar war sie schon daran gewöhnt, daß sie immer noch Neuigkeiten von längst vertrauten Menschen erfuhr, aber bei Meternagel überraschte es sie doch. Er hatte also eine Tochter großgezogen, die ihren Mann betrog, hatte einen Schwiegersohn wie den Wendland gehenlassen, aus Schwäche. Der lief nun ohne Frau umher und hatte keine Mutter für seinen struppigen großäugigen Jungen. Mag sein, daß Frauen ihm jetzt überhaupt zuwider sind, so was soll es geben.

Immerhin war nichts dagegen einzuwenden, wenn ein Mann wie Meternagel für all sein Gehetze auch einen kleinen persönlichen Stachel hatte; zum Beispiel: Wendland imponieren!

Wurden denn dadurch seine aufrichtigen Anstrengungen un-
aufrichtig?

Diese Gedanken teilte Rita Hänschen mit, während sie eilig
im Wagen frühstückten. Er nickte dazu. Dafür, daß sie ihn
ernst nahm, zeigte er ihr seine neuesten Filmschauspielerinnen
und äußerte sich sachkundig über Vorzüge und Nachteile einer
jeden. Warum sollte er nicht abends, wenn er auf seinem Bett
lag, davon träumen, daß diese schönen Frauen alle nur für ihn
so verführerisch lächelten?

Am Abend war Rita wie vollgesogen von Müdigkeit. Blin-
zelnd saß sie an dem hellen, runden Abendbrottisch der Familie
Herrfurth, sah alles und sah es doch nicht, war anwesend und
war es nicht. Manfred, der oft zu ihr hinsah, drückte manchmal
ihre Hand unter dem weiß und gestärkt herabhängenden Tischtuch. Dann hielt sie seine Hand fest, gleichgültig, ob Herr oder
Frau Herrfurth das bemerkten, und ihr konnte es so vorkommen, als sause dieser ganze helle runde Tisch unheimlich schnell
von den beiden weg, wurde kleiner, schließlich winzig, blieb
aber scharf und deutlich, hell und rund: Ein kleines verzauber-
tes Inselchen, auf dem Verbannte leben.

Gedämpft schlug das Tischgespräch an ihr Ohr, hin und
wieder traf ihr Name sie, und sie hörte zu: »Fräulein Rita«,
sagte Frau Herrfurth, »ich möchte wirklich, daß Sie das wissen: Teppiche muß man hier jeden Tag absaugen, sie ver-
stauben unglaublich.« – »Ja«, sagte Rita höflich, aber sie war
sehr weit davon entfernt, an Teppiche zu denken.

Manfred hatte eine gute Zeit. Er lebte in dem glücklichen,
entspannten Nachgefühl einer gut und ehrlich vollbrachten
Arbeit, die Mühe gekostet hatte und die Mühe nun lohnte. Man
interessierte sich nicht nur an seinem Institut für die Lösungen,
die er gefunden hatte. Er verbrachte seine Zeit damit, Anfragen
zu beantworten, seine Dissertation zum Druck vorzubereiten
und in Betrieben vor Fachkollegen zu sprechen. Er sah, man
brauchte ihn, und das tat ihm genausowohl wie die Anerkennung und Achtung, die ihm von allen Seiten entgegenkam.

Diese seltene, kostbare Übereinstimmung mit der Welt machte es ihm leicht, uneingeschränkt für Rita dazusein. Sie war
immer wieder überrascht, wie schnell er sie verstand, auch
wenn sie erregt, abgerissen, nur in Andeutungen sprach. Bei
ihren langen Wanderungen durch die abendlich warme Stadt,
in einsamen ruhigen Stunden bei den Weiden am Fluß ermun-

terte er sie zum Reden. Am liebsten hatte er es, wenn sie ihre Arbeitskollegen schilderte. Ihre genauen, witzigen Beobachtungen machten ihm Spaß, und sie sah manchen erst richtig, während sie ihn Manfred beschrieb.

»Und was macht dein Wendland?« fragte er meist am Schluß. Er hatte sich angewöhnt »dein Wendland« zu sagen. Sie protestierte dagegen, bis sie merkte, daß er nur nicht zugeben wollte, wie dieser Mensch ihn selbst beschäftigte. »Man sieht ihn selten«, sagte Rita. »Aber man spürt ihn jetzt auch bei uns.« Sie beobachtete täglich, wie Wendlands und Meternagels Aktionen ineinandergriffen und sich wechselseitig bedingten, ohne daß die beiden sich doch ausdrücklich abgesprochen hatten. Sie sei jetzt überzeugt, sagte sie zu Manfred, daß von unten und oben zu gleicher Zeit das Richtige getan werde.

»Na, das ist schön«, sagte Manfred. »Es kommt sehr selten vor, das merkst du schon noch.«

Oft brachte er sie nur zum Sprechen, um sie in Ruhe ansehen zu können. Ihr Gesicht war ihm nie langweilig. Er sah wohl, daß es sich verändert hatte, seit sie sich kannten, obwohl es glatt und makellos blieb, mattschimmernd, bräunlich. Aber hinter den mädchenhaften Zügen kündigte sich eine neue Festigkeit an, eine neue Reife, die ihm sehr gefiel und die ihn zugleich beunruhigte.

Er mußte sich ihrer immer neu versichern. Er fuhr leicht mit den Fingerspitzen über ihr Gesicht, über die Stirn, die zart eingebuchteten Schläfen, von den Augenbrauen zu den samtig behaarten Wangen. Sie lehnte sich zurück. Ihre Haut wußte den Weg seiner Finger voraus. Durch ihn, durch seine Lippen, Augen und Hände hatte sie sich kennengelernt, von dem warmen Haar, das in seinem Griff knisterte, bis zu den dünnhäutigen Fußsohlen. Er hörte nicht auf, über sie zu staunen, und sie sah, daß er ihr zuliebe tat, was er noch nie einem Menschen zuliebe getan hatte. Er aber fand sie immer wieder ergriffen von seiner Zärtlichkeit.

Wie alle Liebenden hatten sie Angst um ihre Liebe. Sie fühlten sich kalt werden bei einem gleichgültigen Blick des anderen, ein ungeduldiges Wort verdunkelte beiden den Tag.

Wenn sie die Augen öffneten und in dem schwachen grünen Radiolicht jeden Gegenstand des Zimmerchens deutlich sahen, alles fest und an seinem Platz geblieben, während sie in großer Bewegung und weit weg gewesen waren, dann fragte Manfred leise: »Was wünschst du dir jetzt?«

»Immer das gleiche«, sagte Rita. »Eine einzige Haut um uns, einen Atem für uns beide.«

»Ja«, sagte er. »Aber ist es nicht so?«

Sie nickte. Es war so, solange die Sehnsucht danach sie nicht verließ.

Eines Nachts wurden sie von Regentrommeln auf dem Dach geweckt. Sie traten ans Fenster und atmeten gierig die frische, feuchte Luft. Sie streckten die Arme hinaus und zogen sie naß und kühl wieder herein, sie spritzten sich die Tropfen ins Gesicht. Ihre Augen gewöhnten sich an das Dunkel da draußen und unterschieden allmählich die kompakten schwarzen Häuserumrisse von dem fließenden schwarzen Himmel und dem hin und wieder aufblinkenden Fluß. So hoch wie sie lebte niemand. Zu ihnen kam der Regen zuerst.

»Ich hab geträumt«, sagte Manfred, »wir beide sitzen in einem kleinen nassen Boot und schwimmen durch die Straßen einer Stadt. Es regnet und regnet. Die Straßen sind von Menschen leer, das Wasser steigt unaufhaltsam. Die Kirchen, die Bäume, die Häuser versinken in der Flut. Nur wir beide schaukeln noch auf den Wellen, ganz allein in einem sehr zerbrechlichen Kahn.«

»Wer dir solche Träume beigebracht hat!« sagte Rita vorwurfsvoll. Sie blieben aneinandergelehnt stehen und sahen hinaus.

Auf einmal blinkte ein Licht über dem Fluß auf, schwach, aber unverkennbar. Aufgeregt griff Rita nach der Tischlampe, hielt sie hoch ins Fenster, knipste sie an, aus, an, aus.

»Was tust du?« fragte er.

»Wir sind der Leuchtturm. Dort draußen, auf dem Meer, ist unser kleiner Kahn. Er gibt Notsignal. Wir erwidern seine Zeichen.«

Manfred nahm ihr die Lampe ab, hielt sich hoch und ließ sie brennen.

»Wird er den Hafen erreichen?« fragte er.

»Unbedingt«, sagte Rita.

»Und er findet noch Menschen in der untergegangenen Stadt?«

»Ja«, sagte sie. »Die Stadt ist nicht untergegangen. Der Kahn war zu weit abgetrieben.«

»So sieht jeder, der in Not ist, unseren Leuchtturm?«

»Ja«, sagte Rita. »Jeder sieht ihn, wenn er will.«

»Und keiner wird mehr einsam untergehen?«

»Nein«, sagte sie. »Keiner.«

Sie löschten die Lampe. Das fremde Licht über dem Fluß war verschwunden – versunken oder heimgekehrt? Über ihren Köpfen rauschte der Regen weiter, als sie längst schliefen.

Morgens rannen klare Tropfen die dünnen Telefondrähte hinunter, die an ihrem Fenster vorbei zum Dach führten. Sie folgten einander in immer gleicher Geschwindigkeit, in immer gleichem Abstand, ohne Hast und ohne Ende.

16

Neun Monate später war das Boot untergegangen. Sie standen an verschiedenen Ufern. Hatte niemand ihre Zeichen erwidert und ihre Not bemerkt?

Rita, die in den gleichförmigen blassen Krankenhauswochen eine schwere innere Arbeit leistet, kehrt immer wieder grübelnd zu diesem Punkt zurück: Hatte sie selbst nicht rechtzeitig die Gefahr gesehen? Instinktiv türmt sie, da Zeit ihr nicht zur Verfügung steht, Gedanken zwischen sich und jenes Ereignis und entfernt es allmählich weit genug von sich, daß sie es von Anfang bis Ende übersehen kann.

Zufällig fiel der Empfangsabend für die Waggonbauer beim Rat der Stadt – veranstaltet, weil das Werk, eines der größten im Stadtbezirk, fünfzehn Jahre volkseigen war – genau auf den Tag der ersten vollständigen Planerfüllung seit Monaten. So feierten sie im Grunde dieses Ereignis. Jetzt erst spürte man, wie schwer diese letzten Wochen gewesen waren. Eine starke Sehnsucht nach Licht und Fröhlichkeit hatte sich in allen angestaut.

Die Friseure der Stadt hatten ihr Bestes getan. Schon in den Garderoben schwebte eine Duftwolke über den Köpfen der Frauen, die sich etwas besser in ihrer Lage zurechtfanden als ihre Männer in den steifen dunklen Anzügen.

Manfred war nur widerstrebend mit Rita gegangen. Er eigne sich nicht zum Prinzgemahl, außerdem seien Empfänge langweilig.

»Für mich nicht«, erwiderte Rita. Sie bereitete sich sorgfältig auf den Abend vor.

An den Saaltüren, wo sich alles staute, stießen sie auf Meternagel und seine Frau, und als sie endlich an vielen Händedrücken vorbei in den Saal gekommen waren, stand da in der Mitte Hänschen, auf spiegelndem Parkett, unter tausendkerzigen Kristalleuchtern, in seinen Konfirmandenanzug gezwängt, ein bildhübsches attraktives Mädchen neben sich, das mindestens zwei Jahre älter war als er und muntere Blicke in die Runde warf.

»Die hat er sich doch aus einer Postkarte ausgeschnitten!« sagte Meternagel. Aber das Mädchen war von Fleisch und Blut, es ließ sich von Hänschen würdevoll quer durch den Saal herbeiführen, hieß Anita und wußte ungemein viel mit ihren großen Puppenaugen anzufangen. Rita starrte sie an wie eine Erscheinung, dann musterte sie Hänschen, als sehe sie ihn zum ersten Mal. Er schwitzte und strengte sich an, den wilden Aufruhr zwischen tödlicher Verlegenheit und unbändigem Stolz in sich zu beherrschen. »Der gefällt mir«, flüsterte Manfred Rita ins Ohr. »Auch so ein Prinzgemahl.«

Manfred stand hoch aufgerichtet neben Rita. Er nickte, wenn sie gegrüßt wurde und wunderte sich, wie viele Menschen sie kannte. Sie wanderten einmal hin und zurück durch den Saal, das taten die meisten. Es war die große Musterung vor Beginn des Festes, das große Sich-Zeigen und Einander-Vergleichen.

»Mein Fräulein«, sagte Manfred. »Sie sind die Königin des Balls.« Sie wurde rot, weil sie es selbst gefühlt hatte.

Sie trug, wie er es sich immer ausgemalt hatte, ein maisgelbes Kleid, ein Geschenk von ihm. Tatsächlich sah man sich verstohlen und offen nach ihr um. Die vielen Männerblicke heizten ihr ein. Sie versuchte den Glanz in ihren Augen hinter den Wimpern zu verstecken. In ihrer Verlegenheit griff sie nach seinem Arm. Manfred sah sie unentwegt an.

»Wie konnte ich nur einen Empfang langweilig finden?« sagte er.

Inzwischen hatten an der Schmalseite der riesigen, mit Aufschnittplatten und Salatschüsseln besetzten Hufeisentafel die Reden begonnen. Würdige Männer zogen weiße Blätter aus ihrer linken Brusttasche und verlasen, was sie unter Verwünschungen am Vormittag ihrer Sekretärin diktiert hatten. Ernsthaft hörten die Festgäste den ernsthaften Reden zu, und selbst bei den sorgfältig eingestreuten humorvollen Zitaten wollte sich das Lachen nicht rechtzeitig einstellen. (»Wie sagte doch schon unser großer Goethe: Tages Arbeit, abends Gäste...«) Natürlich stützte sich dieser und jener Sprecher auf einen Gedanken seines Vorredners, aber er vergaß nie, das ausdrücklich zu bemerken, und alles war in Ordnung.

Hänschens Ohren standen vor Feierlichkeit steif und purpurrot in die Höhe, Manfred hatte seine Freude daran. Rita trat ihm auf den Fuß, da hielt er aus, bis das Signal zum Essen gegeben wurde. Er schob sich geschickt an die Tafel heran und hatte im Handumdrehen zwei Teller gefüllt.

»Festredner ist schwer«, sagte er kauend. »Vor allem als Nebenberuf. Nimm mal an: Tagsüber leitest du ein Ministerium, meinetwegen Maschinenbau, und abends sollst du dich als Festredner betätigen. Da fällt dir eben nichts ein außer: ›Und so haben wir stets und ständig...‹ oder: ›Und so schreiten wir auch weiterhin siegreich...‹ Grausam.«

»Den Leuten hat's gefallen«, sagte Rita.

»Gefallen? Sie denken, es muß ernst und langweilig und großtönend auf sie 'runtertriefen. Sonst, unter sich, sind sie am liebsten schnoddrig.«

»Gib mir noch Salat«, sagte Rita. »Und überleg mal, daß nicht alle Menschen so respektlos sind wie du.«

»Stimmt«, sagte Manfred. »Hänschen nicht.«

»Und Meternagel nicht, und ich auch nicht«, sagte Rita. Dann sprachen sie nicht mehr davon.

Im Nebensaal begann die Musik zu spielen. Das Gefühl, bei sich selbst zu Gast zu sein, lockerte die Menschen immer mehr auf. An den Wänden entlang zirkulierte noch der Strom der Neugierigen, aber er wurde dünner, je mehr Gruppen sich in der Saalmitte zusammenfanden, wo es den Kellnern schwer wurde, mit Flaschen und Gläsern durchzukommen. Im Tanzsaal waren erst wenige junge Paare. Manfred bewunderte Rita, wie sie, nun schon an viele Blicke gewöhnt, graziös und stolz an seinem Arm zur Tanzfläche schritt. Sie blickte in keinen der Spiegel, an denen sie vorbeikamen. Sie wußte, daß sie sich jetzt nur zu geben hatte, wie sie war, um jedermann zu entzücken.

Manfred wirbelte sie herum – wie weit lag der Abend zurück, da er kalt und steif mit ihr getanzt hatte! –, und sie konnte es nicht toll genug haben. Er fing einen blitzenden Triumphblick auf, als beim nächsten Tanz mehrere junge Männer auf sie zukamen. Er tanzte mit keiner anderen, während sie strahlend von Arm zu Arm ging. Zuletzt schob Hänschen sie über das Parkett.

Hänschen war unglücklich. Das hatte man voraussehen können, aber leid tat er einem doch. Anita hatte Bewerber gefunden, die besser zu ihren großen Augen und zu ihren kleinen, scharfen, makellosen Zähnen paßten als Hänschen, der Rita jetzt gestand, daß er das Mädchen von einem Freund, dessen Freundin sie war, für diesen Abend ausgeborgt hatte. Hier war nichts zu trösten. Rita schimpfte auf Anita, aber Hänschen verstand zu gut, warum sie ihn einfach stehen ließ.

Wenn Rita einen Augenblick lang frei war, trat Manfred neben sie und fragte spöttisch nach ihren Befehlen. »Tanzen!« sagte sie jedesmal. Und sie tanzten.

Sie wußten kaum noch, was sie redeten. Sie waren ganz allein unter den vielen Leuten, und das sagten sie sich mit ihrem Lächeln und mit ihren Blicken. Auch dieses Fest geht zu Ende. Na und? Werden wir nicht viele Feste haben? – Die Saallichter drehten in den Augen des anderen vorbei, man verlor das Gefühl, was sich bewegte, was fest stand. Sie kamen außer Atem und setzten sich auf ein paar vergessene Stühle in eine Saalecke.

Es war der unsichtbare Drehpunkt eines jeden Festes, ehe die Gesichter vor Müdigkeit erblassen, ehe die Frisuren der Frauen matt werden und ihr Lächeln mühsam ist, ehe der Schatten des nahen Morgens den Glanz der Kronleuchter dämpft und die ungegessenen Speisen ihre Frische verlieren. Noch klangen die Gläser hell, wenn man sie aneinanderstieß, noch tanzte man leicht, noch war der Duft nach Parfüm und Wein zart und angenehm. Aber jeder neue Tanzschritt, jeder Schluck und jedes Lächeln brachte sie der Grenze näher, die zwischen Vergnügen und Anstrengung, zwischen Gehobensein und Banalität liegt. Rita schloß für Sekunden die Augen. Als sie sie wieder öffnete, stand Ernst Wendland vor ihr. An ihm vorbei sah sie auf Manfreds Gesicht, das sich in wenigen Augenblicken sehr verändert hatte. Es war verschlossen, fast mißtrauisch. Mit einem unguten Vorgefühl sah sie zu Wendland auf und erschrak. Sie erfaßte sofort, was vorgegangen war: Wendland, der seit Stunden durch den Saal gewandert war, jedem die Hand geben, mit jedem trinken mußte, die Nerven noch angespannt von der Konzentration der letzten Wochen – Wendland hatte zuletzt, müde, voll Sehnsucht nach Ruhe, Rita tanzen sehen und war ihr blindlings gefolgt. An Manfred war er vorbeigegangen, ohne ihn zu beachten. Er stand vor ihr mit einem gelösten Lächeln und einem Blick, der Manfred ernüchtert hatte und Rita erschreckte.

Noch spielte die Kapelle den gleichen Schlager, aber alles hatte sich verändert. Ernst Wendland verbeugte sich vor Rita und bat sie um einen Tanz. Sie erhob sich, blickte unsicher zu Manfred, der sie gelangweilt ansah. Sie ärgerte sich über ihn und ließ sich von Wendland zur Tanzfläche führen.

»Ich habe Sie tanzen sehen«, sagte er. Rita war froh, daß niemand außer ihr ihn hörte und sah. Sie wurde steif und ungeschickt in seinem Arm. Wendland spürte sofort, daß er zu weit gegangen war. Von einem Augenblick auf den anderen schwand der fast berauschte Zug in seinem Gesicht, verging die Sehnsucht in den Augen. Seine Verwandlung tat Rita weh. Es schmerzte sie, ihn mit seiner gewöhnlichen Stimme sagen zu hören: »Ein schöner Abend nach soviel Anstrengung, nicht wahr?«

Was war geschehen? Nichts, weniger als nichts. So wenig, daß man darüber nicht sprechen konnte, jetzt nicht und später nicht, weil schon jede Andeutung plump und kleinlich gewesen wäre. Aber Rita und Manfred wußten beide, was sie gesehen hatten. Sie wollten es vergessen, und sie vergaßen es auch – wenn man vergessen hat, woran man nicht mehr denkt.

Als Rita mit Wendland wieder zu Manfred trat, erhob sich der und erwiderte spöttisch Ernst Wendlands Verbeugung. Jetzt fand eine ordnungsgemäße Begrüßung statt: wohlgesittete Bekannte trafen sich auf einem Empfang. Wendland nahm drei Tassen Mokka von einem Tablett, sie setzten sich mit hochgezogenen Knien auf die niedrigen Stühle, balancierten die Täßchen in der Hand und mußten sehen, wie sie miteinander zurechtkamen.

Manfred fragte den anderen nach seinen Werkleiterpflichten. Allerhand Verantwortung, nicht wahr? Ja, sagte Ernst Wendland. Aber man gewöhne sich daran.

»Klar«, sagte Manfred, sarkastischer, als der Anlaß es erforderte. »Darauf beruht ja unsere ganze Geschichte, daß der Mensch sich gewöhnt.«

»Sind Sie sicher?« fragte Wendland nur. Er war erschöpft und suchte keinen Streit.

Es wurde ein merkwürdiges Gespräch. Nachträglich sagt Rita sich, daß sie es damals, verblendet von weiblicher Eigenliebe (»die zanken sich ja nur meinetwegen!«), nicht ganz begriff. Sie wußte ja, wie genau Manfred aus der Ferne auf Wendland geachtet hatte, und nun, da er vor ihm saß, stellte er sich bockig. Weitschweifig bewies er seine Behauptung, die menschliche Geschichte gründe sich auf Gleichgültigkeit. Er merkte gar nicht, daß niemand ihm zuhörte. Er redete und redete mit peinlichem Eifer, und schließlich endete er mit der Feststellung: »Die Menschen sind doch alle nach dem gleichen Zuschnitt gemacht...«

Wozu spreizt er sich so? dachte Rita. Sie fühlte, daß sie sich still verhalten mußte. Jedes Wort von ihr würde ihn jetzt noch mehr reizen.

»Nach dem gleichen Zuschnitt?« sagte Wendland. »Möglich. Wenn man vom unterschiedlichen Wachstum der Vernunft absieht...«

Manfred tat, als habe er gerade auf dieses Argument gewartet. Er lachte auf. Auch sein Lachen war gekünstelt. »Gehen Sie mir damit! Die Vernunft war niemals ein geschichtsbildender Faktor. Seit wann fühlt sich der Mensch durch Vernunft beglückt? Darauf rechnet lieber nicht.«

Wendland lächelte, so daß Rita für Manfred rot wurde. »Also«, sagte er, »laßt, die ihr einkehrt, alle Hoffnung fahren?«

»Vielleicht nicht die Hoffnung«, sagte Manfred. »Aber die Illusion.«

Dies war der Augenblick, erinnert Rita sich, da sie zum zweitenmal etwas wie Beunruhigung fühlte. Ja, hier war es. Wußte sie nicht auf einmal, daß es gar nicht mehr um Eifersucht und verletzte Eitelkeit ging? Es ging genau um das, worüber sie sprachen.

Wendland, weniger beteiligt als Manfred, verzichtete auf das letzte Wort. Er stand auf, um Rolf Meternagel entgegenzugehen, der mit seiner Frau zögernd auf sie zukam. Rita, beklommen von Manfreds Erbitterung (war er nicht sogar enttäuscht, daß Wendland ihm nicht antwortete?), erfaßte doch, was dieser Händedruck, den der Junge dem Älteren darbot, bedeutete.

»Na, Rolf?«

»Na, Ernst? Harte Zeiten, wie?« Dabei lachte Meternagel über das ganze Gesicht, und Wendland lachte zurück. – Das möchte man annehmen.

Harte Zeiten, aber wir sind wohl übern Berg, was? – Also trinken wir einen drauf.

Sie nahmen sich Sektgläser und stießen miteinander an. Sekt klingt nie in Gläsern, aber das hat nichts zu bedeuten.

Sie tranken das Glas leer und stellten es ab, und dann blieben sie noch zusammen stehen.

»Du hast von unserm neuen Wagen gehört?« fragte der Werkleiter. Und ob Meternagel davon gehört hatte! Mehrere Tonnen leichter als der alte, und überhaupt – ein Gedicht von einem Wagen.

»Ich denk mir«, sagte Wendland, »du könntest da mitmachen.«

»Ich?« fragte Meternagel ungläubig. Er faßte sich schnell. »Wenn du meinst, Ernst . . .«

»Ja«, sagte Wendland. »Bei deiner Erfahrung. Kommst mal morgen früh, da setzt sich der Entwicklungsstab zusammen.«

Meternagel legte Rita die Hand auf die Schulter. »Na, Mädchen«, sagte er. »Nun gehen wir also unter die Forscher. Hast es gehört.«

»Schön für dich, Rolf«, sagte Rita, so sachlich sie konnte. »Aber ich geh nicht mit. Meine Zeit ist um. Oder kann ich noch länger bei euch bleiben?«

Meternagel lachte, und plötzlich konnte Rita sich wieder freuen.

Sie brachte Manfred dazu, den allerletzten Tanz noch mit ihr zu tanzen. Auf dem Heimweg durch die dunkle stille Stadt hakte sie sich bei ihm ein. Sie schwiegen und waren zufrieden mit dem Abend.

Kurz danach begannen die Ferien. Gemeinsam – zu Fuß und mit ihrem kleinen grauen Auto – durchforschten sie die Umgebung von Ritas Dorf, sie badeten in Waldseen und sogen sich bis in die Fingerspitzen voll mit klarer, unverdorbener Luft und Sommerleichtigkeit. Dann fuhr Manfred mit seinen künftigen Studenten zwei Wochen nach Bulgarien ans Schwarze Meer, und als er frisch und braungebrannt zurückkam, brachte er Rita eine kleine graubraune Schildkröte mit. Die tauften sie Kleopatra und setzten sie in eine Sandkiste auf den Wäscheboden neben ihr Mansardenzimmerchen, in das sie kurz vor Herbstbeginn wieder einzogen – anders als die Zugvögel, die sich gerade aus den nördlichen Breiten davonmachten.

Sie liebten sich und waren voll neuer Erwartung auf ihren zweiten Winter.

17

Einen dritten gemeinsamen Winter gab es nicht.

Unwiederholbar in der bittersten Bedeutung dieses Wortes ist der Erinnerung der Wechsel der Farben, der in den letzten Monaten des Jahres in dem kleinen Fensterquadrat stattfindet: von grell und heiß und bunt zu fahl und kühl und blaß. Unwiederholbar bleibt die allmähliche Veränderung des Lichts über den Stadtdächern, dem Flußbogen und der flachen Ebene, unwiederholbar die kostbare Widerspiegelung dieses Lichts in Manfreds Augen.

Wir wußten damals nicht – keiner wußte es –, was für ein Jahr vor uns lag. Ein Jahr unerbittlichster Prüfung, nicht leicht zu bestehen. Ein historisches Jahr, wie man später sagen wird.

Den Mitlebenden ist es schwer, die sengende Nüchternheit der Geschichte auszuhalten. Rita, dieses Jahr überdenkend, fühlt: den Unterschied zwischen jenem strengen, aber dauerhaften Licht und der Zufallsbeleuchtung des Tages, das habe ich damals begriffen. Doch noch auf vielen Gesichtern, die sie kennt, wechseln Helligkeit und Schatten nach Laune und Vorteil des Augenblicks, eine ungeheure Summe von Kraft, Teilnahme, Leidenschaft und Talent sieht sie an das Alltägliche verschwendet, das freilich, fünfzehn Jahre nach Kriegsende, immer noch nicht leicht zu bewältigen ist.

Hat er also recht behalten, fragt sie sich, wenn er immer sagte: Heutzutage ist Liebe nicht möglich. Keine Freundschaft, keine Hoffnung auf Erfüllung. Lächerlich, gegen die Kräfte anzugehen, die zwischen uns und unseren Wünschen stehen. Ihre Allmacht können wir uns nicht mal vorstellen. Gelingt uns die Liebe trotzdem, dir und mir, dann müssen wir ganz still halten. Dann müssen wir immer an das Trotzdem denken. Das Schicksal ist neidisch.

Hat er recht behalten? Und hatte ich unrecht? War meine Härte gegen uns beide – Unnatur? Du wirst nicht durchhalten, hat er immer gesagt. Du kennst das Leben nicht. Aber er kannte es, meinte er. Er wußte, daß man eine Schutzfarbe annehmen mußte, um nicht erkannt und vernichtet zu werden. Er wußte es, und das machte ihn einsam, auch hochmütig. Manchmal bitter. Ich dagegen hab nie Angst gehabt, mich selbst zu verlieren. Ehe er es mir sagte, kam ich nie auf die Idee, daß wir in eine ungünstige Zeit hineingeboren seien. Er dachte sich manchmal Verwandlungen aus: Hundert Jahre früher wollte er leben, oder hundert Jahre später. Ich spielte dieses Spiel nie mit, und er warf mir Mangel an Phantasie vor... Manfred sah, daß das Abenteuer ihres einen, unvertauschbaren Lebens sie ganz in Anspruch nahm. Er kannte sie nun gut genug, um die Verzagtheit, die sie nach den allerersten hochgestimmten Wochen im Lehrerinstitut überraschend befiel, nicht zu mißdeuten und nicht zu mißbrauchen. Er horchte auf, als sie ihn eines Abends – der September war schon zu Ende – zum erstenmal im Ernst fragte: »Liebst du mich?« – »Es geht«, sagte er und sah sie genauer an. Da warf er sich vor, die Müdigkeit unter ihren Augen und ihre Blässe bisher übersehen zu haben. Er legte sein Buch beiseite und schlug ihr vor, jetzt gleich, diesen Abend noch, ein Stück hinauszufahren, wenn es auch regnete und herbstlich kühl war.

Im Auto stellte er die Heizung an und ließ das Radio leise spielen. Er fuhr durch die Stadt nach Süden und sprach lange nicht, bis er spürte, daß Rita entspannt neben ihm saß und nicht mehr fror. Nach einiger Zeit wußte sie wie immer, nicht mehr wo sie waren, und als sie ihn fragte, machte er sich wie immer über sie lustig. Nach und nach brachte er sie behutsam zum Reden und bekam heraus, daß sie sich an ihrem Institut fremd und allein fühlte.

Gar nichts war geschehen, er mußte es ihr schließlich glauben. Niemand hatte sie beleidigt oder getadelt, allerdings war sie auch nicht weiter beachtet und ermutigt worden. Auch mit dem Lernen hatte sie keine Schwierigkeiten. Das alles war es nicht.

»Sie sind alle so klug dort«, sagte sie. »Sie wissen ja alles. Sie wundern sich über rein gar nichts mehr.«

»Das kenn ich«, sagte Manfred, und er kannte es wirklich und war wieder einmal überlegen. »Meistens hält es sich nicht. Meistens vergeht es, wenn erstmal was passiert.«

»Denen passiert nichts«, sagte Rita. »Das ist es doch.« Manfred lachte. »Jedem passiert was, verlaß dich drauf.«

Mir zum Beispiel, dachte er, ist passiert, daß ich auf dich getroffen bin. Seitdem zweifle ich an der Unerschütterlichkeit der Hartgesottenen.

Doch er irrte sich, wenn er ihre Sorgen anfangs nicht ernst nahm. Er beruhigte sich zu früh, da er sie bald darauf häufig, wenn er am Institut auf sie wartete, vergnügt mit einem unerhört blonden, knabenhaft schlanken Mädchen die Treppen hinunterkommen sah. Dieses Mädchen war Marion aus dem

Friseurladen der kleinen Stadt, in der vor langer Zeit Ritas Versicherungsbüro gelegen hatte. Manfred war es zufrieden, Rita mit dieser Freundin zusammen zu wissen; diese Freundschaft würde gewisse Grenzen nicht überschreiten, und eben das war ihm recht.

Neben Marion war es unmöglich, trüben Gedanken nachzuhängen. Ihr wäre es undenkbar gewesen, nicht alles, was sie bewegte – Freude und Kummer und Zorn –, unverzüglich mit dem anderen zu teilen. Erst jetzt erfuhr Rita eigentlich, mit wem alles sie da in der kleinen, langweiligen Stadt jahrelang Seite an Seite gelebt hatte, und sie erheiterte Manfred abends mit Erzählungen von den merkwürdigen Schicksalen ihrer früheren Mitbürger.

Marion konnte sich lange in Modejournale vertiefen. Das war die einzige Gelegenheit, sie entrückt zu sehen. Sie fing an, Ritas Gewohnheiten von Grund auf zu verändern.

»Wahrscheinlich wäschst du dich abends mit Wasser und Seife«, sagte sie. »Jedenfalls sähe dir das ähnlich. Sowieso hast du keine Ahnung, was du aus dir machen kannst. Ohne mich würdest du bis an dein Lebensende diesen unmöglichen dunkelroten Lippenstift nehmen, der natürlich nicht zu dir paßt.«

Es machte Rita Spaß, Marion mit Manfred zusammenzubringen, seine spöttische Höflichkeit zu sehen und die Freundin munter und kokett drauflosschwatzen zu lassen. Manfred war der einzige Mensch, vor dem Marion Respekt hatte. Sie ließ aber durchblicken, daß ein solcher Freund ihr zu anstrengend wäre.

Mit der Zeit wuchs ihre Vertraulichkeit mit Rita noch. Sie teilte ihr nicht nur mit, daß sie eigentlich Marianne hieß und sich selbst in Marion umbenannt hatte (»wer heißt denn heutzutage noch Marianne!«), sondern sie ließ Rita auch an allen Phasen ihrer glücklich-dramatischen Liebesgeschichte mit einem jungen Schlosser aus den benachbarten Motorenwerken teilhaben. Bald wartete Jochen, der Schlosser, mit seinem Motorrad abends neben Manfred vor der Tür des Instituts. Die Melancholie der herbstlichen Abende verband sie miteinander, und Manfred fügte sich in die Rolle des wartenden Mit-Bräutigams. Er wurde nicht müde, mit Rita die majestätische Grazie zu beobachten, mit der Marion auf Jochens Motorrad zuschritt, die Begrüßungszeremonie zwischen den beiden anzusehen und dann dem plötzlich aufknatternden Motorrad nachzublicken, das eine kühne Schleife über den dämmrigen Platz zog und, einen Rauchschweif hinter sich, um die nächste Ecke verschwand.

Doch auf die Dauer blieb unübersehbar, daß die Freundschaft mit Marion Ritas eigene Hilfsbedürfigkeit nicht tilgte. Lange leugnete Manfred vor sich selbst, daß etwas in Ritas Wesen sich veränderte – kaum merklich, nur manchmal in einem ungewohnten Mienenspiel spürbar. Manfred zögerte lange, dieser Veränderung auf den Grund zu gehen. Daß etwas Ernstes vorging, sah er zuerst an den Mitleidsbezeugungen seiner Mutter. Sie fing an, Rita eigenhändig die besten Happen aufzudrängen und sie zum Essen zu zwingen. Sie sehe zum Erbarmen aus – kein Wunder, wie man sie überanstrenge! »Kümmere dich um deine Braut!« sagte sie unter vier Augen zu Manfred, als teile sie ihm ein Geheimnis mit. Er konnte sich dieser Verschwörung zu Ritas Gunsten nicht durch Grobheit entziehen.

Zwar glaubte er nicht an die Uneigennützigkeit seiner Mutter, aber an ihre feine Nase, wenn es um ihren Vorteil ging, glaubte er. Sie witterte die Zeichen von Schwäche und Unterlegenheit, die er selbst vor Monaten noch zu sehen wünschte, an Rita wie eine Krankheit. Er ging nun so weit, mit Marion vorsichtig über Rita zu sprechen. Die fühlte sich geehrt, schlug die Augen zu ihm auf und beteuerte, daß niemand Ritas Klugheit und Begabung mehr bewundern könne als sie, die, Gott sei's geklagt, über beides vielleicht nicht ausreichend verfügte. »Sie ist an ihrem Platz«, sagte Marion. »Man könnte sie beneiden.« Sie seufzte und deutete an, daß sie sich nicht am Platze fühle, bei weitem nicht. Da brach Manfred das Gespräch ab.

Er machte rührende Versuche, sie über die schwierige Zeit hinwegzubringen. Er überwand seine Eifersucht auf all und jeden, der in ihre Nähe kam, und machte sie selbst mit Martin Jung bekannt: Martin Jung, der alle drei, vier Wochen aus dem kleinen thüringischen Städtchen S. zu Manfred kam, um die Fortschritte seiner Diplomarbeit mit ihm zu besprechen. Manfred war sein wissenschaftlicher Betreuer; er bewunderte, was der Jüngere, der in einem Chemiefaserwerk Ingenieur war, neben seiner Arbeit leistete. Er sah sich selbst gezwungen, sich mit der praktischen Arbeit der »Spinn-Jenny« zu beschäftigen, die Jung verbessern wollte: eine Maschine, über die er entzückt und zornig sein konnte wie über eine Freundin. »Sie sehen ja – die läßt mir keine Zeit für andere Mädchen!« sagte Martin zu Rita, wenn sie ihm sein Einsiedlerleben vorwarf.

Martin war ein unbekümmerter, aber gar nicht oberfläch-licher Junge. Alles interessierte ihn, am meisten aber sein Fach, und am wenigsten Mädchen – vielleicht, weil sie ihm nachlie-fen. »Sie sehen zu gut aus«, tadelte Rita ihn, »das macht jeden Mann hochmütig!« Martin ließ sich von ihr alle Zurechtwei-sungen gefallen. Wenn er kam, wurde es immer lustig. Er brachte neue Schallplatten und für Rita billige Bonbons mit, die sie von Manfred nicht bekam, weil er sie verabscheute. Das kleine Zimmerchen, das ihnen abends jetzt manchmal etwas still vorkam, war sofort voller Leben, wenn Martin eintrat. Er tanzte mit Rita auf dem dunklen staubigen Trockenboden nach seiner mitgebrachten Schallplattenmusik, oder er hielt ihnen Vorträge über Jazz, den er liebte.

»Da komme ich mir ja vor wie ein Greis«, sagte Manfred manchmal, wenn Martin gegangen war. Er hing an Martin, Rita sah es mit Staunen und Freude. Dieser Junge, den mehr als fünf Jahre von Manfred trennten, hatte eine Art scheuer, be-geisterter Verehrung für den Älteren gefaßt. Daß Manfred keinen Freund hatte, haftete wie ein Makel an ihm. Daß dieser Makel nun schwand, daß selbst dieser heimliche Wunsch in Erfüllung ging, brachte er auch mit Ritas Eintritt in sein Leben zusammen. »Du hast mir Glück gebracht«, sagte er, wenn Martin dagewesen war, die Luft noch von ihm in Bewegung zu sein schien, und sie, allein, sich lächelnd in der Stille gegenüber-standen, die ihnen nun wohltat.

Immer noch lag sie nachts neben ihm, den Kopf wie einge-paßt in die Höhlung seiner linken Schulter. Sein Atem bewegte die äußersten Spitzen ihres feinen Haares, und wie immer lobte sie seine Wärme und er die Glätte ihrer Haut, die ihn zärtlich machte. Aber jetzt konnte es geschehen, daß er nach Mitter-nacht erwachte, weil Rita sich an ihn gedrängt hatte. Er sah dann, daß sie mit offenen Augen dalag. »Was hast du?« fragte er und streichelte ihr Haar. Sie schüttelte den Kopf und tat, als habe sie geschlafen. Sie wollte nicht reden. Sie wußte nicht, wie sie sich ausdrücken sollte und hatte das Gefühl, er wollte nicht wirklich wissen, was sie bedrückte.

Das war ein trüber dumpfiger Herbst geworden. Die Blätter klatschten wie nasse Lappen auf das schmierige Straßenpflaster und wurden zu schweren schmutzigen Ballen zusammenge-kehrt und weggefahren. Schon im Oktober setzten die Nebel ein – Nebel, wie es sie nirgends sonst gab, schwer und dick und mit bitterem Gestank durchsetzt. Sie decken diese Stadt wochenlang zu. Man tastet sich an den Zäunen entlang, man sitzt einsam im trüben Zimmer wie in einer Nebelkammer, und es ist schwer, sich von der Trauer über alle versäumten Gelegenheiten des Lebens zu befreien – über verlorene Liebe, unverstandenen Schmerz, ungekannte Freude und eine nie gesehene Sonne über fremdem Land. Draußen stockte der Verkehr. Selbst die starken Scheinwerfer der Lastwagen, die mit ihren Materialfrachten in den Werken am Stadtrand erwartet wurden wie anderswo das Brot, drangen kaum in die rötlich-weiße Nebelmauer ein.

An einem solchen Abend wartete Manfred vergeblich auf Rita. Beim Essen erfand er vor seinen Eltern für sie eine Ausrede, die man ihm nicht glaubte. Natürlich bemerkten sie seine Unruhe und nutzten sie aus – schamlos, wie unechte Liebe ist. Die Mutter äußerte Besorgnis über Ritas Schicksal – hatte man nicht von Verkehrsunfällen gehört? –, aber dann vergaß sie alles und breitete mit Verschwörermiene den Inhalt eines Päckchens ihrer westlichen Schwester auf dem Tisch aus. Das erste Päckchen nach langen Jahren! Endlich gehörte man auch zu jenen, die die Nachbarin zu einer Tasse West-Kaffee einladen konnten. Manfred blieb gleichgültig. Er kannte diese Tante kaum, nahm aber die Zigaretten, die für ihn bestimmt waren und schrieb auch einen Gruß unter den Dankbrief.

Gelangweilt erkundigte er sich nach den Töchtern dieser Tante. Da wurden Fotografien herbeigebracht. Nun mußte er auch noch diese Bilder ansehen – ach ja, ich weiß schon, die eine war klein und dick, die andere lang und dünn, strohblond und fade alle beide –, und er lauschte auf jedes Geräusch an der Tür und kam doch nicht los von dem warmen, anheimelnden Lichtkreis der Lampe über dem Familientisch.

»Die Straßenbahnen«, sagte die Mutter, der gar nichts entging. »Heute nachmittag sind sie nur im Schritt gefahren, manche überhaupt nicht. Du kannst wirklich nichts tun als warten.«

Und die Lampe brannte immerfort. So hatte sie vor Jahren gebrannt, als er, ein kleiner Junge, an diesem Tisch über seinen Aufgaben saß. War dann nicht die Mutter manchmal hinter ihn getreten und hatte ihm die Hand auf den Kopf gelegt – eine leichte, warme Hand, die ihm wohltat? Wer sagte denn, daß ihre Stimme wirklich falsch war, wenn sie sich um Rita sorgte? Wer hinderte ihn denn, den Vater zu bemitleiden, der schließlich ein weicher Mann war und auf seine Weise immer das Beste wollte? Etwas zog ihn zurück in die dumpfe Wärme dieses Familienzimmers, er fühlte sich schlaff werden und wehrte sich dagegen, sprang auf und ging, einen Zorn gegen etwas Unbestimmtes, nicht zu Benennendes in sich; der wuchs noch, als er in seinem Zimmer allein blieb. Er rauchte und hörte Nachrichten. Man sprach von Unglücksfällen wegen Nebel auf der Autobahn. Er lief im Zimmer auf und ab. Er hatte hier auf einmal mehr Platz als er brauchte. Allmählich, dann aber mit der verheerenden Wucht einer Lawine, breitete sich die Gewißheit in ihm aus: Ihr ist etwas passiert. Gerade als er die Lähmung des Entsetzens so weit überwunden hatte, daß er sich aufmachen wollte, um von der nächsten Fernsprechzelle aus die Unfallstationen der Krankenhäuser anzurufen – den Mantel hatte er schon aus dem Schrank genommen –, da ging die Tür auf.

Überall auf Mantel und Haar hatte sich der Nebel in feinen Tröpfchen abgesetzt, es glitzerte an ihr, wenn sie sich bewegte. Ihr Gesicht war gerötet und nicht schuldbewußt.

Das ist nicht zu zählen, wie oft er sie in späteren Zeiten, fern von ihr, so in der Tür stehen sah: glitzernd, frisch, in Dampf eingehüllt, diesen kaum wahrnehmbaren Trotz im Gesicht (oder war es wirklich Ruhe gewesen?). Jedesmal wieder fühlte er sich starr werden, wie damals.

»Wo warst du?« fragte er. Aus seiner Stimme klang nicht Angst, sondern Forderung nach Rechenschaft. »Bei Schwarzenbach«, sagte sie. Ihr Abendbrot stellte sie beiseite, sie hatte schon gegessen. Aber Tee trank sie.

Manfred sah ihr zu. Bei Schwarzenbach. Bei jenem Lehrerwerber, den sie am Institut als Geschichtsdozenten wiedergetroffen hatte.

Wollte sie nicht mehr sagen? Nein. In dieses verschlossene, kalte Gesicht hinein sagte sie nichts weiter. Sie ging zu Bett, und er setzte sich an den Schreibtisch. Sie schlief nicht, und er arbeitete nicht. Er fühlte ihren Blick im Rücken und machte sich steif, sie wartete auf ein Zeichen von ihm. Herrgottnochmal, sind wir denn Kinder?

An jenem Abend gelang es ihm noch, der Starre Einhalt zu gebieten. Er brachte es über sich, zu ihr ans Bett zu treten. Er beugte sich zu ihr hinunter und sagte: »Du riechst nach Nebel, immer noch.«

Noch in der gleichen Nacht erzählte sie ihm vieles. Sie brauchten Stunden mit Bericht, Frage und Gegenfrage. Der

Nebel hatte Zeit, sich zurückzuziehen oder in Nichts aufzulösen – wer weiß schon genau, wohin Nebel geht, wenn er endlich verschwindet? Am Morgen war die Stadt jedenfalls wieder sichtbar. Plötzlich bemerkte man manches, was einem solange entgangen war.

»Schwarzenbach«, sagte sie. »Auf der Treppe des Instituts bin ich mit ihm zusammengestoßen – nicht ganz ohne mein Zutun, übrigens.« Er war der einzige Mensch, der sie jetzt verstehen konnte. Sowieso hatte sich ein wenig Vertraulichkeit von ihren abendlichen Bürogesprächen her zwischen ihnen erhalten. Er erinnerte sich gleich der Worte, mit denen sie damals seine Werbung zuerst zurückgewiesen hatte, und nun zog er sie damit auf. Sie erwiderte, was er fast erwartet hatte: »Und doch hatte ich recht. Wär ich nur dort geblieben.«

»So«, sagte er. »Haben Sie Zeit?«

Sie nickte, obwohl sie wußte, daß Manfred sich um sie sorgen würde.

Sie gingen dann in den Nebel hinaus, liefen lange, weil kaum Straßenbahnen fuhren. Ein Glück noch, daß Schwarzenbach im gleichen Stadtviertel wohnte wie sie.

Vor seiner Haustür stießen sie auf eine Frau mit zwei Kindern: das ist seine Frau, das sind seine Kinder. Die stürzten sich sofort auf den Vater. Beide sind pechschwarz, und sie werden jeden Abend aus verschiedenen Kindergärten zusammengeholt.

»Im Hausflur gab er seiner Frau einen Kuß, ob ich dabei war oder nicht.« Überhaupt gefiel ihr die Familie. Es konnte keine Rede davon sein, jetzt gleich mit Schwarzenbach zu sprechen, denn erst ging der ganze Abendbetrieb einer vielbeschäftigten, tagsüber zerstreuten Familie los: Essenkochen und Kinderwaschen und dabei die Erlebnisse der Kinder anhören und ins rechte Licht rücken. Das war alles genau zwischen den Eheleuten aufgeteilt, und Rita sah vergnügt zu und bekam die Erlaubnis, die Rechenaufgaben des Älteren zu kontrollieren. Eine steile, selbstbewußte Jungenhandschrift mit lustigen kleinen Häkchen.

»Ganz wohl wurde mir in der vollen lauten Stube. Zuerst wunderte ich mich noch, daß dem Schwarzenbach das gefiel. Ich hätte eher gedacht, er liebe Stille um sich und eine sanfte nachdenkliche Frau. Seine Frau ist das Gegenteil davon: Viel jünger als er und tatkräftig und fröhlich. Sie hat dichtes krauses schwarzes Haar, das stand ihr nach allen Seiten weg von der

Feuchtigkeit draußen. So was hab ich überhaupt noch nicht gesehen. Doch im ganzen wirkt sie eher hell...«

Sie ist Lehrerin, die Frau von Erwin Schwarzenbach, und sie bleibt bei ihnen, als ihr Mann und das Mädchen nach dem Abendbrot zusammensitzen. »Sie wird mich ausschimpfen«, sagt Erwin Schwarzenbach zu seiner Frau, »weil ich sie aus ihrem Dorf und aus ihrem stillen Büro weggeholt habe; das ist das Mädchen, das mir damals die langen Abende verkürzte.«

»In dem Augenblick war alles schon nicht mehr schlimm«, sagte Rita in der Nacht zu Manfred. Tatsächlich war ihr schon jetzt, noch ehe sie ein Wort miteinander gesprochen hatten, als habe sie eine Antwort auf alle ihre Zweifel bekommen. »Ich wußte ja oft selbst nicht, ob ich mich da nicht in Hirngespinste verrannte. Aber die Schwarzenbachs haben erst gar nicht versucht, mir irgend etwas auszureden. Sie sagten auch nicht: Warten Sie eine Weile, Sie werden sich gewöhnen.«

Das hatte Manfred manchmal gesagt. »Aber worum ging es denn?« fragte er jetzt. »Was fällt dir denn so schwer?«

»Das haben sie mich auch gefragt«, sagte Rita. »Ich kann es so schlecht erklären. Es hört sich dumm an, wenn ich es auf irgendeine Person abschiebe, aber Schwarzenbach verstand mich gleich, als ich sagte: Man fordert uns die ganze Zeit auf, von Mangold zu lernen. Das kann ich nicht. Ich will's auch nicht. *Muß* man wirklich so werden wie er?«

»Mangold?« fragte Manfred.

»Du weißt doch, ich hab dir doch von ihm erzählt: Er war Abteilungsleiter bei irgendeinem Rat, ehe er zu uns kam, er studiert in meiner Klasse. Er ist nicht viel älter als dreißig. Du staunst nur, was der alles schon gemacht hat. Ich weiß wirklich nicht, wie sie dort, wo er früher war, mit ihm fertig geworden sind.

Es gibt nichts, was er nicht beantworten kann. Er schüchtert uns alle ein.«

»Mein Gott«, sagte Manfred. »Bist du nicht vielleicht ein bißchen empfindlich?«

»›Das macht nichts‹, hat Schwarzenbach gesagt. ›Gerade die Empfindlichen brauchen wir. Was sollen uns die Stumpfen nützen?‹«

»Der hat gut reden«, sagte Manfred. »Ich kann den Empfindlichen nur raten, sich ihre Empfindlichkeit abzugewöhnen. – Man soll's auch nicht dramatisieren. Hör doch mal zu, das ist doch keine neue Errungenschaft: Junge Leute stürzen mit ein bißchen verstiegenen Idealen ins Leben, sie kommen mit der rauhen Welt in Berührung – unsanft, natürlich –, sie bringen Durcheinander in alte, vielleicht sogar bewährte Einrichtungen, sie kriegen eins auf den Kopf, drei-, viermal. Das ist doch kein Spaß. Da zieht man den Kopf eben ein. Was soll daran neu sein?«

Du tust, als hättest du das alles hinter dir, dachte Rita. Schwarzenbach hat sich genauso empört wie ich, als ich ihm erzählte, was heute passiert ist: Unser junger Dozent für Gesellschaftswissenschaft, der sowieso ganz unsicher ist und sich dauernd umguckt, ob er nicht was falsch macht, wurde mitten in der Stunde von Mangold überführt, daß er irgendeinen wichtigen Satz falsch zitiert hatte. Mangold kennt alle Zitate auswendig, er muß Jahre seines Lebens darauf verwendet haben, sie zu lernen. Wie der Dozent erschrak bei Mangolds Ton – denn der gab ihm zu verstehen, daß es nicht ohne Bedeutung sein könnte, wenn einer jetzt gerade dieses Zitat falsch wiedergebe! –, wie er rot wurde, wie er nur mit Mühe die Stunde zu Ende brachte, wie Mangold diese Lage ausnutzte und, vor allem, wie wir alle stillhielten, uns nicht anzublicken wagten und nicht den Mut aufbrachten, uns zu wehren...

Es war schrecklich.

»Jeder Fortschritt hat seinen Preis«, sagte Manfred. »Daß wir mit diesen Mangolds auskommen müssen, das ist unser Preis.«

Nein, dachte Rita. Ich glaub das nicht. Schwarzenbach sagt, man hat kein Recht, sie zu dulden. Er meint es ganz ernst, glaube ich. Und seine Frau erst! Die ist ganz wütend geworden. Sie oder wir! hat sie gesagt. Mit »wir« hat sie auch mich gemeint. »Es gibt kaum was Zäheres als den Spießer«, sagte Schwarzenbach. »Zuerst, als wir auf der Bildfläche erschienen, hat er sich in seine Rattenlöcher verkrochen, hat in aller Fixigkeit und Stille eine Verwandlung an sich vorgenommen, und nun kommt er wieder hervor, hängt sich an uns, scheint uns zu dienen und schadet uns um so schlimmer.«

»Schwarzenbach ist Kommunist«, sagte Manfred. »Aber du bist keiner. Soll er kämpfen, soviel und gegen wen er will. Aber was verlangt er von dir?«

»Ich weiß nicht. Er schien vorauszusetzen, daß wir in allen diesen Dingen einer Meinung sind.«

»Weißt du«, sagte Manfred, »wenn du meinen Rat hören willst: Halt dich da 'raus!«

»Ich möchte schon«, erwiderte Rita. »Ich suche ja keinen Streit.«

Sie schlief dann schnell ein, mit einem kindlich beruhigten Gesicht. Manfred lag wach, als habe sich ihre Unruhe nun in ihn gesetzt.

18

Eines Morgens – das ist in ihrer vierten Sanatoriumswoche – steht Rita auf dem Balkon, der an der ganzen Südfront des Gebäudes entlangläuft, und findet alles verändert. Ganz plötzlich, ohne Vorankündigung.

Der erste klare, kalte Herbsttag nach einer stürmischen Nacht. Sie hat wenig geschlafen, aber sie hat kein Bedürfnis nach Schlaf. In der Nacht heulte und brüllte der Sturm im Park. Von den Telegrafendrähten kam ein drohendes Summen. Gegen zwölf erwachte sie von ihrer eigenen Stimme: Sie schrie »Hilfe, Hilfe«. Mitten in ihrem grundlosen Schreien brach sie ab.

Wichtig wäre ihr, den Morgentraum im Gedächtnis zu behalten, der ihr in den ersten Sekunden nach dem Erwachen so deutlich und unverlierbar erschien, sogar verständlich und deutbar, wenn man lange genug darüber nachdenken konnte. Aber sie merkte schon, wie er sich unaufhaltsam in ihr auflöste.

Noch sieht sie diese unheimlich lange Straße, die sie nicht kennt. Doch sie erkennt genau ihre Empfindung, während sie diese Straße hinunterläuft (eine Mischung aus Angst und Neugier) – nicht Manfred neben sich, das ist merkwürdig; sondern Ernst Wendland, der nicht hierher paßt, und über dessen Anwesenheit sie sich sogar im Traum verwundert. Er aber tut ganz natürlich und sagt mehrmals: Mir sollst du verzeihen, ihm aber nicht! Und ehe sie antworten oder fragen kann, sitzen sie schon in Ritas kleiner Mädchenkammer im Häuschen der Tante (sie merkt es zuerst daran, daß die Luft, die durch das offene Fenster hereinkommt, nach Wiesen riecht). Hier sind sie noch niemals zusammen gewesen, und ihre Verwunderung wächst.

Da erwachte sie und fing schon an, den Traum zu vergessen; vielmehr zog er sich wie ein Hauch vor ihren greifenden Gedanken zurück. Die Verwunderung bleibt. Sie läßt sich nur

98

mit dem Staunen des Kindes vergleichen, das zum erstenmal denkt: *Ich*. Rita ist ganz erfüllt vom Staunen des Erwachsenen. Es hat keinen Sinn mehr, krank zu sein, und es ist auch nicht mehr nötig.

Ein wenig blendet sie das nüchterne, klare Licht – wer sehnte sich nicht manchmal nach den leicht verschwimmenden Konturen der Kindheit? Aber sie hat keinen Hang zum Sentimentalen. Sie wird mit diesem Licht schon fertig werden.

Sie steht lange in ihrer Balkonecke und sieht hinunter in den Park, bis das Sonnendreieck auf dem Steinboden zu schmal und spitzwinklig wird und sie nicht mehr wärmt.

Der Wind hat sich gelegt. Rita steht da und sieht zum erstenmal in ihrem Leben Farben. Nicht das Rot und Grün und Blau der Kinderbilderbücher. Aber die zwanzig verschiedenen Grautöne des Bodens oder die unzähligen Spielarten von Braun an den Bäumen – die Blätter mitgerechnet, die so spät im Jahr, nach dem großen Regen, eher braun als bunt sind, wenn sie fallen. Das alles unter der heftig bewegten Wolkendecke, die blaue Fetzen durchblicken läßt: Immer mehr Blau, je älter der Tag wird. Und dann kommt diese bleiche kalte Sonne und ändert noch einmal alles.

Licht, Luft, Kälte. Das fährt wie eine blanke Klinge in die filzige Decke der Gewohnheiten. Es gibt Risse – soll es nur. Man blickt sich um. Sieh mal an, es lebt sich. Im stillen hat sich manches geklärt. Nun bedient man sich der Klarheit, so wie man sich seiner Hände bedient. Alles mögliche hat man zu sehen gekriegt, manches ausgekostet. An diesem Morgen ist man einverstanden, daß man alles zu schmecken bekommt: Herbes, Bitteres, Angenehmes, Süßes.

Rita geht hinunter in den Park. Sie hat Lust, alles anzufassen: die Holzlehne der Bank, den rissigen Stamm einer feuerroten Buche, Blätter, Zweige, dürres Moos. Wie sie sich wieder den Dingen zuwendet, die ohne ihr Dazutun existieren, wendet sie sich zugleich gelassener wieder sich selber zu. Sie sieht sich und fühlt sich und ist nicht mehr dieses hingeschleuderte Ding am Boden eines Schachts.

Sie zahlt, da es nicht anders geht, dieses neue Selbstgefühl mit Verlust.

Nach jener Nacht, in der sie mit Manfred über Mangold sprach, kehrte das Gefühl, daß sie abgeschlossen, sich selbst genug, in ihrer Zimmergondel über allem schwebten, nie mehr in seiner Reinheit zurück. Dafür gab es Gespräche. Manfred versuchte, ihr die Welt vorzuführen, wie er sie sah: Erkennbar, doch noch unerkannt. Und soweit erkannt, doch kaum von der Erkenntnis berührt. Ein Haufen ungebärdiger, widerspruchsvoller Materie, und der Mensch, der sich gern als Meister fühlte, kaum erst ein Lehrling. Mit einer Art von grimmiger Genugtuung verfolgte er die Bemühungen der Mathematiker, alles mögliche zu prophezeien, darunter Dinge, die nicht das geringste mehr mit Mathematik zu tun hatten: Erfolg oder Mißerfolg großer Wirtschaftsspekulationen oder den Ausgang geplanter Kriege. Doch auch die Voraussagen der Elektronengehirne änderten nichts daran, daß auf der Erde (auf einem Teil der Erde, meinetwegen) weiterhin in großem Stil spekuliert, weiterhin in großem Stil gerüstet wird. »Aber die Menschen?« fragte Rita. »Die meisten Menschenschicksale laufen nebeneinander her – parallele Gerade, die sich erst in der Unendlichkeit schneiden«, erwiderte Manfred. Und er fügte lächelnd hinzu: »In der Unendlichkeit allerdings bestimmt, heißt es.« Immerhin fühlte Manfred sich selbst zur Gilde der Voraussager gehörig. Der große Anteil seiner Wissenschaft am zukünftigen Alltagsleben der Menschen befriedigte ihn, und wenn er überhaupt Ungeduld kannte, so war es die Ungeduld des Experimentators, dem nicht schnell genug ganze Städte und Länder als Objekt für seine Experimente zufielen.

»Das wollen doch die Leute«, sagte er eines Tages zu Ernst Wendland. »Ein Haus, das funktioniert wie eine gut geölte Maschine: sich selber reinigend, heizend, restaurierend. Städte, in welchen ein genau geplanter Kreislauf menschlichen Lebens sich ohne Reibung und Stockung vollzieht, automatisch geregelte Kinderaufzucht – jawohl, sogar das. Jedenfalls ein Dasein ohne Leerlauf durch technische Unvollkommenheiten. Lebensverlängerung durch Intensivierung: Das ist das wissenschaftliche Problem dieses Jahrhunderts. Und das können nur wir garantieren: die Naturwissenschaften.«

»Beeilt euch damit«, sagte Wendland.

Er war wegen einer Analyse für sein Werk in diesem Institut, übrigens nicht zum erstenmal. Nicht zum erstenmal ging er in dem langen Korridor an der Tür mit Manfreds Namensschild vorüber, aber heute zum erstenmal trat er nach kurzem Zögern ein. Manfred, der gerade mit einem seiner Studenten eine lange Reihe von Reagenzgläsern prüfte, war überrascht, daß ausgerechnet Wendland ausgerechnet zu ihm kam. Aber der abweisende Zug, auf den Wendland wartete und der ihn sofort dazu gebracht hätte, wieder kehrtzumachen, kam nicht in Manfreds Gesicht. Der Besuch war ihm gar nicht so unlieb. Herr Wendland, Werkleiter vom Waggonwerk. Meine Kollegen. Dr. Müller, Dr. Seiffert. Machen Sie sich bekannt. Angenehm. Guten Tag.

Wendland, an diesem Tag hellsichtig bis zur Überempfindlichkeit, nahm alles auf einmal wahr: Das sachliche Licht in dem großen, trotz vieler blanker Geräte klaren und übersichtlichen Raum, die strenge Zweckbedingtheit eines jeden Gegenstandes; die Gesichter der Chemiker. Jüngere Gesichter durchweg, die von ihrer Arbeit auftauchten und dabei ihren sachlichangestrengten Ausdruck ihm zuliebe in Höflichkeit verwandelten, eine Höflichkeit, die gar nicht hierherpaßte.

Wendland sah an der Reihe von Reagenzgläsern entlang. »Alles das gleiche?« fragte er Manfred. Der lächelte, wie ein Fachmann über einen Laien lächelt. »Nicht ganz«, sagte er. »In unserer Disziplin machen's die feinen Unterschiede.« Manfred führte ihn zu seinen Kollegen – wie oft wurde einer von einem Werkleiter besucht! – und erläuterte, woran sie arbeiteten. Er zeigte sich etwas enger mit Wendland befreundet, als der erwartet hatte und nutzte den Vorteil, den Gegner einmal auf eigenem Gebiet zu haben. Wendland zuckte mit keiner Wimper.

Gegen Ende des Rundgangs trafen sich ihre Blicke – nicht länger, als man sonst auch braucht, um sich anzusehen. Wendland, von Manfred bei einem kleinen spöttisch-verständnisvollen Seitenblick ertappt, zog sich nicht zurück. Er lächelte offen und entwaffnend, und Manfred lächelte ebenfalls, wenn auch dünner. Er zuckte die Achseln: Na ja, mein Lieber, hast mich durchschaut.

Waffenstillstand. Wer wird so unfair sein, eine momentane Schwäche des Gegners auszunutzen? Was heißt überhaupt Gegner! Wegen des Mädchens? Nun gut. Aber schafft so etwas nicht auch Beziehungen zwischen Männern?

Darüber spricht man nicht.

Manfred bot von seinen Zigaretten an. Sie traten an eines der breiten Fenster und sahen hinunter auf die belebte Straße, die da in einem milchigen vorwinterlichen Licht lag, das sie beide zum erstenmal mit Bewußtsein sahen. Sie rauchten. Dann fing Manfred an, von der Zukunft seiner Wissenschaft zu sprechen – was hätte nähergelegen? –, und Wendland wiederholte seine Antwort: »Beeilt euch. – Oder wollten Sie von mir etwas gegen die Naturwissenschaften hören?«

Gegen? Nicht gerade gegen. Das wäre rückständig. Aber vielleicht eine kleine Einschränkung? Einen kleinen Dämpfer auf den Hochmut der Wissenschaft?

Hochmütig seien doch höchstens die Wissenschaftler, entgegnete Wendland.

Also lassen wir das mit dem Hochmut.

Sie musterten sich aus den Augenwinkeln und hatten Spaß an der Sache. Mensch, ich zieh mir doch die Hosen auch nicht mit der Kneifzange an!

»Nun ja«, sagte Manfred dann. »Da Sie mich durchschauen: Meinen Sie nicht, daß anderswo die Wissenschaft schneller in den Alltag eindringt als bei uns?«

»Westlich der Elbe zum Beispiel«, ergänzte Wendland, ohne Vorwurf im Ton.

»Zum Beispiel«, bestätigte Manfred. Er nahm eine glänzend aufgemachte Zeitschrift von seinem Tisch und blätterte sie vor Wendland auf. Hier, soweit müßten wir auch sein. – »Und warum sind wir's nicht?« – »Fragen Sie die Leute, die dafür verantwortlich sind!« – »Warum fragen Sie sie nicht selbst?«

Falsch. Manfred klappte das Heft zu und legte es auf den Tisch zurück. So sind sie alle. Speisen einen ab. Weiß er denn nicht, was für Antworten unsereiner auf solche Fragen kriegt? Belehrungen, bestenfalls. Kinderbelehrungen.

Er war wütend. Warum hat er sich von dem hervorlocken lassen? Er versucht, sich wieder zurückzuziehen. Er hatte Übung darin, Unverbindlichkeit zu erzeugen.

»Wissen Sie«, sagte er, »als Chemiker kann ich den kosmischen Zufall auskosten, der auf diesem Planeten Leben entstehen ließ, darunter Wesen wie mich und Sie. Leiten wir aus solchem Zufall nicht gar zu viele Forderungen an uns ab? Wer sagt uns denn, daß es nicht ein ziemlich belangloser Zufall war? Warum alles so ernst nehmen?«

»Hören Sie«, sagte Wendland, nicht einmal unfreundlich. »Das können Sie mit mir nicht machen. Wenn ich einen Salto mortale sehen will, gehe ich in den Zirkus.«

Wieder lachten sie. Etwas wie Anerkennung für den anderen stieg in Manfred auf. Er stimmte sofort zu, als Wendland nach einem Blick auf seine Uhr vorschlug, gemeinsam essen zu gehen.

Zwei Männer, jung genug, um sich in ihrer Haut sehr wohl zu fühlen, traten aus der Tür des Instituts hinaus in die fahle

Dezembersonne. Beide fanden sie, daß es kühl geworden war, und schlugen ihren Mantelkragen hoch. Dann gingen sie einträchtig die leicht abfallende, einseitig von kahlem Strauchwerk gesäumte Straße hinunter, auf der ihnen die meisten Menschen um diese Zeit aus der Stadt entgegenkamen.

»Du hättest uns sehen sollen«, sagte Manfred später zu Rita, der er natürlich nicht alle Einzelheiten dieser Begegnung schilderte, aber doch das Wichtigste, die Tatsachen. »Hättest deine Freude an uns gehabt.«

Rita erfuhr von keinem anderen Menschen soviel über Wendland als von Manfred, am Abend nach diesem Tag.

Nachdem er und Wendland in der Eckkneipe, die Manfred gut kannte und in der meistens Bauern einkehrten, trotz des Gedränges einen Platz gefunden und das hier übliche Eisbein mit Sauerkraut bestellt hatten, nachdem die derbe, schlagfertige Kellnerin zuerst das Bier gebracht (sie setzte es einfach auf die Holztischplatte und wischte mit einem Tuch den Schaum weg, der über den Rand lief), nachdem sie sich zugeprostet und mit gutem Appetit gegessen hatten (hier ist das Eisbein immer hervorragend, zart und nicht fett, ich weiß auch nicht, wie sie das machen!) – nach alledem trat etwas Ruhe ein und, wenn man genau hinsah, auch eine gewisse Leere. Der Beginn einer Leere, aber immerhin.

Da bestellte Wendland einen Mokka für beide, und noch während sie in dem stiller gewordenen Lokal darauf warteten, begann er zu sprechen. Vielleicht hatte er den Entschluß zu diesem Gespräch erst in diesem Augenblick gefaßt, vielleicht war diese ganze Begegnung von Anfang an darauf angelegt. Manfred jedenfalls begriff, daß er ein fast zufälliger Partner dafür war, und er spielte seine Rolle mit Anstand.

Wendlands Geschichte interessierte ihn auch.

»Heute ist für mich kein Tag wie jeder andere«, sagte Ernst Wendland. »Ich hab Geburtstag. Zweiunddreißig Jahre. Aber fangen Sie nicht an, mir zu gratulieren. Ich hab meine Gratulation schon hinter mir...

Da wir vorhin von Fehlern sprachen: Soviel wissen Sie sicher von Waggons, daß eine elektrische Ausrüstung dazugehört? Also gut. Wir beziehen sie von einem Berliner Betrieb, seit Jahr und Tag. Vor vier Wochen hat dieser Betrieb auf einmal aufgehört zu liefern.«

Wendland sprach langsamer als sonst, das einzige Zeichen, daß er erregt war.

»Natürlich waren Briefe nach Berlin gegangen, die unbeantwortet blieben. Telegramme, Telefonate. Wenn einer nichts sagen will, kriegt man nichts 'raus. Hier aber stehen die Wagen, fix und fertig, bloß ohne Licht. Also ich nach Berlin. Was stellt sich heraus? Dieser Betrieb hat die Produktion elektrischer Anlagen einfach vom Band genommen – Sie können sich denken, was das heißt. Er produziert seit vier Wochen anderes Zeug. Sicher doch auf Anweisung höherer Stellen. Der Werkleiter ist in Urlaub – welcher Werkleiter geht kurz vor Jahresende in Urlaub! –, der verantwortliche Ministeriumsmann leitet irgendwo im Ausland eine Konferenz.

Das lassen wir uns nicht gefallen. Der Werkleiter bekommt von mir ein Telegramm im Namen des abwesenden Ministeriumsmannes: Urlaub abbrechen! Ein feuerspeiender Berg, als er zurückkommt und merkt, was los ist. Ich bringe ihn schließlich doch dazu, unsere Anlagen weiterzubauen. Hinterher beschwert er sich natürlich über mich.

Heute war ich bei der Bezirksleitung. Gratulationscour. – Ihr erfüllt den Plan, Genosse Wendland? Ausgezeichnet! Aber mit welchen Methoden, wenn man fragen darf? – Na, und dann die ganze Gardinenpredigt: Anarchismus war das wenigste. Werksegoismus, persönliche Unbeherrschtheit, Anmaßung von Dienstfunktionen und so weiter.«

Mittendrin dachte Wendland: Und warum erzähl ich ausgerechnet ihm das alles?

Manfred fühlte genau, daß Wendland das dachte. Er war nun endgültig überzeugt, daß ihm hier keine Lektion gehalten wurde.

»Ich will's kurz machen«, sagte Wendland. »Sie haben mir den Kopf gewaschen, und ich hab schließlich stillgehalten. Was soll man machen? Sie haben recht, und ich hab auch recht. So was gibt's.« Er schwieg und trank in einem Zug seinen Kaffee. Es schien, daß er fertig war, aber dann setzte er noch einmal an, als habe er das Wichtigste vergessen: »Und Ihre IG-Farbenleute? Die machen keine Fehler?«

»Nicht mehr, schätze ich«, sagte Manfred. »Ein eingespielter Apparat, welcher jeden ausscheidet, der ihn hemmt.«

»Schön«, sagte Wendland. »Das hab ich auch gesagt: Setzt mich doch 'raus, wenn ihr mit mir nicht zufrieden seid! Das hat natürlich niemanden beeindruckt. Wenn wir mit dir nicht zufrieden wären, brauchten wir immer noch vorher einen Besseren für deinen Platz. Also! – Logisch, was?«

»Logisch, wenn man's von oben sieht«, sagte Manfred. Er war nicht gewohnt, sich in Leute wie Wendland hineinzudenken. »Aber aus Ihrer Sicht...«

Ach, da sollte man nicht zu zimperlich sein. Ihm war schon mal eine solche Sache passiert, fünfundvierzig. Ein alter Feldwebel schickte eine Gruppe von Luftwaffenhelfern nach Hause, zu denen auch Wendland gehörte. Nach Hause! Leicht gesagt in dem Durcheinander bei Kriegsende, grüne Jungens, wie sie alle waren. Vierzehn Tage lang marschiert er mit seinem Freund von Hamburg bis zu diesem Harzstädtchen, bis zu diesen winzigen Häuschen, wo er zu Hause ist. Das heißt: Manchmal schwimmen sie auch, und manchmal kriechen sie, denn dazwischen liegt die Elbe, und allerhand Streifen laufen umher, teils von den alten, teils von den neuen Beherrschern des Landes, ihnen gleich gefährlich. Als sie ankommen, bluten ihnen die Füße, aber sie sind so froh, wie nur Kinder sein können, die schließlich doch nach Hause gefunden haben. Eine Nacht lang schläft er in seinem alten Bett – das war eine Nacht! Bei Morgengrauen gibt es eine Haussuchung. Nicht speziell für ihn. Die sowjetische Patrouille war hinter ganz anderen Hechten her. Aber bei ihm findet man die Pistole, die er unterwegs aus dem Straßengraben aufgesammelt hat und zu Hause sofort wegwerfen wollte. Vergessen, verdammt! – »Mitkommen!«

»Na ja«, sagte Wendland. »Drei Jahre war ich dann in Sibirien, im Bergbau. Unlogisch, was? Sie werden mir glauben: Das hab ich auch gedacht. In die Kalkwand neben meinem Bett hab ich mit einem Nagel eingeritzt: *Bin ich darum davongekommen?* Ich weiß natürlich nicht, was ich hier gemacht hätte. Dort jedenfalls schickten sie mich am Ende der drei Jahre auf Antifa-Schule. Als ich zurückkam, war mein erster Weg zur FDJ. – Mein Freund übrigens, mit dem ich zusammen nach Hause gewandert bin und der seine Pistole rechtzeitig weggeschmissen hatte, ist längst drüben...

Vielleicht läßt sich die Logik einer Sache weder von oben noch von unten, sondern am ehesten von ihrem Ende her feststellen?«

Manfred dachte: Na, was jetzt kommt, das kenn ich. Nun fängt er doch noch mit der Agitationsmasche an. Er stand auf.

Vielleicht wußte der andere mehr von ihm, als ihm lieb war, und stellte sich bloß geschickt darauf ein? Andererseits: Was konnte der schon von ihm wissen? Hatte er denn was zu verbergen?

»Ich muß gehen«, sagte er. »Ihr Problem hat mich sehr interessiert.«

Wendland blickte ihn befremdet an. Da reichte Manfred ihm impulsiv die Hand – weg mit diesem verdammten Mißtrauen immerzu! – und wiederholte, wärmer: »Es interessiert mich, wirklich. Und nun, zu guter Letzt, gratuliere ich Ihnen doch noch.« Als sie auf die Straße traten, schien immer noch die Sonne, bleich und kraftlos. Sie blinzelten ein bißchen. Sie verabschiedeten sich vor der Tür der Kneipe und gingen nach verschiedenen Seiten auseinander.

19

Inzwischen schreitet das Jahr voran. Die Zeiten schieben sich nicht mehr ineinander, dieses Fließen hat aufgehört. Die langen, bis zum Rand mit traumlosem Schlaf gefüllten Nächte, und die knappen Tage, nach den Vorschriften der Ärzte geregelt – das ist heute. Jenes unaufhaltsame Fortlaufen der Zeit, jenes Vorbeifliehen der Bilder – das war damals.

Und der Augenblick, da alles stillstand und ihr euch ansaht, und beide den Wunsch hattet, die Uhren anzuhalten? Das war doch bei dieser Abendgesellschaft, entsinnst du dich? Am Ende dieser Abendgesellschaft bei Manfreds Professor. – Bei dem Professor mit den gut gescheitelten Haaren? – Als ob das das Wichtigste an ihm wäre! – Natürlich nicht. Aber woran soll ich mich halten, wenn ich ihn mir wieder vorstellen will? – Halt dich an seine Frau. – An diese blonde schlanke Person, die viel jünger war als ihr Mann und von ihm schwärmte, wo sie ging und stand? Ach mein Gott, ja! Das alles hatte ich vergessen...

Wegen dieses Abends waren wir über Weihnachten in der Stadt geblieben. Ich sehnte mich nach dem Dorf. Vielleicht gibt es diese großen, funkelnden Wintersterne gar nicht. Vielleicht hab ich sie nie gesehen. Aber mir schien es, über dem Dorf und dem Wald ständen sie jede Nacht zwischen Weihnachten und Neujahr.

Jede Erinnerung trügt, sie eignet sich nicht sehr zum objektiven Zeugnis. Aber das gab es doch: Diesen unheimlichen Wind vor Weihnachten, der die Stadt von allen Seiten anfiel. Der in das Häusermeer einbrach, als wäre es nichts. Und dann – wo war er zur Ruhe gekommen? Diese Stille zu den Feiertagen! Diese Langeweile, die sich mit den gutgekleideten Menschen auf die Straßen ergoß! War es das, worauf man seit Wochen zurüstete: das Fest? Kaum verbarg man voreinander seine Enttäuschung.

Zum Professor fuhr man nicht im Auto, jedenfalls nicht in diesem, das man nun einmal besaß. Das konnte unmöglich neben den blanken Wagen der anderen vor dem Haus stehen. Lieber ging man zu Fuß. Bitte sehr, das soll mir recht sein. Aber woher nehmen die anderen ihre neuen Wagen, bei eurem Gehalt? – Die halten mehr auf Äußeres, das ist es. Nimm doch bloß die Frauen von Dr. Seiffert und Dr. Müller. Wieviel Sorgfalt, auf jede Kleinigkeit verwendet! – Das lern ich nie...In der ersten halben Stunde wurde nur über Autos gesprochen. Der Professor war ein bedeutender Mann; das muß ja nicht heißen, daß er ein bedeutender Mensch war. Um es geraderaus zu sagen: Er war eitel. Ein großer Chemiker. Manfred hatte ihr Augenblicke beschrieben, in denen er ihrer aller Anstrengung in einem genialen Gedanken zusammenfaßte, aber am meisten von allem liebte er sich selbst. Seinen Erfolg. Seinen Ruhm. Konnte er sich nicht auf die Bewunderung verlassen, die seine Leistung ihm einbrachte?

»Jawohl – seit dreißig Jahren fahre ich einen eigenen Wagen. Sie machen sich keine Vorstellung, meine Herrschaften, was so ein DKW leistete!«

Seine Frau, diese blonde Spitzmaus, fiel ihm ins Wort: Wie immer sei er zu bescheiden und vergesse, die Preise zu erwähnen, die er sich damals – »während unserer Verlobungszeit!« bei Geländefahrten geholt habe.

Nun sprachen alle von der Bescheidenheit des Professors, und der stand, beide Hände erhoben, als kapituliere er nur vor der Übermacht, und das mit Vorbehalt.

Aber handelte es sich eigentlich um den Professor? Rita sah Manfred zum erstenmal unter all diesen Leuten – mehr als ein Dutzend Gäste hatten sich schließlich versammelt –, und wenn man sie heute fragte, ob sie damals schon so scharf auf diese Tafelrunde geblickt habe, dann müßte sie sagen: Nein. Die Zeit hat das Bild dieses Abends schärfer belichtet, sie hat ihm eine zusätzliche Dimension gegeben. Damals war Rita eigentlich nur erstaunt, und erst die späteren Ereignisse gaben dem Erstaunen eine Färbung von Zorn, der, genaugenommen, sogar über das gerechte Maß hinausgeht.

Wenn man wollte, konnte man manchmal etwas wie Traurigkeit dem Professor anmerken, solange sein Blick ein wenig selbstvergessen auf dem einen oder anderen Schüler ruhte; zwar ermannte er sich sofort wieder. Er mochte sich auch sagen, daß jeder die Schüler hat, die er verdient. Dann blickte er freundlich zu Manfred hinüber, öfter, als Dr. Müller und Dr. Seiffert lieb sein konnte. Rita machte Manfred flüsternd darauf aufmerksam, aber er tat, als habe er nichts gehört und trank der Frau des Professors zu. Kein heimlicher Händedruck unter der steif und weiß herabhängenden Tischdecke. Kein Lächeln, kein Blick nur für sie.

Rita sah sich auf Martin Jung angewiesen, der zufällig an diesem Tag in der Stadt gewesen und, obwohl er eigentlich nicht zum »engeren Kreis« gehörte, Manfred zuliebe vom Professor eingeladen worden war. Er war durch keine anderen Interessen als die seiner Arbeit an den berühmten Mann gebunden. Wie wohl tat es, ihn in diesem von vielerlei Rücksichten gehemmten Kreis zu sehen!

Martin funkelte vor Spottlust. »Götzendienst!« flüsterte er Rita zu. Wie meinte er das? Huldigten sie alle – Manfred und dieser Müller und dieser Seiffert – dem Götzen Professor? Sollte Martin so weit gehen in der Kritik an seinem Freund? Oder wollte er andeuten: Sie huldigten alle einer größeren Autorität? Aber welche wäre das? Die Wissenschaft?

Das Wort kam besonders häufig aus Seifferts Mund. Zwar wurde er ermahnt, sich an die Abmachung zu halten: Keine Fachgespräche heute abend! Aber schließlich, worüber sollte Dr. Seiffert reden?

Er war lang und knochig, hatte sorgfältig gescheiteltes Haar von undefinierbarer Farbe und eine sorgfältig ausgesuchte Frau. Was die Frau betrifft: Sie schien unter schlechter Laune zu leiden und konnte das nicht verbergen. Aber schließlich hatte sie diesen Seiffert aus freien Stücken geheiratet, sie konnte unmöglich die anderen dafür verantwortlich machen.

Seiffert gehörte zu jener Generation, die, von Anfang an in den Krieg hineingezogen, von ihm schrecklich dezimiert, nachher besondere Anstrengungen nötig hatte, wieder festen Boden unter die Füße zu kriegen. Diese Art Anstrengung ist nicht jedermanns Sache. – Man wußte, daß Seiffert ungemein tüchtig und ehrgeizig war und daß der Professor ihn nicht gerade liebte, daß er sich aber diesem Ansturm von Korrektheit und Eifer nicht entziehen konnte. Seiffert, dienstältester Assistent, war der Nächste am Stuhl des Professors. Der Nächste auch für den hoffentlich noch lange ausstehenden Fall, da dieser Stuhl einmal leer würde... Darüber kann man denken, wie man will, aber es sind Tatsachen.

Von solchen Tatsachen sah Manfred sich Tag für Tag umgeben. Oder sagte man besser: umstellt?

Das soll ich damals schon gedacht haben? – Nicht doch. Damals war ich am meisten von Rudi Schwabe und Dr. Müllers Braut verblüfft. Sie, die Braut, war klein und überschlank. Sie trug einen großen pechschwarzen Haarturm und sprach wenig; es wurde auch allzu deutlich, daß Sprechen nicht ihre Aufgabe war an des dicklichen, rosigen Herrn Müllers Seite. Nein, Herr Dr. Seiffert verbarg nicht ganz seine Verachtung gegenüber dem Geschmack seines Freundes. Manches ist denkbar, selbstverständlich. Es gab da unkontrollierbare Einbrüche im Gefühlsleben eines Mannes, darum handelte es sich nicht. Aber wieso gleich verloben und das Mädchen vor den Professor schleppen, mit diesem primitiven Besitzerstolz im Gesicht? Bei diesen Dingen fängt der Takt an. – Doch solche Bemerkungen fielen natürlich nicht beim Essen, das ausgezeichnet, wenn auch ein wenig standardisiert war, denn es wurde mitsamt dem Geschirr und der Bedienung von der Stadtküche geliefert.

Ach Manfred! Da waren noch diese jungen Leute, deren Dienst beim Professor erst anfing. Sie saßen am unteren Tischende und hatten Lust zum Lachen und Spotten. Mich zog es zu ihnen hin, dich nicht. Und dann war da noch Rudi Schwabe. Derselbe, den man damals auf dem Harzausflug getroffen hatte. Richtig, er gehörte jetzt zum engeren Kreis: Der Professor war Dekan der Fakultät, Rudi aber sein Verbindungsmann im zentralen Studentendekanat. Dem Rudi, der freiwillig niemals in eine solche Gesellschaft gegangen wäre, wo er hoffnungslos in der Minderheit war, lag nichts so am Herzen wie der Wunsch, nicht aufzufallen. Das konnte ihm nur mit stillschweigender Zustimmung der anderen gelingen. Aber sie verweigerten die Zustimmung. Sie nutzten ihre Überzahl aus.

Wann das Spiel mit ihm anfing, weiß ich nicht mehr. Ich achtete auf Manfred, der mit Martin Jung ins Nebenzimmer gegangen war. Sie standen am Büfett und gossen sich Kognak ein. Dann sprachen sie miteinander, kurz nur. Sollte das so wichtig gewesen sein?

Martin sagte: »Keep smiling, Meister. Wir sind abgelehnt.«

Abgelehnt? Unsere neue Spinn-Jenny mit der verbesserten Vorrichtung zum Absaugen der Abgase einfach abgelehnt?

Die Arbeit von Monaten? Und wenn es nur die Arbeit wäre! Auf einmal wurde ihm klar, wie er sich an dieses Ding, an diese Maschine gehängt hatte. Auf einmal kam ihm vor, er habe insgeheim ein Orakel an diese Arbeit geknüpft: Gelingt sie, wird alles gelingen; mißlingt sie, dann glückt mir überhaupt nichts mehr. Ein freundliches Orakel, solange am Gelingen nicht zu zweifeln war. Nun zeigte es sein schreckliches Gesicht.

Manfred sagte nichts. Er sah Martin nur an. Ein wenig verengten sich seine Pupillen, dann trank er sein Glas aus, als wäre nichts. Martin, der schon früher angedeutet hatte, daß es Schwierigkeiten geben werde, sprach zum erstenmal offen: Ein anderes Projekt, das aus dem Betrieb kam und deutliche Zeichen von Unreife trug, sollte dem ihren vorgezogen werden. Es gab da merkwürdige Dinge. »Wir müssen hinfahren. Aber es wird dann Krach geben.«

Manfred wollte nichts mehr hören. »So«, sagte er kühl, als interessiere ihn die Sache nicht besonders. Er ging zu den anderen zurück. Viel später sagte Martin zu Rita, daß er sich in diesem Augenblick zusammennehmen mußte, um Manfred nicht zu packen und durchzuschütteln, und daß er eine Weile nichts weiter dachte als: Dir beweis ich's, du. Dir beweis ich's!

Aber das nützte Manfred nichts. Ihm galt schon als bewiesen: Sie brauchten ihn nicht. Da gab es irgendwelche Leute, die konnten große Hoffnungen eines Menschen mit einem Federstrich vernichten. Dieses ganze Gerede von Gerechtigkeit war nichts weiter als Gerede.

Sah dieser Seiffert nicht schon höhnisch zu ihm herüber? Ach nein, er hatte mit Rudi Schwabe zu tun. Irgend etwas an diesem Unglücksraben schien sie alle sehr zu erheitern, wenn sie es auch nicht offen zeigen konnten. Aber er kannte sie ja. Sie waren noch die gleichen wie vor fünf Minuten und würden auf ekelhafte Weise immer die gleichen bleiben.

Nur daß sie ihn nichts mehr angingen.

Manfred fühlte sich auf eine böse Weise leicht und frei. Jetzt sah er deutlich: Dieser Abend, da er sie und sich selbst mit Ritas Augen sah (Rita, die recht hatte; doch was hieß das schon, wenn man in all dies gar nicht verwickelt ist?); die Wochen vorher, da er in großer Nervenanspannung alles auf dieses eine Projekt gesetzt (wie anders sollte er den Seifferts und Müllers beikommen und sich zugleich von ihnen befreien?); und schließlich all die Jahre seines bewußten Lebens hatten ihn auf diesen Augenblick vorbereitet. In seinem Innern sprach er sich für jetzt und für die Zukunft von jeder Verantwortung los. Er war drauf und dran gewesen, sich einfangen zu lassen. Das war blamabel, aber es würde ihm nicht mehr passieren.

Manfred hatte ein neues Gefühl von Kälte und Unantastbarkeit.

Er trat blaß, aber lächelnd zu den andern. In das Zwielicht, in dem sie sich wohlfühlten.

Da war Rita. Von ihr allein konnte noch Schmerz und Freude kommen.

Warum war sie zornig? Sie wußte doch nichts. Worum ging es denn? Ach, dieser Rudi Schwabe, dieses ewige Kind. Natürlich, das war vorauszusehen gewesen . . .

Irgend jemand – Doktor Müller wahrscheinlich – hatte angefangen, ihm Fragen zu stellen. Harmlose Fragen zuerst, die Rudi ein wenig zu eilfertig beantwortete. Man sah, daß man weitergehen konnte – ohne Billigung des Professors übrigens. Der hielt sich zurück. Man sprach über die Altersversorgung. Dreißigjährige sprachen über die vom Staat zugesicherte Altersversorgung als über ihr dringendstes Problem. Doch die Lust, das komisch zu finden, verging einem. Man bekam das Gefühl, Zeuge einer versteckten Erpressung zu sein. Erpreßt wurde der Vertreter des Staates: Rudi Schwabe. Namen von Fachkollegen tauchten auf – »erste Kapazitäten, wissen Sie . . .« – die wegen zu spät erteilter Privilegien gewisse Konsequenzen nicht gescheut hatten. Heutzutage wird in Deutschland ja alles doppelt betrieben, auch die Chemie. Natürlich bleibt der Weggang solcher Leute bedauerlich – am meisten für den Staat, der ja schließlich auf seine Wissenschaftler angewiesen ist . . . *Jeder* Staat, nicht wahr?

Rudi bestätigte das.

Das Wort »Risiko« fiel. Ein Risiko wollte, nein: *konnte* man nicht eingehen. Höheren Orts war man ja wohl auch zu der Einsicht gekommen, daß man jedes Risiko mit den Wissenschaftlern zu vermeiden habe. Sie hätten schließlich genug am Risiko ihrer Labor-Experimente. Oder nicht?

Rudi schwitzte. Ach, das war ihm nicht an der Wiege gesungen worden! Er dachte an seine Weisungen und bestätigte alles.

»Deutschland«, sagte einer. Das war Seiffert. Alle anderen hörten zu reden auf, wenn er das Wort ergriff. »Deutschland war immer führend in der Chemie. So etwas setzt man doch nicht aufs Spiel! Fragt sich nur: Welches Deutschland setzt diese Tradition fort? Das westliche? Das östliche? Das hängt von Realitäten ab, nicht von Politik, nebenbei gesagt. So eine Realität sind unsere Köpfe. Nicht einmal die unwichtigste, möchte ich meinen. Der proletarische Staat nimmt um der liebsamen Ergebnisse willen die unliebsamen bürgerlichen Chemiker in Kauf. – Nicht wahr, Herr Schwabe?« Rudis schwacher Protest kam gar nicht auf. Seiffert sah Manfred an. Der sprach ihm zu wenig. Seiffert gehörte zu denen, die mehr von den anderen wissen, als sie die anderen von sich wissen lassen.

»Gewiß«, sagte Manfred knapp, und Seiffert lächelte, obwohl nicht klar war, wie man diese Antwort auffassen mußte: als Unterwerfung, als Auflehnung?

Die jungen Leute, die Statisten des Abends, welche die ganze Zeit lang geschwiegen hatten, schwiegen auch jetzt, mit betretenen Gesichtern. Was sagten sie, wenn sie unter sich waren? Wie lange würden sie noch brauchen, um Seiffert zuzustimmen, wie Manfred?

Jetzt fing man an, den Rudi Schwabe im Kreis herumzutreiben wie einen Hund; sie zeigten ihm mal hier mal da einen Knochen und zogen ihn weg, wenn er zuschnappen wollte.

Daran beteiligte Manfred sich nicht. Er blickte endlich zu Rita hinüber. Die sah ihn immer noch an, mit genau dem Ausdruck in den Augen, den er vermutet hatte. Sie tat ihm leid. Er kannte das alles ja, aber wie würde sie es überstehen? Er hätte ihr jetzt gern über das Haar gestrichen. Aber er blieb stehen und hielt still unter ihrem Blick.

Sah sie ihn denn zum erstenmal? Das nicht. Doch wer kennt nicht die Schwierigkeit, den wirklich zu sehen, den man liebt? In diesen wenigen Sekunden rückte Manfred für sie aus der unscharfen Nähe in einen Abstand, der erlaubt, zu mustern, zu messen, zu beurteilen. Es heißt, dieser unvermeidliche Augenblick sei das Ende der Liebe. Aber er ist nur das Ende der Verzauberung. Einer der vielen Augenblicke, denen die Liebe standzuhalten hat.

Daß beide es gleichzeitig wußten, war viel. Es gab etwas wie eine stumme Verständigung. Jedes Wort hätte verletzen müssen, aber Blicke...In seinen Augen las sie den Entschluß: Auf nichts mehr bauen, in nichts mehr Hoffnung setzen. Und er las in ihrem Blick die Erwiderung: Nie und nimmer erkenn ich das an.

Gleichzeitig fühlte sie: Hier ging es nicht um Trost oder Ermunterung. Ihm war eben klargeworden, daß das Leben mißlingen kann, daß es vielleicht schon mißlungen war. Manches, was gestern noch denkbar war, ist seit heute für immer vorbei. Auch zu den Jüngsten kann man sich nicht mehr rechnen. Wunder sind nicht mehr möglich.

Rita erbebte doch ein wenig. Sie unterdrückte den Wunsch, zu ihm zu gehen und ihren Kopf an seine Schulter zu legen. Auch der Aberglaube, ein Verzauberter sei durch Berührung zu erlösen, hatte in der Kindheit zurückbleiben müssen. Manfred versuchte nicht, sie zu täuschen. Sie hatte ihn in mancher Pose gesehen. Nun zeigte er ihr, womit sie wirklich zu rechnen hatte.

Dann lösten sich ihre Blicke voneinander. Sie hörten wieder, was gesprochen wurde.

Rudi Schwabe war zur Verteidigung übergegangen. »Nein«, sagte er gerade. »Nein, Sie irren. Aber es gibt Leute, die brauchen die Fehler der Revolution.«

»Und wozu, meinen Sie« – das war Seiffert, betont höflich –, »wozu brauchen diese Leute diese...Fehler? Ein Wort, das *Sie* verwendet haben, nicht wir!«

Rudi winkte ab. Lassen wir doch die Worte! Obwohl, ich weiß genau, wie man jemanden mit Worten fängt.

»Wozu?« fragte er. »Als Vorwand natürlich. Als Vorwand für die eigene Faulheit, oder Feigheit...« Sieh mal an. Sehr geschickt ist er nicht, aber er paßt sich auch nicht an. Er schlägt um sich. Er verdirbt ihnen dieses Spiel mit verborgenen Gedanken, in dem sie so geübt sind. Er verletzt die Konvention. Natürlich, er zeigt wenig Humor. Hier müßte einer das Florett beherrschen, nicht die Steinschleuder. Oft hat er nicht recht. Er verteidigt, was nicht zu verteidigen ist, er läßt sich zu Prophezeiungen hinreißen, die man nur belächeln kann: Auch Sie werden noch einmal froh sein, sagt er, wenn man Sie nicht an Ihre heutigen Ansichten erinnert!

Und doch, und doch...

Rudi glaubt, was er sagt. Ein Romantiker, wenn man so will. Rita ertappte sich, wie sie sich an Rudis Stelle versetzte und mit diesen Leuten – auch mit Manfred! – sprach. Was antwortete man einem Doktor Müller?

»Revolution...« sagte der, fast verträumt. »Revolution in Deutschland? Ein Widerspruch in sich, nicht wahr? Die Russen – ja! Bewundernswert. Für so borniert müssen Sie uns nicht halten, daß wir das nicht sehen. Aber warum muß bei uns jede Revolution in Dilettantismus verenden?«

Ungeduldig hörte Rita Rudis langatmige Erwiderung.

»Aber Herr Schwabe!« sagte Seiffert. »Stempeln Sie uns doch nicht zum Abschaum der Reaktion! Revolutionen. Warum denn nicht? Bloß verschont uns um Himmels willen mit euern Illusionen... Übrigens: Sie sollten es doch am besten wissen: Die Revolution frißt ihre eigenen Kinder. Und wenn sie sie nicht frißt, steckt sie sie in ... na, sagen wir: in ein Studentendekanat.«

Gelungen. Da schweigst du, mein Lieber. Mit deiner Parteistrafe aus der FDJ-Bezirksleitung herausgeflogen, bei uns gelandet, und nun, um dich wieder lieb Kind zu machen, uns auf Kreuz legen wollen...

Rudi war feuerrot geworden. Das wußte also jeder. Wie sollte man da arbeiten?

Rita hatte nichts gewußt. Sie war nicht geübt in schnellen Antworten, aber diesmal sagte sie, sehr laut in der Stille: »Wenn man mich fragte: Ich würde den, der ohne an sich zu denken Fehler macht, dem anderen vorziehen, dem nur sein eigener Vorteil wichtig ist.«

Seiffert faßte sich schnell. »Sie sagen es!« rief er, stieß mit Rudi und Rita an und stimmte lebhaft der Frau des Professors zu, die sich beklagte, daß man nun auch noch die Damen in diese politischen Debatten hineinzog...

Rita fragte Manfred nicht, ob er mit ihr einverstanden war, nicht einmal nachträglich, nicht einmal mit Blicken. Sie erwiderte Martin Jungs begeistertes Nicken mit einem Lächeln und war nicht weniger bedrückt, nicht weniger elend als vorher. Rudi Schwabe war ihr nicht einmal sympathisch. Was trieb sie denn, ihn zu verteidigen? Manfred hätte es tun sollen, und sie wäre glücklich gewesen.

Doktor Seiffert war kaum noch zu beschämen, doch leicht zu kränken. Er wird es mich fühlen lassen, dachte Manfred, aber es war ihm gleichgültig. Er sprach auch später nie mit Rita über diesen Abend. Wenn man es recht nimmt, gab es allmählich zu viele Dinge, über die sie nicht gründlich und rückhaltlos sprachen.

Jetzt, wo Rita nach fast einem Jahr wieder über sie alle nachdenkt, muß sie sich vorwerfen, daß sie damals nicht wirklich verstand, worum es ging. Dieses Noch-nicht und Nicht-mehr, zwischen dem sie alle standen – Seiffert, Müller, Manfred, ja:

auch Manfred! – ich hab es nie erlebt. Vielleicht geht es über die Kraft eines einzelnen, den Sprung zu machen. Und einzelne waren sie doch alle. – Ach, wer immer gerecht sein könnte!

Rita ging ins Nebenzimmer, wo die Bar aufgebaut war. Man trank jetzt viel, der Abend war sowieso mißglückt. Der Professor mußte sich damit abfinden, daß sich nicht alles ausgleichen ließ. – Aber machen Sie es sich doch gemütlich, meine Herrschaften, irgend etwas muß man doch anfangen mit dem angebrochenen Nachmittag. Sie sehen ja, der Stoff reicht! – Der Professor mixte selbst nach eigenen Rezepten. Er ließ seine Getränke feiern. Er rief: »Eine Bonbonniere oder eine Flasche Sekt für den besten Cocktailnamen!« Eine herrliche Idee! Alle versammelten sich wieder und waren lustig.

»Für die Damen!« Man reichte Gläser mit einer rötlichen Flüssigkeit herum. »Na, wie nennen wir das?« – »Phänomen!« Großartig, Frau Professor! Aber Doktor Müllers Braut flüsterte: »Liebestrank.« Das war das erste Wort, das man sie heute abend sagen hörte, und es war ein bißchen peinlich, wie man vorausgesehen hatte. Aber sie bekam in Gottes Namen den Preis.

Und nun: Die Herren. Vorsicht bitte, nichts vergießen, das macht Löcher in den Teppich. Glasklar, man sieht ihm nichts an. Das ist der Trick. »Zum Wohl!« – Nicht wahr? Ja, das glaub ich. »Also: Was schlagen Sie vor?«

»Männermord!« »Feuerwasser!« Das waren die Jungen. Der Professor lächelte milde. Da bringt Doktor Müller, der schon fast betrunken ist, unter Husten heraus: »Ich bin für ›Verbrannte Erde‹!«

Gelächter. Plötzlich Stille.

Einen Preis für »Verbrannte Erde«?

Man schweigt.

Die Wunde liegt offen. Kein schöner Anblick.

Dort standen sie, die Erwachsenen. Die waren dabeigewesen, als solche Losungen über riesige menschenvolle Plätze gebrüllt wurden; die hatten sie nachgebrüllt, waren hinter ihnen hermarschiert wie hinter einer Fahne, durch die halbe Welt. Und hier waren wir, die Kinder. Ausgeschlossen, wie Kinder immer von den ernsthaften Beschäftigungen der Erwachsenen ausgeschlossen sind. Ein nachzitterndes Entsetzen vor dem schrecklichen Geheimnis...

Wohin führt sie auf einmal die gemeinsame Erinnerung? Dieses Dickicht in den Leuten! Wieviel Menschenalter schleudert er sie jetzt zurück? Eiszeit, Steinzeit, Barbarei?

Und dann Seifferts scharfe Stimme: »Wer nichts vertragen kann, sollte nicht trinken!«

Für Herrn Müller wird nach einem Taxi telefoniert. Das übernimmt Frau Professor. Ihr kann sehr schnell etwas sehr peinlich sein: eine heruntergefallene Serviette, nicht zu reden von gewissen Witzen... Aber diesmal sieht sie eigentlich keinen Anlaß.

Es ist besser, man geht. Doch vorher der Abschiedstrunk, die ganze Gesellschaft noch einmal um den Professor versammelt. Der hat zwar in seinem Leben die anstrengenden Schauplätze dieses Jahrhunderts nicht gerade gesucht, aber schließlich ist er auch nicht mehr der jüngste, und bei gewissen Gelegenheiten spürt er durchaus ein warnendes Flattern in der linken Brustseite.

Also Sekt. Unbegreiflicherweise fehlt ein Glas, ein Sektglas – eine Situation, welche die Frau Professor zeit ihres Lebens nicht vergessen wird. Doch ehe sie losstürzen kann, um Ersatz zu beschaffen, sagt Manfred: »Wir beide trinken am liebsten aus einem Glas.«

Er sieht Rita an. Sie nickt und wird dabei rot. Der Professor, dem viel daran liegt, den Abend zu retten, applaudiert als erster. Er versucht, eine Art von Kennermiene aufzusetzen: Jawohl, das billige ich, wenn man sich so liebt. – Auf einmal stehen sie beide im Mittelpunkt. Ritas Einverständnis mit Manfred wird schwankend. Hier ist es wie Selbstentblößung, wenn man sich zueinander bekennt. Und doch: Er wußte es und schreckte nicht davor zurück.

Der Professor hebt sein Glas. Worauf trinken wir also?

»Auf unsere verlorenen Illusionen«, sagt Manfred laut. Das geht abermals nicht. Wollen die jungen Leute denn heute nicht aufhören, ihren Lehrer, dem sie soviel verdanken, in Schwierigkeiten zu bringen? Der Professor verneigt sich vor seiner Frau, grüßt gleichzeitig zu Rita hinüber:

»Auf alles, was wir lieben!«

So trinken sie denn auf sehr verschiedene, auf die entgegengesetztesten Dinge.

Manfred nimmt nur einen Schluck und reicht dann Rita das Glas. Sie trinkt es in einem Zug aus. Sie sehen sich nicht an. Aber sie wünschen sich beide im gleichen Augenblick dasselbe: Die Zeit möge von jetzt an stillstehen. Rita erinnert sich später deutlich der Verwirrung, mit der sie sich fragte: Haben wir denn etwas zu fürchten vom Fortgang der Zeit?

Schnell, fast hastig, wie vom schlechten Gewissen getrieben, löste die Gesellschaft sich auf.

20

Die Zeit hat auch die Abendgesellschaften des Professors nicht verschont. Mag eine bestimmte Art von Hintergründigkeit ihren Reiz haben – der Reiz verflüchtigt sich, wenn der Hintergrund sich ändert. Und neue Wünsche und Sehnsüchte wachsen weit weniger schnell als riesige Betriebe in Heidesand...

Natürlich: Es gibt Tatsachen, die auf ihre Weise argumentieren. Aber muß das bedeuten: Der Weg der Tatsachen ist auch mein Weg? Man kann ein reales Leben nicht auf Zukunftshoffnung bauen. Tage, Nächte, Wochen und Jahre mit einer Frau, mit Wohnung, Auto, Essen und Trinken...Da heißt es schon genau denken, nicht wahr?

Manfred, der sich gern abgebrüht gab, war zwar an Enttäuschungen, nicht aber an Niederlagen gewöhnt, das zeigte sich nun. Bis jetzt hatte er wie im Spiel alles mit geringem Einsatz erreicht. Das Land lechzte nach begabten Leuten. Er vergrößerte den Einsatz. Was hing für ihn nicht alles an diesen paar Zeichnungen, der Geburtsurkunde einer neuen Maschine, eines von ihm geschaffenen Wesens, das vollkommen war, wie nur erdachte Wesen es sein können. Und nun sollte die Geburt nicht stattfinden. Seine Mutlosigkeit überraschte ihn selbst. Jetzt erst bemerkte er den guten Rückenwind, der ihn so lange vorangeschoben hatte. Nur Martin Jung zuliebe – er konnte sich nicht leisten, ihn zu enttäuschen – entschloß er sich in den ersten Wochen des neuen Jahres, in dieses thüringische Werk zu fahren, das sich weigerte, ihre Maschine zu erproben.

Er rüstete sich wie zu einer Expedition in einen unbekannten Erdteil.

Er ging nicht zum erstenmal in ein Werk; aber zum erstenmal überlegte er sich, wie er es anstellen mußte, dort einen günstigen Eindruck zu machen.

»Manchmal hängt so viel an Kleinigkeiten«, sagte er. »Zum Beispiel: Trägt man einen Schlips oder nicht? Mütze? Hut? Was meinst du?« Er fragte Martin Jung, der ihm beim Packen zusah und sich über ihn lustig machte.

»Weder Mütze noch Hut«, sagte er. »Geduld.«

»Sag bloß noch: Zuversicht«, erwiderte Manfred.

Das wäre das Beste. Einem zuversichtlichen Menschen kann keiner so leicht widerstehen.

Rita fiel auf, daß Martin seinen Freund schonend auf unangenehme Erfahrungen vorbereitete. Merkte Manfred nichts?

Er warf Martin einen abschätzenden Blick zu. »Muß man mit mir reden wie mit einem kranken Pferd?« fragte er.

Man sah Martin gerne lachen, er war wirklich noch sehr jung.

Rita hockte mit untergeschlagenen Beinen da, verfolgte aufmerksam, was zwischen den beiden vorging und wußte nicht, ob sie mehr froh oder mehr traurig war. »Nieselwetter« nannte Manfred das, und sie verwahrte sich jedesmal gegen diesen Ausdruck. Wie immer wehrte sie sich mit Anklagen.

»Warum hast du mir nicht wenigstens einen Wellensittich geschenkt anstatt der Kleopatra? Die schläft den ganzen Winter in ihrer Kiste. Ein Vogel hätte mir was vorgesungen. Besonders, wenn ich allein bin. Man braucht jeden Tag was, worauf man sich freut.« Erstens sei man nicht allein, belehrte Manfred sie, wenn man so viele Freunde habe. Jawohl, Freunde. Ich weiß, was ich sage. Zweitens macht kein anständiges Mädchen einem, der wegfährt, das Herz schwer. Drittens...

Martin kannte das. Er drehte sich um, wenn sie sich küßten.

»Übrigens weiß dort keiner, daß wir kommen«, sagte er nach einer Weile.

Manfred sah ihn überrascht an. »Soll ich wieder auspacken?«

»Mach, was du willst.«

Was er wollte! Die Maschine wollte er arbeiten sehen, und zwar sofort, und zwar ohne Schwierigkeiten. Er begriff allmählich, daß es nicht mehr nur um die Maschine ging. Es ging um Martin, den er jetzt von Herzen beschimpfte.

Rita war lustiger geworden, sie wußte selbst nicht, warum. Sie kochte Kaffee mit dem Tauchsieder und stellte einen Teller mit Pfefferkuchen auf den Tisch, den sie aus einer unerschöpflichen heimatlichen Kiste immer wieder auffüllte. Martin brachte ihr zum Dank ein Ständchen auf dem langen Lineal, mit dem Manfred sonst die Schlußstriche unter seine langen Formeln zog. Martin handhabe es wie eine Zither. Er sang alles, was sie sich wünschten. Es war gut, daß niemand sonst sie hören konnte. Man bekam Freude an sich selbst, wenn man sich sagen konnte: Das ist mein Freund.

Mit Martin konnte Rita über Manfred sprechen.

»Sie werden ihn ein wenig im Auge behalten!« sagte sie. Martin verbeugte sich spöttisch.

»Hören Sie, Martin: Wenn er unbesonnen wird... Er ist leicht unhöflich. Das verletzt manchen.«

»Unhöflich?« sagte Martin. »Grob ist er. Er weiß nicht, wie man mit Leuten spricht. Er stößt sie vor den Kopf. Er ist überheblich. – Aber die Maschine ist gut.«

Rita seufzte. »Wissen Sie – auch ein Held ist er nicht gerade...«

»Ein Held!« spottete Martin. »Ein Chemiker und ein Ingenieur werden dort gebraucht, keine Helden. Dafür gibt's keine Planstellen.«

»Ja, ich weiß schon, du willst mich beruhigen. Nett von dir, sehr nett. Du bist überhaupt ein netter Kerl. Sie werden ihn ein wenig an die Leine nehmen, nicht wahr?«

»Rita«, sagte Martin. »Nun setzen Sie sich mal hin und machen die Sorgenfalten aus Ihrem Gesicht. So. Ich hab immer bewundert, wie klug Sie Ihren Manfred regieren. So was trifft man selten. Bleiben Sie bei der Klugheit und lassen Sie mir meine Bewunderung.«

Länger als eine, höchstens zwei Wochen würden sie ja nicht bleiben...

Und doch wurde diese Zeit ihr lang. Zuerst ließ sie sich von Marion besuchen.

Ein fahler, farbloser Februar. Kaum Schnee, aber plötzlich scharfe Kälteeinbrüche, eisiger Gegenwind auf der schnurgeraden Straße zum Institut, und diese zehrende Ungeduld nach Frühling, kaum zu ertragen. Diese Glut unter der Asche...

Marion begleitete Rita in das warme kleine Bodenzimmerchen, sie ließ den Motorradfahrer allein fahren. Sie saßen sich an dem schmalen Arbeitstisch gegenüber, beide in die gleichen Zahlen und Formeln vertieft, die unter Marions unlustigem Blick in Staub zerfielen. Eine einzige tote Zahl sog boshaft die ganze bunte, lebendige Welt in sich auf, und nicht anders als seufzend konnte Marion an das kleine Fensterchen treten, über dem ein richtiger Himmel dunkelte.

Daß sich für Rita aus den Büchern eine wirkliche Welt entfaltete – nein, das verstand sie nicht, wenn sie auch nicht aufhörte, es zu bewundern. Schwarzenbach allerdings hatte es wohl bemerkt und lächelte ihr zu. Siehst du, ich hatte recht. Von jetzt an kann uns eigentlich nicht mehr viel passieren. Wenn du nur erst Spaß daran hast, nicht zu weit unter den klügsten Erkenntnissen der Zeit zu leben...

Manfred schrieb ihr nicht, keine Zeile. Vom Bahnhof des thüringischen Städtchens schickte Martin eine Karte ab, welche die Stadt so lieblich abbildete, wie sie wirklich war. »Sind angekommen und fordern das Jahrhundert in die Schranken. Gruß Martin. Gruß Manfred.«

Dann kam nichts mehr. Manchmal wälzte sich nachts die ganze große Stadt wie ein Block auf ihre Brust. »Weihnachten heiraten wir«, sagte Marion und sah von ihren Büchern auf. »Und ihr?«

Wir? Bald, glaube ich...

Rita schlägt immer größere Kreise um ihr Sanatorium. Die herbstliche Natur geht ihr nicht sonderlich nahe. Sie steht an den blinkenden Bahnlinien, die das leicht wellige Land durchqueren, freut sich, wenn die Heizer aus den Lokomotiven ihr zuwinken und winkt heiter und neidlos, aber sehnsüchtig zurück. Sie hat klare, kühle Tage, die gut zu ihrer Verfassung passen. Sie nimmt sich in die Hand und lernt, schneller gesund zu werden durch genaues Denken. Sie lernt auch, die Berührung der Wunde zu vermeiden – auch das.

Sie stellt Ebereschen in die Vase auf ihrem Nachttisch, sie spricht freundlich mit ihren Zimmergefährten und den Schwestern, und abends, bei abgeschirmter Lampe, liest sie. Draußen fahren die Nachtzüge, die Parkbäume bewegen sich leise mit trockenem, raschelndem Laub. Sie ist empfänglich für die Versuche der Dichter, Stück für Stück die sehr große Dunkelheit des noch Ungesagten zu erhellen.

Ihr wirkliches Leben aber drängt sich in diesen letzten Sanatoriumswochen in eine Viertelstunde an jedem Tag zusammen, in fünfzehn erschöpfende Minuten, denen sie standzuhalten hat.

Unweit des weißen stillen Hauses läuft ein Feldweg im spitzen Winkel mit der Teerchaussee zusammen, die über verschiedene kleine Dörfer und Landstädte zur Stadt führt. Am Scheitelpunkt dieses Winkels, an der äußersten Spitze, genau neben dem gelben Wegweiser steht Rita jeden Tag zur gleichen Zeit und wartet auf den Omnibus, der vom Nachmittagszug kommt.

Jemand muß ihr ein Zeichen geben. Jemand muß die Weisung durchbrechen, daß man sie in Ruhe lassen soll. Jemand muß fühlen, daß jetzt der Moment ist, sie wieder an Unruhe zu gewöhnen.

Marion wäre das beste. Marion würde den richtigen Ton

finden, weil ihr gar nicht bewußt wäre, daß es da Schwierigkeiten gab.

Rita beschäftigte sich tagelang damit, Marion herbeizu-
wünschen. Marion ist schon lange nicht mehr am Institut. Im
März ging sie weg. Es gab keinen Streit ihretwegen, jedermann
wünschte ihr das Beste und behielt sie in guter Erinnerung.
Die Mädchen ließen sich bei ihr frisieren und erzählten ihr alle
Neuigkeiten, und Marion wollte auch alles wissen. Marion
müßte kommen, sie wäre das beste.

Eines Tages kommt sie wirklich mit dem Bus, und sie wundert sich gar nicht, daß Rita auf sie wartet. Auf ihren hohen
Absätzen stöckelt sie selbstsicher neben Rita den Feldweg entlang, sie lachen, als hätten sie sich erst gestern gesehen. Sie
könnten über nichts miteinander reden, ohne Manfreds Namen zu nennen, also versuchen sie erst gar nicht, ihn zu um-
gehen. Und Marion bringt es fertig, diesen Namen so natürlich auszusprechen, wie andere Leute »Haus« oder »Mond«
sagen.

Marion versteht, daß man um eine Liebe maßlos leiden
kann, obwohl das für sie nicht in Frage kommt. Sie gehen am
Waldrand entlang – schütterer Fichtenwald, hinter dem gold
und rot die Sonne untergeht. Die Stämme flirren über ihre
Gesichter, Marion hat mit ihren Schuhen Mühe auf diesem
Weg, aber die Schilderung ihrer Brautschätze nimmt sie ganz
in Anspruch.

»Was macht Sigrid?« fragt Rita. Sigrid läßt grüßen. Rita
lächelt. Es hat natürlich stundenlange Gespräche zwischen
Marion und Sigrid über sie gegeben...

Sigrid, eines der unauffälligsten Mädchen ihrer Klasse, hatte
ihren Platz neben Rita in der Bank. Sie waren freundlich zueinander, aber eine wußte von der anderen nichts. Bis Rita sah,
was Sigrid eines Tages eine ganze Stunde lang auf ihr Lösch-
blatt kritzelte: Was soll ich machen, was soll ich machen...
Am Nachmittag, in der dunkelsten Ecke eines kleinen Cafés,
erfuhr Rita, daß ihr Gefühl sie nicht getrogen hatte: Sigrid war
durch Angst und Unerfahrenheit in eine schlimme Lage gekommen. Ihre Eltern, bei denen sie wohnte, waren vor zwei
Wochen mit zwei kleineren Geschwistern »weggegangen« –
was das hieß, wußte man. Sie hatte von ihrem Plan gewußt.
Eine Nacht lang ging sie nicht nach Hause (wo verbringt ein
Mädchen eine Nacht, allein in einer winterkalten Stadt?), dann
noch einen Tag lang nicht. Am späten Abend fand sie die

Wohnung leer, wie sie gehofft und gefürchtet hatte. Von den vielen Ängsten, die ihr Leben bisher begleitet hatten – wie hatte sie den Vater gefürchtet, gegen den nicht aufzukommen war! –, blieb ihr jetzt nur die eine: Wenn sie es erfahren, flieg ich vom Institut. Sie baute mit Energie und Phantasie eine lückenlose Schutzmauer um diese Flucht. Den Nachbarn sagte sie, die Eltern seien zum Winterurlaub; ganz plötzlich, natürlich. So etwas gäbe es doch. Im Betrieb des Vaters – er war Schweißer – rief sie an: Vater sei krank, den Krankenschein würden sie später schicken. Die beiden Brüder entschuldigte sie in der Schule.

Sie mußte alle Kräfte anspannen, ihr Lügengespinst vierzehn Tage lang aufrechtzuerhalten. Rita sah plötzlich eine neue Sigrid vor sich: zäh in all ihrer Schwäche. Aber nun waren zwei Wochen vergangen, und Sigrid war ganz ausgehöhlt von der Frage: Was soll ich tun?

Sie wußte ja selbst: Es gab nur eins. Aber sie wartete noch tagelang, und Rita drängte sie nicht. Dann, bei einer nebensächlichen Gelegenheit, als man sie nach dem Beruf ihres Vaters fragte, sagte sie ohne Zögern: »Der ist weggegangen.«

Rita war als einzige nicht überrascht. Sie hatte Zeit, sich die vielen überraschten Gesichter anzusehen, die Sigrid zum erstenmal alle zugewendet waren. Aus dem Gewirr von Fragen und Antworten hob sich nach einer Weile Mangolds Stimme heraus, scharf und nüchtern: »Und das hat niemand sonst gewußt?«

Doch, sagte Rita ruhig. Sie habe es gewußt.

So. Sie habe es gewußt. – Eine nette Verschwörung! Ein Arbeiter verläßt seinen Staat, die Republik. Seine Tochter belügt diesen selben Staat. Ihre Freundin, die genauso vom Stipendium der Arbeitermacht studiert, hilft ihr dabei. »Na. Darüber wird zu reden sein.«

Die Gesichter, wie an einer einzigen Schnur gezogen, wandten sich von Sigrid ab, als hätten sie sie schon zu lange betrachtet. Sie waren jetzt wieder auf den jungen hilflosen Lehrer gerichtet, der manche Zitate nicht so schnell und genau wußte wie Mangold, und der nun verwirrt wiederholte: »Darüber wird zu reden sein.«

Rita denkt: Gut, daß Marion gekommen ist. Sie geht neben ihr her und hört kaum auf das, was sie erzählt. Gerade ist sie dabei, ihr neues Kostüm zu beschreiben. Sie gehört zu den glücklichen Menschen, für die vieles sich durch ein neues Kostüm regelt, die die ewigen Pechvögel – wie Sigrid – unbewußt ein wenig verachten. Marion holt sich ihr Selbstbewußtsein auf einfache Weise – anders als Sigrid, die noch lange unter dem Druck ihrer Kinderängste stehen wird. Anders auch als Rita.

Sie erinnert sich jeder Einzelheit jenes Tages, selbst wenn sie sie damals in ihrer Verstörtheit nicht bewußt in sich hatte aufnehmen können. Zuerst glaubte sie noch, mit Entschiedenheit etwas zu erreichen: Wenn geredet werden solle, dann doch am besten gleich, sagte sie zu Mangold. Der wies sie glatt ab: Auf so etwas müsse man sich vorbereiten.

In solchen Augenblicken ist man empfindlich für betont undurchdringliche Blicke. Tatsache ist, daß niemand mit Sigrid und Rita sprach, jedenfalls nicht, wenn Mangold es sehen konnte. (Marion, die sich um den ganzen »Tratsch« überhaupt nicht kümmerte, machte natürlich eine Ausnahme.) »Sie schmeißen uns raus«, sagte Sigrid. »Ich hab's gewußt.«

Am Nachmittag saß Rita stundenlang regungslos allein in ihrem Zimmer. Sie fragte sich nicht, was das Urteil eines Mangold ihr überhaupt anhaben konnte. Gewiß: Sie fürchtete eine Entscheidung, die sie an einen schon weit entfernten Punkt zurückwerfen konnte. Vor allem aber fühlte sie, daß Mangold, wenn er sich durchsetzen konnte, ihr viel mehr zerstörte als die Möglichkeit, Lehrerin zu werden. Noch war die Gewißheit, daß Meternagels und Wendlands und Schwarzenbachs Lebensgrundsätze einmal das Leben aller Menschen bestimmen würden, nicht sehr fest. Doch war ihr dieses erste bißchen leicht verletzbarer Gewißheit schon unendlich teuer.

Denn ohne sie würden die Herrfurths die Welt überspülen. Sie warteten ja nur darauf an ihren wohlgedeckten Abendbrottischen überall im Land. Sie hoben doch schon ihre Nasen in den Wind. Je freundlicher Frau Herrfurth zu ihr war, um so zurückhaltender wurde Rita. Stumm hörte sie an, was die Frau wußte: Unheimliche Dinge geschahen; die Flucht guter Bekannter von früher wurde immer häufiger – unverständlich, nicht wahr, bei ihrem Auskommen hier! –, dann wieder wurden ehrbare Leute plötzlich als Verbrecher entlarvt und in den Prozessen von den Richtern mit allen möglichen Ausdrücken belegt (»Abwerber! Menschenhändler! Ich bitte Sie: Sind wir denn im Mittelalter?«) ... Das Volk, sagte Frau Herrfurth, das Volk denke: So kann es nicht weitergehen!

Warum ist mir früher nie die Ähnlichkeit zwischen Frau Herrfurth und Mangold aufgefallen, dachte Rita. Der gleiche

blinde Eifer, die gleiche Maßlosigkeit und Ich-Bezogenheit...
Kann man denn mit den gleichen Mitteln für entgegengesetzte
Ziele kämpfen?

Sie versuchte, sich Mangolds Gesicht vorzustellen. Ihr wurde bewußt, daß er stets graue Anzüge trug. Aber sein Gesicht
sah sie nicht. Es gehörte zu den Gesichtern, die man nicht
wiedererkennt, wenn man sie einmal gesehen hat – nicht, weil
es ein Dutzendgesicht war (Einzelheiten sah sie ja: die starke
Nase, den weichen Mund, die blassen, etwas zu vollen Wangen), sondern weil es einen unbeweglichen Ausdruck angenommen hatte. Als ob er eine Tarnkappe trägt, dachte Rita.
Aber gegen wen tarnt er sich? Kann er auf die Dauer vor
jedermann seine wirklichen Gründe für seine Handlungen
verbergen?

Was aber sind seine wirklichen Gründe? Ehrliche Sorge um
eine Sache? Oder die Gewohnheit, unter dem demagogischen
Vorwand der Sorge Macht auszuüben? Zynismus? Eigennutz?
Unsicherheit? – Ihre Angst wuchs.

In der Dunkelheit lief sie zu Meternagel. Sie kam nicht zum
erstenmal. Die Frau zeigte nur stumm auf die Zimmertür,
hinter der es laut zuging. Im Zimmer saßen vier fünf Männer
zusammen, alles Bekannte von Rita, aus ihrem alten Meister-
bereich. Sie waren kaum zu erkennen in den dicken Rauch-
schwaden, sie begrüßten Rita mit Hallo und zogen sie gleich
in ihre Arbeit hinein. Sie schrieben gerade eine Beschwerde an
die Betriebsleitung wegen dauernder Stockungen im Arbeits-
ablauf. Eine Beschwerde, die schon am nächsten Tag – Rita
erinnert sich – im Waggonwerk Aufsehen machte und später
sogar in der Zeitung stand. Wie man gleich wieder mit ihr vertraut war, wie man gutmütig über ihre frische Gelehrsamkeit
spottete und hieb- und stichfeste Formulierungen für den Brief
von ihr verlangte – das alles tat ihr wohl. Aber sie ging doch
bald. Sie hatte ein Gespräch unter vier Augen mit Rolf gesucht.
»Komm morgen wieder«, sagte er an der Tür.

»Ist gut.«

Sie ging zu Schwarzenbach. Auch dort öffnete die Frau. War
das noch dieselbe starke, lustige Frau? Ihr Gesicht schien von
einem furchtbaren Schreck aufgerissen und dann versteint.
Rita ging stumm an der stummen Frau vorbei ins Zimmer zu
Erwin Schwarzenbach. Der saß untätig im Sessel. Er blickte
auf. »Ach, Sie sind es«, sagte er fast erleichtert, als hätte sonst-
wer eintreten können.

Gerade jetzt, in diesen Minuten, operierte man ihren Jungen. Ein leichter Schmerz seit Tagen, rechtsseitig; dann diese rasend um sich greifende Entzündung, in wenigen Stunden schnell fortschreitender Verfall, das Kind allein zu Hause, die Eltern kommen zu spät...

»Das vergeß ich mir nicht«, sagte Frau Schwarzenbach. Es war das einzige, was sie denken konnte. Sie saß beim Telefon. Von dort würde Erlösung oder Verdammnis kommen. Der Keim der Selbstzerstörung war in sie eingedrungen, gewann immer mehr Macht über sie. Schwarzenbach, selbst ganz im Bann dieser übermächtigen Angst, die alles an den Rand drückte, was vorher wichtig war, legte seine Hand auf ihren Arm.

Als Rita wieder durch die Straßen lief, sah sie die Heftseite des Schwarzenbach-Jungen vor sich, die sie einmal nachgeprüft hatte: steile Zahlen mit dicken, senkrechten Strichen, säuberlich voneinander abgesetzte Aufgabenkolonnen...

Es regnete leicht, der erste Vorfrühlingsregen. Das leise, fast fröhliche Geräusch vermischte sich mit einzelnen Windböen zu Seufzern der Erleichterung, die aus der solange stummen, winterstarren Stadt kamen. Rita trat noch auf harschige Schneekanten, aber das laue weiche Wasser spülte schon darüber hin.

Sie traf wenig Menschen. Sie hatte nun auch kein Verlangen mehr nach Menschen. Wollte es der Zufall, daß heute keiner in dieser ganzen großen Stadt für sie zu sprechen war – ihr sollte es recht sein. Dieses Außenseitergefühl hatte sie ja nicht das erste Mal. Aber so schmerzlich und beschämend war es noch nie gewesen. Das sonst schon vertraute Gesicht der Stadt war für sie heute zu einer Grimasse umgestülpt.

Es ist ja alles anders, dachte sie. Es ist alles anders. Das geschieht mir recht.

Sie hatte geglaubt wie ein Kind, wie sollte sie sich das verzeihen! Sie war auf dieses ganze Gerede – Gerede, das war es! – hereingefallen: Der Mensch ist gut, man muß ihm nur die Möglichkeit dazu geben. Welch ein Unsinn! Wie dumm die Hoffnung, dieser nackte Eigennutz in den meisten Gesichtern könnte sich eines Tages in Einsicht und Güte verwandeln.

Sie war gescheitert, wie wahrscheinlich jeder außer ihr selbst vorausgewußt hatte, und ihr blieb nichts, als sich wenigstens den Folgen zu entziehen. Es lohnte sich nicht.

Ihre seelische Kraft war ganz plötzlich bis auf den Grund erschöpft.

Sie ging, als sei alles längst überlegt, nach Hause, packte ihren abgeschabten Koffer, verließ unbemerkt das Haus und erreichte den Nachtzug, der in ihrer Kreisstadt hielt. Sie hockte einige Stunden frierend in einem zugigen Gang des Bahnhofs, denn in Kleinstädten ist man nicht auf verzweifelte nächtliche Reisende eingerichtet. Ihr Gedächtnis, das unabhängig von ihr funktionierte, sagte ihr rechtzeitig, daß um diese Zeit das Milchauto von der Molkerei in die Dörfer fuhr. Der Fahrer war noch derselbe. Er kannte sie, und sie saß dann ganz gut und endlich warm und ruhig zwischen ihm und dem Beifahrer im Fahrerhäuschen des Lastwagens. Sie fuhren auf Umwegen in ihr Dorf, aber das machte ihr nichts aus.

Es wurde langsam hell, eine milchgraue, dunstige Dämmerung. Dann kamen die Farben. Zuerst die künstlichen: das Rot der neugedeckten Dächer an den Dorfrändern, das Gartenzaungrün, ein Plakat. Später das Pastell des Landes: das satte Dunkelgrau der Felder gegen den immer lichter werdenden blaßgrauen Himmel, über den, noch stumm, Vögel schossen, das mahagonifarbene schlanke Buchengesträuch an den Straßen, und ganz zuletzt ein Anflug von Bläue über dem dunkelgezackten Waldrand, vor dem, was immer auch geschehen mochte, an einer windzerrupften Weide ein Weg rechts abbog, leicht ansteigend, dann schnell fallend in ein Dorf, das zuverlässig an seinem Platz geblieben war; das man nur durchqueren mußte, um an seinem äußersten Rand in dieses kleine, unsagbar kleine Haus einzutreten und alles zu finden, was ein Mensch braucht.

21

Rita schlief den ganzen Tag und die folgende Nacht. Sie erwachte beim Glockenläuten am Sonntag morgen. Nichts war vergessen, aber sie fühlte deutlich, wie gut sie getan hatte, hierherzukommen. Dieses hohe, zartverschleierte Himmelsgewölbe, das Wichtigste an dieser Landschaft, das, unverletzt durch Häuserblocks und Schornsteine, von einer schmerzhaft bekannten Linie – Wald, Felder und ein kleiner Höhenzug – getragen wurde, ordnete wie von selbst alles um einen natürlichen Mittelpunkt und ließ kein quälendes Außer-sich-Sein aufkommen. Rita lief das Land ihrer Kindertage ab: Eine Stunde nach allen Richtungen. Sie lächelte. Ein kleines Reich!

Und, wie sich zeigte, keineswegs unantastbar. Die Leute, die sie unterwegs traf, steckten voller Neuigkeiten. Alle schienen stärker aufgeregt, als Rita sie kannte. Manche hielten die Hand vor den Mund, wenn sie ihr etwas zuflüsterten, manche brachen mitten im Satz ab, lauschten auf irgend etwas und gingen dann kopfschüttelnd weiter. – Noch nie war ihr aufgefallen, daß es hier so viele Kinder gab.

Allmählich entdeckte sie neue Linien im Gesicht der Landschaft. Ackerflächen, deren Grenzen in einem anderen Winkel zum Horizont verliefen als die uralten Grabenrunzeln der Erde in früherer Zeit. So schnell prägten die neuen Züge sich nicht in die Gesichter der Menschen. Aber Rita spürte fast körperlich ihre Unruhe, ihre Angst vor Verlust, ihre noch unsichere Hoffnung auf Gewinn.

Im Dorf traf sie auf andere Studenten-Urlauber. Man grüßte sich und stand ein paar Minuten beisammen. Eine Spur von Verlegenheit bei aller Vertrautheit. Man wußte: Der andere merkte wie man selbst, daß man endgültig der Kindheit entwachsen war.

War sie hierhergekommen, um das zu erfahren? Hatte sie denn gedacht, irgendein Winkel würde, ewig unverändert, als Zufluchtstätte auf sie warten? Wünschte sie das überhaupt?

Sie verachtete plötzlich ihre Anwandlung von Trägheit und Mutlosigkeit. Zum erstenmal dachte sie daran, daß eines Tages jeder Mensch prüfend auf sein Leben zurückblickt: mit Genugtuung, mit Resignation, mit der Zufriedenheit des Selbstbetrugs.

Acht Monate lag das zurück, und sie hat seitdem nicht mehr daran gedacht. Aber heute, während sie an Marions Seite geht, die, unbekümmert darum, ob man ihr zuhört, vergnügt erzählt – heute steigt alles wieder in ihr auf. Sie weiß jetzt auch, warum: Die gleiche Ungeduld, die Unzufriedenheit mit sich und mit allem, was sie kannte, die sie damals zwang, am nächsten Morgen schon in die Stadt zurückzufahren – dieses gleiche Gefühl hat sie auch heute ergriffen, seit Marion, ein ganz vollkommenes und fertiges Geschöpf, aus dem Bus gestiegen und auf sie zugekommen ist. »Ich denke, ich komme bald zurück«, sagt sie zu Marion. – »Natürlich«, erwidert die gleichmütig. »Was denn sonst?«

Auf ihrer Rückfahrt in die Stadt muß damals irgendwo unterwegs Manfreds kleines graues Auto dem Zug entgegen- und an ihm vorübergefahren sein. Manfred hatte sie bei seiner Rückkehr nicht zu Hause angetroffen, hörte von Marion, was sich ereignet hatte und fuhr los, sie zurückzuholen. Und Rita, als sie seinen Zettel im Bodenzimmerchen auf dem Tisch fand, lief zum nächsten Postamt, um ihn anzurufen.

Dort traf sie Hänschen. Er war krank gewesen und langweilte sich. Er konnte ebensogut mit Rita warten, bis der Posthalter in Ritas Dorf Manfred herbeizitiert hatte. Hänschen erzählte leise, daß er nun von seiner Schwester weggehen würde, die ihn seit dem Tode der Eltern aufgezogen hatte. Sie zwang ihn nicht, doch die Wohnung war wirklich klein: zweieinhalb Zimmer, und das bei zwei Kindern! Der Schwager blieb am liebsten mit seiner Familie allein, er, Hänschen, gehörte eben doch nicht dazu. Rita dachte: Wie schwer ist das, ihm ein Leben zu verschaffen, zu dem er wirklich gehört, weil es ohne ihn nicht weitergeht... Mein Gott, dachte sie, jetzt muß er aber dasein, oder sie haben ihn nicht angetroffen, und dann muß ich noch zwei Stunden auf ihn warten, und das halt ich nicht aus! – »Die Kinder«, sagte Hänschen, »die hängen an mir. Tatsächlich, das tun sie!«

Da wurde der Name ihres Dorfes aufgerufen. Rita stürzte in die Zelle, sie preßte den Hörer ans Ohr, der noch warm war von der warmen Hand eines anderen. Manfreds Stimme war sofort da, ganz nah:

»Bin ich also vor dir weggefahren, was?«

»Ja«, sagte sie. »Und nicht geschrieben. Zwei Wochen lang.«

»Stimmt«, sagte er.

Sie schwiegen und hörten auf das Rauschen der viele Kilometer langen Telefondrähte zwischen den beiden Telefonen, Drähte, durch die der Wind ging, daß sie summten.

Ich seh ja dein Gesicht. Tu nicht so spöttisch, mir machst du nichts vor. Ich kenn dich wie mich selbst. Also nicht genug, wirst du sagen. Aber dir ist mit mir ja auch nicht alles gelungen, und ich gebe dir sogar recht, daß das sein Gutes hat... Immerhin brauchen wir jetzt nichts zu sagen, nicht das geringste – merkst du? Wir überlassen einfach alles diesen Telegrafendrähten, die ganz andere Sachen gewohnt sind...

Ärgerst du dich über mich, braunes Fräulein? Hast du noch immer diese Falte, wenn du dich ärgerst?

Immer noch. Überhaupt bin ich häßlich geworden, weil mich zwei Wochen lang keiner angesehen hat. Nur angesehen?

Ach du. Abends, wenn ich wegging, ließ ich immer die grüne

Lampe brennen. Bei der Rückkehr konnte ich mir einbilden: Da wartet einer auf mich.

Rita weiß nicht mehr, ob sie das alles sagten, aber in ihrer Erinnerung gab es das Gespräch, so wie es sein Gesicht gab – ganz nah und doch unerreichbar, wie nur ein sehr vertrautes Gesicht sein kann – und diesen schrecklichen plötzlichen Anfall von körperlicher Schwäche und Sehnsucht nach ihm.

»Also ich komme«, sagte Manfred, und das erregende Summen der gleichmütigen, unbeteiligten Ferne brach ab.

Das Wichtigste war damit geschehen, noch ehe jene Gruppenversammlung stattfand, vor der Rita sich so gefürchtet hatte. Was sie jetzt lernen konnte, hatte sie von sich selbst gelernt – der sicherste Weg, wirklich klüger zu werden. Sie nickte, als man ihr die versäumten Schultage vorhielt und der junge, hilflose Dozent ihr einen Verweis ankündigte – das mindeste, was er tun mußte, wenn man sich Mangolds Empörung vor Augen hielt.

Mangold sprach lange. Rita wußte, was er sagen würde. Sie hörte kaum zu, aber sie sah ihn aufmerksam an. Er kam ihr wie entzaubert vor. Merkte denn niemand sonst, wie hohl jedes Wort aus seinem Munde klang? Wie lächerlich sein Pathos war? Ihr war, als könne sie den Mechanismus sehen, der diesen Menschen bewegte.

Sie schämte sich für alle, die vor ihm zu Boden blickten.

Sigrid war den Tränen nahe. Rita lächelte ihr beruhigend zu. Das hielt sich doch nicht. Vielleicht konnte der Mangold die anderen noch eine Weile einschüchtern; aber schließlich war er zum Scheitern verurteilt, weil er niemandem nützte, nicht einmal sich selbst. Und, wie sich zeigte, auch einschüchtern konnte er nicht mehr.

»Für wen sprechen Sie?« fragte Erwin Schwarzenbach ihn. Alle stutzten, auch Mangold. Er spreche für die Genossen, sagte er dann herausfordernd. Es gäbe da einen Beschluß...

»Einen Beschluß«, sagte Schwarzenbach. Rita hatte ihn seit jenem Abend noch nicht sprechen können. Was ist mit seinem Jungen? dachte sie. Er muß leben, sonst könnte Schwarzenbach nicht so ruhig sein. Sie hörte ihn weitersprechen: »Was sagt der Beschluß über die Gründe für Sigrids Verhalten? Warum hatte sie kein Vertrauen zur Klasse?«

Auf diese Frage, dachte Rita, mußte alles aufbrechen und ein für allemal beiseite geräumt werden. Alle mußten jetzt sprechen...Aber immer noch redete nur Mangold, dem man guten Glauben wohl zubilligen mußte. Er sprach über die Parteilinie, wie Katholiken über die unbefleckte Empfängnis reden. Das sagte Schwarzenbach ihm auch, lächelnd, und machte Mangold damit hilflos böse. Es stimmt: Ohne Schwarzenbach hätte alles anders auslaufen können. Warum nur hatten sie allein kein Zutrauen zu sich? Was hinderte sie, einfache menschliche Fragen zu stellen, wie Schwarzenbach es jetzt tat, jemandem aufmerksam zuzuhören, ohne ihm zu mißtrauen? Was hinderte sie, jeden Tag so frei zu atmen, wie jetzt? Sich immer so offen anzublicken?

»Zuspitzen!« rief Mangold. Man müsse doch jede Frage zuspitzen, um an den Kern der Widersprüche zu kommen!

Das sei parteimäßig.

Hier bekam er die einzige scharfe Antwort von Schwarzenbach, dem es wohl sehr wichtig war, daß alle an dieser Debatte teilnahmen, und daß sie ihn in diesem Punkt unerbittlich sahen. Sie kannten ihn nicht so erregt. Er rief Mangold zu: »Sorgen Sie lieber dafür, daß eine Sigrid merkt: Für sie ist die Partei da, was ihr auch passiert. – Für wen denn sonst, wenn nicht für sie«, setzte er leiser hinzu.

An diesem Punkt der Versammlung fing Sigrid doch noch an zu weinen, so unauffällig wie möglich; aber sie merkten es alle, und es beruhigte sie. Nur Mangold gab sein Programm nicht auf.

»Das ist doch politisch naiv«, sagte er. Er scheute sich nicht, im Zusammenhang mit der weinenden Sigrid das Wort »Weltimperialismus« auszusprechen. Er jedenfalls habe eine harte Schule in der Partei hinter sich.

»Das glaube ich Ihnen«, erwiderte Schwarzenbach schnell, so, als habe sich ihm eine Vermutung bestätigt. Er sprach jetzt wärmer, als sei er mit Mangold allein. Dadurch erschien Mangold ihnen allen plötzlich in einem anderen Licht. Das Bedürfnis schwand, ihn im Unrecht zu sehen.

»Wissen Sie«, sagte Schwarzenbach, immer noch leise und zu Mangold, »daß ich, Sohn eines Arbeiters, in den Werwolf gehen oder mich umbringen wollte, als der Krieg zu Ende ging?«

Schwarzenbach warf sein ganzes Leben in die Waagschale, für sie, seine Schüler.

»Damals«, sagte er, »hatten wir Haß und Verachtung verdient und erwartet. Die Partei war nachsichtig und geduldig mit uns, wenn auch anspruchsvoll. Seitdem halte ich etwas von diesen Eigenschaften: Nachsicht, Geduld. Revolutionäre Eigenschaften, Genosse Mangold. Sie waren nie darauf angewiesen?«

Mangold zuckte die Achseln. Nachsicht, Geduld! Wer habe dafür heute Zeit? – Das klang fast bitter.

»Mag sein«, sagte Schwarzenbach. »Aber ich denke oft: Was wäre sonst aus mir geworden, in diesem Deutschland... Wie alt waren Sie bei Kriegsende?«

»Achtzehn«, sagte Mangold zögernd, als gäbe er ein intimes Geheimnis preis.

Sie saßen noch lange zusammen. Von Strafen war nicht mehr die Rede. Mangold schwieg. Er war ein verletzbarer Mensch, es mußte nicht leicht für ihn sein. Schwarzenbach hatte erreicht, daß niemand mit Schadenfreude auf ihn sah. Auch Rita dachte zum ersten Mal ohne Abneigung über ihn nach.

»Wahrscheinlich«, sagte sie abends zu Manfred, »hat er zu viele schlechte Erfahrungen gemacht, daß er nicht an Menschen glauben kann.«

»Und du?« fragte Manfred. »Du glaubst an – Menschen?«

»Ich will dir mal was erzählen«, sagte er. »Bis jetzt hab ich's dir nicht gesagt. Übrigens wollte ich es selbst vergessen.

Du denkst, Martin ist mein erster Freund. Aber ich hatte schon einen, vor Jahren. Der war genauso gut wie Martin.«

Mein Gott ja. Er war genauso gut. Nur daß die Rollen vertauscht waren: Er war älter als ich, und ich blickte zu ihm auf. Diese Nächte, da wir zusammenhockten und über alles redeten! Die Bücher, die er mir angeschleppt hat! Diese vielen Jahre, da nichts uns trennen konnte: kein Mädchen, kein Streit...

Bis ein einziger Tag uns für immer trennte. Ein Blick, den er mir verweigerte. Ein Satz, den er nicht sagte. Ein Artikel, den er schrieb.

»Er war Journalist geworden, in Berlin. Wir sahen uns lange nicht. Dann traf ich ihn auf einer Konferenz der Universitäten. Wir begrüßten uns noch als Freunde. Ohne ein Wort sind wir nach Stunden auseinandergegangen.

Was war passiert? Wenig, wenn du willst. Schrecklich wenig. Ich hab gesprochen. Über Fehler im Studienbetrieb. Über den tollen Ballast, der uns belastete. Über Heuchelei, die mit guten Noten belohnt wurde.«

»Das hast du gesagt?« fragte Rita erstaunt.

»Denkst du, ich war immer stumm wie ein Fisch?« fragte Manfred. »Als ich vom Podium stieg, richteten alle sich gegen mich. Wiesen mir nach, wie gefährlich und verdorben meine

Ansichten waren. Ich sah nur auf ihn. Er kannte mich. Er wußte genau, was ich meinte. Ich schrieb ihm einen Zettel: ›Sag doch was!‹«

Hätt' ich doch diesen Zettel nicht geschrieben! Daß ich von ihm Hilfe erbat! Aber da wußte ich noch nicht, daß nicht mein Freund dort saß, sondern ein Mangold. – Ich schäme mich immer noch für ihn, nach all diesen Jahren!

»Er ging als einer der ersten aus dem Saal«, sagte Manfred. »Er schrieb jenen Artikel, den ich immer wieder gelesen habe – so wie mancher es nicht lassen kann, das Gift zu nehmen, das ihn kaputtmacht. Er schrieb über mich. Er schrieb über die ›vom Leben abgekapselten, in bürgerlichen Irrmeinungen befangenen Intellektuellen, die unsere Universitäten in den ideologischen Sumpf zurückzerren wollen‹.«

Stünde er heute vor mir – nicht mal die Hand würde ich ihm geben. Was willst du denn, würde er sagen; sind die Zeitungen jetzt nicht voll von dem, was du damals verlangt hast? Nicht mal antworten würde ich ihm. Er, er ist es gewesen, der mich zwang, dem Bild ähnlicher zu werden, das er da wider besseres Wissen von mir entworfen hat.

Er war sehr müde. Dieses Gespräch tat ihm schon leid. Es ist meine Sache, dachte er. Was ziehe ich sie hinein?

Rita legte die Hand auf seine Schulter.

Ich müßte ihm widersprechen, dachte sie. Aber was soll ich sagen? Ich nütze ihm nichts.

Jetzt müßte ich älter sein, dachte sie unglücklich.

22

Rita lächelt jetzt, wenn sie auf ihr Wiesenbild sieht. Es wird mir fehlen, denkt sie.

Da kommt der Brief. Zwei Briefe eigentlich, in einem Umschlag mit Martin Jungs Handschrift. Aber dieser eine gilt. Sie spürt, wie sie kalt und schwer wird. Diesen Brief hat Manfred geschrieben. Ein unsinniger Hoffnungsblitz – noch immer, nach all den Wochen! Wie hatte sie denken können, alles sei für immer vorbei...

Sie muß warten, ehe sie lesen kann. Sie sieht auf das Bild. Verlaß mich jetzt nicht, ach mein Gott, verlaß mich nicht. Die zartbleiche Frau lächelt sie verständnislos an. Ach du, denkt Rita verächtlich, was weißt denn du!

Der Brief, vor kurzem von Westberlin aus an Martin Jung geschrieben, ist ohne Anrede. Rita liest:

Um der Gerechtigkeit willen möchte ich Dir mitteilen, daß ich nun tatsächlich den Braun aus S. auf einem der vielen Ämter hier wieder- getroffen habe. Du hast es vermutet. Bitte, Du sollst recht behalten haben. Du sollst auch wissen, daß ich es weiß, denn warum soll meine Entfernung auch jede Fairneß zwischen uns vernichten? Übrigens ist es für mich ganz gleichgültig. Du weißt, daß ich ihn damals am lieb- sten umgebracht hätte. Jetzt hatte ich nicht für eine Sekunde den Wunsch, ihn anzusprechen. Warum sollte ich erfahren, was das nun damals wirklich gewesen ist: Absicht oder einfach Unfähigkeit ...
Es ändert nichts. Zwar gehöre ich nicht zu denen, die regelmäßig an die Mauer pilgern, um sich auf angenehme Art zu gruseln. Aber ich höre ja noch Eure Sender, und so lange bin ich noch nicht weg, daß ich mich an nichts mehr erinnern könnte. – Die sechziger Jahre ... Denkst Du noch an unsere Dispute? Glaubst Du immer noch, sie werden als das große Aufatmen der Menschheit in die Geschichte eingehen? Ich weiß natürlich, daß man sich lange Zeit über vieles selbst betrügen kann (und muß, wenn man leben will). Aber das ist doch wohl nicht denkbar, daß Ihr alle nicht wenigstens jetzt, angesichts der neuesten Moskauer Parteitagsenthüllungen, einen Schauder vor der menschlichen Natur be- kommt? Was heißt hier Gesellschaftsordnung, wenn der Bodensatz der Geschichte überall das Unglück und die Angst des einzelnen ist ...
»Wenig Originalität und Größe« höre ich Dich sagen. Wie damals. Und ich will nicht noch einmal von vorne anfangen. Was gesagt werden konnte, wurde gesagt, vor langer Zeit.
Ich wünsche Dir Glück.
Manfred

Es ist noch nicht überstanden. Der Schmerz erreicht sie noch. Sie muß stillhalten. Sie liest den Brief, bis sie ihn auswendig kennt. Sie bleibt liegen und bittet die anderen, mit denen sie sonst gemeinsam spazierengeht, sie allein zu lassen. Ihr wird wohler, als das Zimmer sich leert und auch die Geräusche im Flur schwächer werden, bis es im ganzen Haus still ist.

Nach einer Weile, in der sie, äußerlich ruhig, mit geschlosse- nen Augen dagelegen hat, liest sie auch Martin Jungs Brief.

Liebe Rita, schrieb er. *Ich habe lange überlegt, ob ich Ihnen diesen Brief schicken soll – den einzigen, den Manfred mir geschrieben hat (insofern macht er doch keine Ausnahme von der Regel, daß jeder, der*

hier weggeht, den Zurückbleibenden seinen Schritt zu begründen sucht,
weil ihm etwas Unehrenhaftes anhaftet). Mir scheint, Ihnen gebührt
der Brief mehr als mir.
»Um der Gerechtigkeit willen«...Wissen Sie, daß das so ein Schlag-
wort zwischen uns war? Das kam in S. auf. Mit diesem Schlachtruf
zogen wir jeden Morgen in den Kampf. Ich weiß nicht, was er Ihnen
davon erzählt hat und was nicht. Aber glauben Sie mir: Es war schwer.
Die Widerstände waren heimtückisch, ungreifbar und unüberwindlich.
Da war vor allem dieser Braun, den er nun in Westberlin getroffen hat.
Ein alter Hase in unserem Fach. Wenn er sich gegen uns stellte, konnte
es eigentlich nur böser Wille sein. Davon war niemand zu überzeugen.
Er ist schon vor vier Monaten weggegangen – abberufen worden, sagen
die meisten.
Ich bin sehr in Eile. In unserem Betrieb ist gerade eine Kommission
der Partei. Sie interessiert sich für unsere Maschine. Hätte Manfred
nicht die acht Monate durchhalten können? Das macht mir am meisten
zu schaffen, wenn ich an ihn denke: Wenn er hiergeblieben wäre, und sei
es durch Zwang: Heute müßte er ja versuchen, mit allem fertig zu
werden. Heute könnte er ja nicht mehr ausweichen...
Doch davon wollte ich eigentlich nicht schreiben. Werden Sie gesund!
Martin

Rita behält Martins Brief in der Hand. Sie liegt ganz still und
sieht an die Decke, zeichnet mit dem Blick das Muster von
Rissen und Wasserflecken nach.

Martin wäre ein guter Freund für ihn gewesen, und ich eine
gute Frau. Auf die Dauer, das trau ich mir zu sagen. Er muß es
gewußt haben, sonst wäre er nicht so unglücklich aus S. zurückgekommen – schlimmer als abgewiesen: bar jeder Hoffnung auf künftigen Erfolg.

Allerdings machte sein Unglück ihn ihr zugänglich, zum
letzten Mal. Müde, aber nicht ohne Auflehnung schilderte er
ihr die Verschwörung, auf die sie in S. gestoßen waren; die
Kälte, das Mißtrauen bei allen, denen sie sich anvertrauen wollten. Seltsamerweise war, je aussichtsloser ihr Unternehmen
wurde, nicht er, sondern Martin unbesonnen, unhöflich und
unklug geworden. Rita erriet den Grund: Martin setzte alle
Mittel ein, um Manfreds willen. Er mußte gesehen haben, wohin diese Erfahrung den Freund trieb, der in jeder Hinsicht
schlechter gewappnet war als er selbst. Was Rita von Martins
Wutausbrüchen und Amokläufen gegen jeden, ohne Ansehen
von Rang und Namen hörte, machte ihr Sorge.

Manfred blieb ein, zwei Wochen mit einer Grippe zu Hause liegen. Das schien ihm gerade recht zu sein. Er las viel, vor allem immer wieder den jungen Heine. (»Nur wissen möcht ich, wenn wir sterben, wohin dann unsere Seele geht? Wo ist das Feuer, das erloschen? Wo ist der Wind, der schon verweht?«) »Heine ist mit seinen guten Deutschen auch nicht fertig geworden«, sagte er.

»Umgekehrt«, meinte Rita. »Die Deutschen sind mit ihm nicht fertig geworden.« Manfred lächelte. Er lächelte jetzt öfter über sie, wie Erwachsene über Kinder lächeln. Sie sagte nichts dazu. Sie hatte damals noch keine Angst um sich und ihn. Er aber – vielleicht hatte er insgeheim schon gewählt und richtete all seine Energie nur noch darauf, sie beide zugrunde zu richten?

Die Genugtuung seiner Mutter hätte sie stutzig machen sollen. Zwar war kaum denkbar, daß er sich mit der Mutter über seine Erlebnisse aussprach, aber sie mußte seinen Zustand instinktiv richtig beurteilen. Sie huschte zu ihm, dem Kranken, wenn sie Rita nicht antreffen konnte. Sie genoß es, daß er wieder hilflos und auf sie angewiesen war. Rita traf ihn manchmal launisch an wie ein verzogenes Kind. Sie machte sich darüber lustig, wie es zwischen ihnen üblich war, aber er neigte in dieser Zeit zu Selbstmitleid und ging auf ihren Ton nicht ein.

Erst als Martin Jung vom Studium ausgeschlossen war, schlug seine düstere Stimmung in Kälte und offenen Hohn um. Das letzte Zugeständnis, das er Rita machte, war ein Gang zu Rudi Schwabe, um für Martin zu sprechen. »Für mich selbst täte ich das nie!« sagte er. Er kam in einem Zustand von Verzweiflung, Genugtuung und zynischer Resignation zurück, der neu an ihm war. Er zog merkwürdigerweise Befriedigung aus der Tatsache, daß Rudi Schwabe sich als genau der Schwächling gezeigt hatte, für den er ihn seit einiger Zeit hielt.

»Wie er mich schon angesehen hat, als ich sagte, Martin sei mein Freund! Als sei es unnatürlich, sich den Freund eines Ausgestoßenen zu nennen! ›Dein Freund? So... Wir müssen ihn leider exmatrikulieren. Die jüngsten Vorkommnisse im Werk... Jedenfalls hat er nicht die Reife zum Studium. Aber du weißt ja: Wir lassen keinen Menschen fallen.‹ – Und so weiter. Die ganze Leier von Phrasen.

Er *hört* ja gar nicht auf das, was man ihm sagt! Ich rede und rede, bis mir selber ganz elend ist. Aber er *darf* ja nicht hören. Ihm geht es doch nicht um irgend so einen Martin Jung.

Meinst du, der säße auf diesem Posten, wenn er nicht vor allem eins könnte: Ohne Zaudern eine Anweisung ausführen?«

»Aber was ist denn überhaupt mit Martin los gewesen?« warf Rita ein.

Was los war? Die Nerven sind ihm durchgegangen. Auf einer Betriebsversammlung ist er aufgestanden und hat ihnen ins Gesicht gesagt, was sie wirklich sind: Intriganten, Nichtskönner, Bremsklötze. Das wird geahndet. Und Herr Schwabe ist ausführendes Organ. »Wie mich das alles ankotzt!«

Martin wurde exmatrikuliert. Da kaum jemand außer Manfred ihn wirklich kannte, blieb die Aufregung darüber gering. Ohne viel Aufhebens blieb er auf seinem Posten – keine leichte Sache inmitten der anderen, deren Frist er ja nicht kannte. Da können acht Monate lang werden, das glaub ich, denkt Rita. Er muß sich gut gehalten haben. Manfred nicht. Acht Monate waren zu lang für ihn.

Ich weiß nicht, denkt Rita, wann ihm klar wurde, daß er das Leben unerträglich fand. Ich weiß nicht, wann wir anfingen, aneinander vorbeizureden. Die ersten Zeichen muß ich übersehen haben. Ich war seiner zu sicher geworden. Ich betrog mich, indem ich mir immer wiederholte: Was auch geschieht – wir lieben uns. Ich gab ihm Grund, daran zu glauben – was auch geschah.

Sie hat Martins Brief noch in der Hand. Der Nachmittag geht zu Ende. Sie richtet sich auf und legt den Brief in ihren Nachttischkasten.

Dieser harte Druck unausgesprochener Selbstvorwürfe!

23

Kurz nachdem Manfred, gesund und äußerlich kaum verändert, seine Arbeit im Institut wieder aufgenommen hatte, rief Wendland bei ihm an. Er lud sie beide, Rita und ihn, zu einer Probefahrt mit ihrem neuen Leichtbauwagen ein. Manfred zögerte. *Sie* lädt er ein, nicht mich, dachte er. – Dann sagte er doch zu.

Rita spürte, daß er nur darauf wartete, sie sagen zu hören: »Also bleiben wir zu Hause.« Aber sie sagte es nicht.

Der vereinbarte Tag war ein grauer, kühler Aprilmorgen des Jahres 1961. Sie fuhren sehr früh hinaus zum Werk, gingen zum erstenmal nebeneinander die Pappelallee hinunter, die leer war, weil die Frühschicht schon begonnen hatte. Immer

136

blies einem hier der Wind ins Gesicht. Rita schlug den Mantelkragen hoch und steckte eine Hand in Manfreds Manteltasche, damit er wußte, daß sie fror und er ihr den Arm um die Schulter legen sollte. Sie hielt sich dicht bei ihm, blieb im Gleichschritt mit seinen langen Beinen und rieb im Gehen den Kopf an seiner Schulter. Von ganz hinten kam ihnen ein Junge auf seinem Roller entgegengefahren. Er gab sich tüchtigen Schwung und stieß einen Lustschrei aus, gerade als er an ihnen vorbeiraste. Rita fühlte einen starken Widerhall dieses Schreis in sich. Sie atmete tief.

»Da ist doch tatsächlich wieder Frühling geworden«, sagte sie.

»Das wundert dich?« fragte Manfred.

Sie nickte nur, anstatt zu sagen, was ihr eben alles auf einmal durch den Kopf ging: So hatte sie sich noch nie nach Wärme, Weite, Bewegung, Licht gesehnt. Dieser immer gleiche Ablauf ihrer Tage: Der Gang ins Institut, die Lektionen, Gespräche, Streitigkeiten, Prüfungen; die stillen Winternachmittage in der Bibliothek: einsame Leser, immer die gleichen, über deren Plätzen bei sinkender Dämmerung nach und nach grüne Lämpchen angingen – Signale der Versunkenheit, vor denen sie manchmal geflüchtet war wie vor einem bösen Zauber.

»Gleich kommt einer deiner berühmten unerfüllbaren Wünsche«, sagte Manfred.

»Ja«, sagte sie schnell. »Schön anziehen können und weit wegfahren. Aber *sehr* schön und *sehr* weit.«

»Und ohne mich«, fügte er hinzu.

Das fürchtete sie an ihm, daß er jede Klage von ihr als Anklage nahm. Sie schwieg. Sie gingen schon die Werkstraße hinunter. Wir können uns doch jetzt nicht streiten, dachte sie. Mit einer Handbewegung wies sie ihn in eine schmale Gasse zwischen zwei Fabrikgebäuden – eine Wegabkürzung, nur für Eingeweihte. Sie gingen, noch immer stumm, ein paar Schritte. Da sagte Manfred: »Kann man mit dir nicht mehr sprechen?«

Rita fühlte sich ertappt und suchte Ausflüchte, aber er sagte leise: »Laß doch. Ich weiß ja.«

»Was weißt du?« fragte sie.

»Daß ich unerträglich geworden bin. Unerträglich mißtrauisch.«

»Du redest dir gern was ein...« sagte sie zögernd.

»Ich weiß ja«, wiederholte er. »Mir macht das doch selbst keinen tollen Spaß. Ich stecke wohl in keiner guten Haut...«

»Glückshäute gibt's nur im Märchen«, sagte sie. »Und auch da merkt der Besitzer erst nach schlimmen Abenteuern, was für eine Art Haut er hat.«

»Mag ja alles sein«, sagte er. »Bloß das ist keine Zeit für Märchen. Du solltest es auch wissen. Ich sag's dir nicht gern. Soll ich selbst kaputtmachen, was mir an dir am meisten gefällt?«

An diesen Satz sollte sie noch oft denken. Es war einer von den Sätzen, die sich auch mit vielen Tränen nicht wegwaschen lassen. Jetzt aber war keine Rede von Tränen. Sie standen in ihrem schmalen Gang zwischen zwei hohen, ehemals roten Backsteinwänden, über sich einen kleinen gefleckten Himmelsstreifen, Maschinenlärm drang zu ihnen heraus, aber weit und breit war keine Menschenseele.

»Gib mir einen Kuß«, sagte Rita. Merkwürdig ergriffen umfaßte Manfred ihr Gesicht mit seinen beiden großen warmen Händen und küßte sie. »Wir passen doch gut zusammen«, sagte sie leise, während sie sich ansahen. »Du hast genau die richtigen Hände für mich. Den richtigen Mund auch.«

Er lachte und tippte ihr auf die Nase, wie immer, wenn er sich viel älter vorkam. Sie gingen den schmalen Gang bis zu Ende. Ritas Nase wußte früher als ihr Gehirn, daß es jetzt gleich brenzlig nach Schweißen riechen würde, und befriedigt sog sie Sekunden später diesen Geruch ein, den sie nicht mochte. Sie kannte noch alles. Im Vorübergehen erklärte sie Manfred, was in den Hallen vor sich ging: Hier bauen sie die Drehgestelle, hier schneiden sie die Seiten- und Stirnwände zu... Siehst du jetzt, wie eng und winklig hier alles ist? Eine taktmäßige Produktion ist fast unmöglich! – Sie kamen an der Schmiede vorbei. Der Boden unter ihren Füßen zitterte vom rhythmischen dröhnenden Niederfallen der tonnenschweren Schmiedehämmer. Rita versuchte Manfred klarzumachen, wie ungünstig gerade die Schmiede lag, in der die Geburt des Wagens begann.

Sie bogen um die Ecke. Der Wind fegte ihnen wieder entgegen. Hier stießen sie schon auf die Gleise und sahen, kaum mehr als hundert Meter entfernt, in kühner perspektivischer Verkürzung den Probezug stehen: Zehn sattgrüne, im Frühlicht funkelnde Wagen – mehrtägige Arbeit von zweitausend Menschen, in zweckmäßiger Schönheit dem Staub und Schmutz und lärmenden Durcheinander der Hallen entrissen. Unter ihnen der neue Leichtbauwagen, äußerlich von den anderen nicht zu unterscheiden.

Rita bemerkte kleine Anzeichen erhöhter Aufmerksamkeit und Erregung an den Menschen, die in Gruppen zusammenstanden, rauchten und über gleichgültige Dinge redeten. Sie kannte niemanden und fing schon an, sich fremd zu fühlen, als man sie am Ärmel festhielt. Sie drehte sich um und stand vor Meternagel. Er freute sich. »Bist aber schmal geworden«, sagte Rita.

»Du auch«, gab er zurück. Sie lächelten und waren sofort wieder vertraut, als sähen sie sich jeden Tag. Ernst Wendland grüßte aus einer Gruppe von Männern herüber und deutete auf den Zug: Sie sollten schon immer einsteigen.

Rita hatte den Schwung noch nicht verlernt, mit dem man das hohe Trittbrett nimmt. Sie schob die Tür zum Wagengang auf und blieb stehen: Wie leer!

»Wie in der Kirche«, sagte Meternagel. Rita hatte noch seine wilden Flüche im Ohr, die er ausstieß, wenn das Gedränge im Wagen bei den letzten Arbeitsgängen überhandnahm.

»Dann nimm doch die Mütze ab«, sagte sie.

Er tat es. Er nahm sein grauschwarzes, staubiges, randloses Käppi ab, ohne das niemand im Werk ihn kannte. Er schüttelte seine Haare, die plattgedrückt waren und nach vorn fielen, er klopfte die Kappe am Oberschenkel aus, faltete sie zusammen und steckte sie in die Tasche seines Schlosseranzuges.

Bei hellhaarigen Menschen merkt man erst spät, wenn sie grau werden.

»Wie alt bist du?« fragte Rita.

»Achtundvierzig. – Wieso?«

Sie gingen den Gang hinunter, an drei Abteiltüren vorbei. Die vierte schoben sie auf und traten ein. Es roch nach Farbe, Schaumgummi und Kunststoff. »Nichts mehr von Holz«, sagte Meternagel. »Warum wir uns überhaupt noch Tischler nennen...Kunststoffverarbeiter wäre das richtige.« Sie fuhren mit der Hand über die Schutzbezüge der Polster und setzten sich.

Die noch draußen standen, wurden durch eine kurze kalte Regendusche in die Wagen gescheucht. Wendland sah herein und bat, ihm einen Platz frei zu halten. Die Kontrollmannschaft verteilte sich über den ganzen Zug und begann mit der Arbeit. Schon sendete ein Tonband Schlagermusik über alle Lautsprecher, zur Überprüfung der Radioanlage. Draußen nahm der Wind immer noch zu.

Als es sieben Uhr war, setzte der Zug sich ohne Signalpfiff, ohne Bahnhofslärm und winkende Taschentücher langsam in

Bewegung, erreichte nach wenigen Minuten die Hauptstrecke und verließ die Stadt durch die nördlichen Vororte.

In fünf Stunden, hieß es, werde man zurück sein.

Um diese Zeit hatte der Tag sein wahres Gesicht noch nicht gezeigt.

Die Bahnlinie legte einen Schnitt quer durch das Land, und zu ihren beiden Seiten entstand aus tausend menschlichen Tätigkeiten das Gewebe des Alltags. In Sekundenausschnitten zog das Leben an ihnen vorüber. Rita bemerkte es und bemerkte es nicht, bis *die Nachricht* kam und dem Tag die Maske der Gewöhnlichkeit vom Gesicht riß.

Sie fuhren über eine Ebene, deren tiefer Horizont von Pappeln begrenzt und die von geraden, mit flinken, lebendigen Autos befahrenen Straßen durchzogen war. Ein Feld von grünen und roten Hochspannungsmasten – schwarzes Filigran von Drähten gegen Himmelsgrau – drehte sich, da sie es in weitem Bogen umfuhren, langsam an ihnen vorbei. Dann tauchten sie übergangslos in das Chemie- und Kohlenrevier ein. Unter ihnen kreuzte eine Diesellok mit Loren voll tiefbrauner großscholliger Braunkohle ihre Strecke. Die Mondlandschaft ausgebeuteter Haldenfelder tat sich auf. Vor den geschlossenen Bahnschranken hielt ein Bauernwagen mit Saatkartoffeln. Hier und da stiegen Rauchsäulen von brennender Grasnarbe auf. Im Gesträuch des Bahndamms rauchten ein paar Jungen ihre erste Pfeife. Alte Leute machten sich in den Gärten zu schaffen, über denen – das sah man erst jetzt – schon ein grüner Schleier lag.

Sie alle – Autofahrer, Lokomotivführer, Bauern, Arbeiter, Kinder, alte Leute – hatten *die Nachricht* noch nicht empfangen. Sie waren beschäftigt, aus Millionen Handgriffen und Worten und Gedanken einen Tag zu machen, einen gewöhnlichen Erdentag, der sich am Abend ohne Aufhebens zu seinesgleichen legen würde, zufrieden mit dem wenigen, was er dem Leben zugefügt hatte: kaum sichtbar, doch unersetzlich.

Rita war müde. Im Zug war es warm geworden (die Heizung also funktioniert, denkt sie), mit halbem Bewußtsein nahm sie die Beanstandungen der Elektriker auf – Routinebemerkungen, die der Kontrollmeister in sein Buch schrieb: Zahlen, Mängel... Sie lehnte ihren Kopf an die Rückwand und sah durch das breite Fenster, daß der Himmel höher geworden war, lichter: Eine dünne graue Haut, zum Zerreißen über eine unendliche Menge von durchsichtigem Blau gespannt, das hier und da, an Bruchstellen, schon hervorkam.

Die Erde erfreute das Auge durch eine bunte Palette von Farben. Sie war mit einer zartblauen Aureole umgeben. Dann wird dieser Streifen allmählich dunkler, er wird türkisfarben, blau, violett und geht dann in kohlschwarz über. Dieser Übergang ist ein sehr schöner Anblick...

Nicht doch, denkt sie. Das hab ich damals doch noch nicht gekannt! Sie liegt in ihrem weißen Krankenzimmer. Es ist Nacht. Sie schläft nicht, aber sie fürchtet auch nicht die Schlaflosigkeit.

An der Decke bewegt sich das Schattenmuster eines Baumgeästs.

Wie kann man vergleichen, was ich, was jeder sah – die zarten Flecken Himmelsblau durch Wolkenrisse –, mit dem, was der eine zum erstenmal für uns alle erblickte? Und doch... Wäre es unmöglich, daß unsere Augen sich in jenen Sekunden von unten und oben (aber nun gab es ja kein Unten und Oben mehr!) an dem gleichen Himmelspunkt begegneten? Wäre es ganz und gar unmöglich?

Denn die Uhr lief da schon ungeheuer schnell. Die neunzig atemlosen, inhaltsschweren Erdenminuten hatten begonnen. Doch wir hatten *die Nachricht* noch nicht empfangen.

Wir fuhren in unserem schönen, bequemen, modernen Gehäuse an den alten zerfressenen Rückwänden städtischer Straßen vorbei, an neuen Häusern mit bunten Balkonen, an überschwemmten Wiesen und einem weidenbestandenen Flußlauf, an Hügeln mit Birken und Kiefern und immer wieder an den ehemals ziegelroten, jetzt verwitterten häßlichen und regellosen Dörfern, die nicht nach den Gesetzen von Vernunft und Schönheit, sondern nach denen von Angst und Gier aneinandergeklitscht waren.

»Sehen Sie sich das an«, sagte Manfred. Ich hatte kaum bemerkt, daß Wendland schon eine Weile bei uns saß, und mir war auch entgangen, worüber sie redeten; aber es war vor *der Nachricht*, das weiß ich genau; denn später änderte sich der Ton ihrer Gespräche. »Sehen Sie sich das an, als Realist. Aus diesem Material wollen Sie Funken schlagen?«

»Worauf wollen Sie hinaus?« fragte Wendland.

»Auf eine Kleinigkeit«, erwiderte Manfred. »Auf die Tatsache, daß gewisse Bemühungen für dieses Land zu spät kommen. Historische Verspätung – das sollten wir als Deutsche doch kennen!«

»Sozialismus ist wie geschaffen für die östlichen Völker«, sagte er. »Sie können, unverdorben durch Individualismus und höhere Zivilisation, die einfachen Vorzüge der neuen Gesellschaft voll genießen. Für uns führt kein Weg dorthin zurück. – Was ihr braucht, sind ungebrochene Helden. Was ihr hier findet, sind gebrochene Generationen. Ein tragischer Widerspruch. Und ein antagonistischer.«

Du siehst, mein Lieber, ich kenne dein Vokabular... »Viele Irrtümer auf kleinem Raum«, sagte Wendland. Es machte ihm keinen besonderen Spaß, diesem Doktor sein Weltbild geradezurücken, den man doch immer wieder sehr ungern neben dem Mädchen sah. Doch er war höflich genug, zu antworten. Manfred verwechsle wohl die herrschenden Klassen der westlichen Völker mit den Völkern selbst.

Manfred belächelte geringschätzig dieses Argument, das er erwartet hatte; Wendland, der selbst merkte, daß seiner Entgegnung das Feuer fehlte, wurde ärgerlich. »Vor Jahrhunderten«, sagte er, »hat einer Ihrer größten Vorgänger in der Alchemie – wohl auch in der Humanität – seinen teuflischen Widersacher attackiert: Du Spottgeburt aus Dreck und Feuer! – Im Zorn, allerdings, und nicht in Resignation und Melancholie.«

»Eben«, sagte Manfred. »Aber zwischen diesem faustischen Zorn und uns liegen die Jahrhunderte. Das ist, was ich sage.«

Sie schwiegen unlustig.

Rita sah, daß Rolf Meternagel Manfred schweigend und aufmerksam musterte.

Trotzdem spürte er sofort, als sie langsamer wurden. Sie waren jetzt länger als eine Stunde unterwegs. Als sie nun aufstanden und auf den Gang traten, um nach der Ursache für ihre Verzögerung zu sehen, hatte die einundsechzigste der neunzig bedeutsamen Minuten dieses Tages begonnen.

Sie aber hatten *die Nachricht* noch nicht empfangen. Rita erinnert sich: Als wir uns weit aus den Fenstern beugten, sahen wir vor der Lokomotive das auf »Halt« gestellte Signal. Gerade jetzt, ehe wir mit den Bremsproben beginnen mußten und hohe Geschwindigkeiten brauchten! Wir schimpften pflichtgemäß, aber eigentlich hatten wir nichts gegen die Pause. Das war Sache des Lokomotivführers, seine Maschine dann wieder auf Touren zu bringen. Wir sahen aus dem Fenster: Weideland, rechter Hand von einem Dorf begrenzt, linker Hand von einem leicht gebogenen Waldrand, vor dem einsam, schwarz und untätig ein Mann stand.

Der Schlager, der gerade in dieser Minute aus allen Lautsprechern aller zehn Wagen dröhnte, fiel mir später immer wieder ein: *Weil er ein Seemann war, fand ich ihn wunderbar, denn auf dem weiten Meer war keiner so wie er.* Das kann ich heute niemals hören, ohne den jungen Burschen vor mir zu sehen, einen von den Streckenarbeitern, die fünfzig Meter zurück das Nachbargleis reparierten. Ältere Leute meist, die die Mützen in die Stirn drückten und kaum aufsahen, wenn nebenan ein Zug hielt. Aber dieser Junge stieß seine Spitzhacke in einen Erdhaufen und kam langsam die fünfzig Schritte zu uns heran.

Er, ein Unbekannter, den keiner von uns wiedersehen wird, überbrachte uns *die Nachricht*. Er stand auf dem Schotter des Nachbargleises und sah zu uns herauf.

»Wißt ihr's schon?« sagte er, gar nicht besonders laut. »Seit einer Stunde haben die Russen einen Mann im Kosmos.«

Ich sah die Wolken und ihre leichten Schatten auf der fernen, lieben Erde. Für einen Moment erwachte in mir der Bauernsohn. Der vollkommen schwarze Himmel sah wie ein frischgepflügtes Feld aus, und die Sterne waren die Saatkörner.

Wann hörte die Stille auf, die dröhnend den Worten des Jungen folgte? Dadurch bekam alles, was bisher geschehen ist, seinen Sinn: daß ein Bauernsohn den Himmel pflügt und Sterne als Saatkörner über ihn verstreut...

Wann hört die Stille auf?

Aber man schwieg ja gar nicht. Ausrufe kamen, Fragen. Jemand pfiff sogar, lang anhaltend wie bei einem guten Boxkampf. Der Junge, zufrieden mit seinem Erfolg, lachte mit kräftigen Zähnen. Und aus den Lautsprechern schallte, mit unveränderter Stimme, immer noch dieser Schlager.

Und doch: Es war still. Eine Stille, in der jeder auf den neuen Ton lauschte, den man da also, in diesen Minuten, dem alten wohlbekannten Erdenkonzert zugefügt hatte.

Wohlbekannt? Fuhr nicht der Schatten der blitzenden Kapsel da oben wie ein Skalpell quer über alle Meridiane und schlitzte die Erdkruste auf bis auf ihren kochenden rotglühenden Kern? War sie das denn noch, die Runde, Bedächtige, die mit ihrer lebenden Last gemächlich durch das All trudelte? Wurde sie nicht mit einem Schlag jünger, zorniger durch die Herausforderung ihres Sohnes?

Soll sie denn ganz und gar aus den Angeln gehen, deine Welt, die dich doch, was immer sie dir angetan haben mochte, umschloß als einzige Möglichkeit deines Daseins? Dieses schmerzhafte Ziehen an den Bändern, die bis jetzt die Welt gehalten...Wirst du der plötzlichen Befreiung vom So-und-

nicht-anders gewachsen sein? Wird unser bißchen Menschen-
wärme ausreichen, der Kälte des Kosmos standzuhalten?

Dieses Dörfchen da, die betriebsamen Arbeiter an der Strecke,
der unbewegliche einsame Mann am Waldrand – sind sie jetzt
noch dieselben? Während *die Nachricht*, da sie um den Erdball
fuhr, wie eine Flamme die schimmelpelzige Haut von Jahrhunderten abfraß. Während unser Zug, lautlos anfahrend, dieses Stückchen Weideland, das Dorf, den leicht geschwungenen
Waldrand mit dem einsamen Mann davor für immer verließ...

Die Scheu, sich preiszugeben, trieb sie unter verschiedenen
Vorwänden auseinander. Auf einmal war der Wagen leer. Rita
stellte sich hinter den Bremsmeister, der auf einem der Fenster-
tischchen sein Kontrollbuch aufschlug und unter das Datum
12. April 1961 den Satz schrieb: »Soeben 8 Uhr 15 erfahren,
daß bemanntes sowjetisches Raumschiff im All.« Dann zog er
seine Stoppuhr aus der Tasche, wickelte sie aus einem alten
weichen Wollappen und legte sie neben das Buch. Der Lok-
führer wußte, worauf es jetzt ankam. Er steigerte die Geschwindigkeit schnell (nur noch eine kurze gerade Bremsstrecke lag
vor uns: Jetzt mußten wir bremsen, sonst war die Gelegenheit
verpaßt). Der Bremsmeister nahm die Uhr in die Hand. Er
spähte angestrengt aus dem Fenster nach den Kilometersteinen,
die immer schneller vorbeisausten. Er braucht die Stoppuhr
kaum. Seit zehn Jahren hat er jede Bremse in jedem Wagen
geprüft, der das Werk verließ. Aber er trägt gewissenhaft die
wachsende Geschwindigkeit in sein Buch ein (wenn die Bremsen geprüft werden, darf der Zug nicht unter 80 Stunden-
kilometer fahren): Sein Daumen mit dem hornig gespaltenen
Nagel drückt auf den Zeitnehmerknopf der Uhr. Die Zeit ver-
rinnt, rasend schnell. Der nächste Kilometerstein. Ein neuer
Daumendruck. Die auf die Uhr gebannte Zeit wird durch ein
blitzschnelles Rechenmanöver in Geschwindigkeit verwandelt.

Ernst Wendland wollte an diesem Tag selbst den Bremshebel
ziehen. Er stand schon in der Tür, die Hand an der Notbremse,
und ließ den Bremsmeister nicht mehr aus den Augen. Sein
Gesicht war gesammelt. Er hatte jetzt auf nichts anderes zu
achten, als auf das Zeichen des Bremsmeisters, der immer noch
nicht mit der Geschwindigkeit zufrieden war. Endlich hob er
den Arm. Wendland straffte sich. Der Bremsmeister läßt in dem
Augenblick, da der nächste Kilometerstein an ihnen vorbei-
fliegt, den Arm niedersausen: »Jetzt!« In der gleichen Sekunde
reißt Wendland mit aller Kraft die Notbremse. Das gräßliche

Kreischen der Bremsen setzt ein, dauert, dauert, will kein Ende nehmen...

Der Bremsmeister sah gespannt hinaus. Langsamer fuhren die Telegrafenmasten vorbei. Der Zug, widersetzlich, unwillig, endlich zur Räson gezwungen, stand.

Ehe man noch hinausgesprungen war, den Bremsweg gemessen, berechnet hatte, schüttelte der Bremsmeister den Kopf, und aus den anderen Wagen kamen die alten Hasen der Probefahrten wie zufällig bei ihm zusammen – alle, die ohne Messung und Berechnung wußten: Der Bremsweg ist zu lang gewesen.

Das war ihnen in Jahren noch niemals passiert.

Rita teilte die Unruhe und Besorgnis, die, ohne ausgesprochen zu werden, alle ergriff. Was jetzt gesprochen, vereinbart, veranlaßt wurde, war ihr durchschaubar. Hier war etwas, was sie nicht nur obenhin kannte: Diesem Wagen, der äußerlich glatt und glänzend war, sah sie unter die Haut. Sie war froh darüber. Ich gehöre dazu, dachte sie.

Manfred, der sie allein gelassen hatte, sah ihr das an, als er zu ihnen trat – gerade in dem Augenblick, da sich ihre Bestürzung in Lachen auflöste. Einer der Monteure hatte, als er hörte, der Bremsweg sei zweihundert Meter zu lang gewesen, mißbilligend den Kopf geschüttelt, mit dem Daumen über die Schulter in die Höhe gezeigt und gesagt: »Wenn nun *dem* so etwas passierte!«

Manfred sah Rita lachen und wußte, daß sie jetzt ein Glück empfand, von dem er ausgeschlossen war. Sie sah, daß er das Gesicht verzog und fragte sich erschrocken: Womit hab ich ihn verletzt?

Inzwischen war der andere, dessen Tag dies war, inmitten eines Feuerballs singend zur Erde niedergestürzt; war sicher, mit »reinem Gewissen« gelandet und von einer Frau, einem kleinen Mädchen und einem gefleckten Kälbchen auf heimatlichem Boden empfangen worden.

Wir aber – wir hatten den Rückweg angetreten, hatten einen anderen Bremshebel mit Erfolg gebremst und lagen nun, da unsere alte Lokomotive auf der Strecke liegengeblieben war, in der Mittagssonne an der Bahnböschung. Da hielt Manfred das Schweigen nicht mehr aus.

»Was jetzt kommt«, sagte er, ohne die Augen aufzumachen und sein Gesicht aus der Sonne zu drehen, »das weiß ich schon. Eine Propagandaschlacht größten Stils um den ersten Kosmonauten. Sirrende, glühende Telegrafendrähte. Eine Sturmflut von bedrucktem Papier, unter der die Menschheit weiterleben wird wie eh und je. Der Bauer da«, Manfred zeigte auf einen Mann, der weit hinten auf dem Acker mit einem Pferdegespann arbeitete, »der wird auch morgen seine Pferdchen anspannen. Und unsere ausgediente Lokomotive, dieses Vehikel des vorigen Jahrhunderts, läßt uns wie zum Hohn schon heute im Stich. Welch ein Haufen von unnötiger Alltagsmühsal! Die wird kein bißchen leichter durch die glanzvollen Extravaganzen in der Stratosphäre...« Manfred bekam keine Antwort. Wendland schwieg aus Taktgefühl – er konnte sich nie gegen einen sichtlich Schwächeren wehren – Rita aus Scham und Zorn. Das bist du doch nicht! Was suchst du in dieser Krämermaske?

Heute versteht sie ihn besser: »Der Bodensatz der Geschichte ist das Unglück des einzelnen.« Er tat damals schon alles, diesen entnervenden Gedanken in sich zu festigen.

Nach einer Weile fragte Wendland höflich: »Hat Ihr Vater sich in seine neue Aufgabe hineingefunden?« Er verriet damit, daß seine Gedanken den gleichen Weg gegangen waren wie die ihren.

Manfred horchte auf. Neue Aufgabe? Was für eine neue Aufgabe?

Wie, das wußte er nicht? Herr Herrfurth arbeitete doch seit vier Wochen als Hauptbuchhalter.

»Also – degradiert?«

Wendland verwünschte sich. Heute lief jedes Gespräch mit diesem Menschen auf Peinlichkeit hinaus. Hatte der alte Herrfurth zu Hause Komödie gespielt. Seine Sache. Paßte zu ihm. Aber was sagt man nun dem Jungen? Diesem schwierigen, hochnäsigen Kerl, dem wer weiß was für Grillen quer im Kopf sitzen, daß er bedenkenlos zu den plattesten Argumenten greift? – Ach was. Hatte es nicht ein gemeinsames Mittagessen gegeben (Eisbein und Sauerkraut in der Eckkneipe), und am Ende einen ehrlichen Händedruck?

Daran erinnerte Wendland ihn jetzt. »Nicht jeder«, sagte er, »muß auf Gedeih und Verderb, auf Biegen oder Brechen abwarten, bis eine Aufgabe, die über ihn hinausgewachsen ist, ihn erschlägt. So wie ich das leider muß«, sagte er sogar im Scherz. »Was Ihren Vater betrifft...Ich glaube, ihm ist jetzt wohler.« Er baute goldene Brücken für Manfred, aber der dachte nicht daran, darüberzugehen. Wer hätte voraussehen können, daß ihn diese Rückversetzung seines Vaters so kränken würde? Er wollte es sich nicht anmerken lassen, und das machte alles noch schlimmer.

»Ach so«, sagte er. »Die alte Leier: Der Mohr hat seine Schuldigkeit getan...« Natürlich wolle ausgerechnet er sich nicht zum Anwalt seines Vaters aufwerfen. Das wäre ja lächerlich. Immerhin gestatte er sich die Frage nach dem Nutzen des heute so übermäßig verbreiteten Mißtrauens, genannt: Wachsamkeit.

»Sie vermengen verschiedene Dinge«, sagte Wendland schonend.

Doch Schonung war das letzte, was Manfred jetzt vertrug.

»So«, sagte er. »Ich vermenge. Gut. Vielleicht fehlt mir die glasharte Nüchternheit des wissenschaftlichen Denkens. Aber der Sinn für die Pikanterie gewisser Widersprüche fehlt mir nicht. – Zum Beispiel: Für den Widerspruch zwischen Mittel und Zweck.«

Gewiß, erwiderte Wendland. Das sei oft schwer, beides in Übereinstimmung zu bringen.

»Sagen Sie doch: Es ist unmöglich«, fiel Manfred ihm ins Wort. »Ehrlichkeit ziert jeden Menschen.«

»Und würde auch dich zieren!« sagte Rita heftig.

Er hatte sich in der Hand. Er verbeugte sich im Sitzen und sagte kühl: »Ich werde mich bemühen.« Schon wieder zu Wendland gewandt, fuhr er fort: »Mir scheint, ich werde hier mißverstanden. Man hält mich wohl für einen Ankläger. Nichts liegt mir ferner! Ich bedaure nur die Unmasse von Illusion und Energie, die an Unmögliches verschwendet wird. Moral in diese Welt bringen! – Das wollt ihr doch, nicht wahr?«

»Es ist eine Existenzfrage für die Menschheit«, sagte Wendland.

»Eben«, erwiderte Manfred. »Die letzte Hoffnung. Gescheitert, wie die Dinge einmal liegen. Eines Tages werdet ihr es zugeben müssen.«

Wendland hatte sich aufgerichtet. Scharf sagte er: »Und wozu brauchen Sie diese Deckung?«

Rita erschrak, ohne zu verstehen. Manfred verstand, ohne zu erschrecken. Er zeigte Anerkennung für Wendlands Scharfsinn. Dann bediente er sich, verletzend nachlässig, wieder seiner Maske.

»Deckung?« fragte er. »Ich weiß nicht, was Sie meinen. Ich spreche von Erfahrungen. Von Erfahrungen mit – Menschlichkeit. Wenn's drauf ankommt, blättert die doch zuerst ab. Ja: Habsucht, Eigenliebe, Mißtrauen, Neid – darauf kann man sich immer verlassen. Gute alte Gewohnheiten aus unserer Halbtierzeit. Aber Menschlichkeit?«

»Auch Dreck schleppt man nur so lange mit, wie er einem nützlich ist«, sagte Wendland. »Bloß den Haß werden wir noch lange brauchen...«

»Und die Liebe?« fragte Rita schüchtern.

Wendland schlug ohne Grund eine Blutwelle ins Gesicht. Er schwieg.

Manfred stand auf.

»Für die großen Gefühle bin ich wohl nicht zuständig«, sagte er grob.

Viel später sagte Wendland einmal zu Rita: »Man denkt immer, man hat noch viel Zeit, etwas in Ordnung zu bringen. Dabei hätte mir damals alles klar sein sollen...«

Manfred drehte sich noch einmal um, ehe er in den Zug einstieg (die neue Lok kam gerade an); er hielt ihnen sein Gesicht hin, erbarmungswürdig nackt. Sie begriffen, daß er nicht vertrug, wenn das Wort »Liebe« – gleichgültig in welchem Zusammenhang – zwischen ihnen ausgesprochen wurde. »Ja!« rief er erbittert. »Abschminken! Die großen Gefühle, die tönenden Phrasen...Endlich abschminken! Das ist das einzige, was uns bleibt.«

Rita war wie gelähmt vor Mitleid und Traurigkeit. Sie wußte: Sich selbst hatte er am schwersten verwundet.

Als sie an jenem Abend nach Hause kamen, ging er mit ihr an der Wohnungstür seiner Eltern vorbei, hinter der doch ihr Abendbrot auf sie lauerte. Er führte sie gleich in ihre Kammer, zog sie ans Fenster, das einen wolkigrosigen Sonnenuntergang einrahmte. Er nahm ihr Gesicht in seine Hände und sah sie aufmerksam an. Nichts mehr von Hochmut und Herausforderung.

»Was suchst du?« fragte sie angstvoll.

»Den festen Punkt«, erwiderte er. »Den man braucht, um sich nicht ganz zu verlieren...«

»Bei mir suchst du ihn?«

»Wo sonst?« fragte er.

»So warst du meiner nicht mehr sicher?«

»Doch«, sagte Manfred. »Mein braunes Fräulein...Laß mich immer sicher sein, ja?«

»So sicher du willst«, sagte sie.

Sie hielten die Augen geschlossen. Wie weit und wie lange, für welche Schicksalsfälle konnte Liebe Sicherheit geben?

24

Der Mai damals war kalt. Die Leute, in ihrer lang angestauten Sehnsucht nach Wärme betrogen, heizten mürrisch weiter ihre Öfen; umsonst verblühten die Bäume in den Gärten. Der Wind fegte den Blütenschnee im Rinnstein zusammen. Und doch wäre all dies – die Kälte, der traurig wirbelnde unnütze Blütenschnee und der durchdringende Wind – kein Grund gewesen, bis in die Seele hinein zu frieren und bange zu sein.

Rita kannte nun die Stadt. In allen Einzelheiten sah sie bei geschlossenen Augen ihre Straßen und Plätze vor sich, wie man nur Bilder in sich bewahrt, die man hundertmal gesehen hat. Doch im Licht dieser Maitage war die Stadt ihr fremd. Vom tiefen, bewölkten Himmel ging eine unbestimmte Drohung aus, und unterirdisch stieg, so schien es, eine trübe Flut von Lüge, Dummheit, Verrat. Noch verbarg sie sich; aber wie lange konnte es dauern, und sie würde durch Häuserritzen und Kellerfenster auf die Straßen sickern?

Das tiefe Unbehagen der Menschen entlud sich manchmal in Fluchen und wüstem Geschimpf in der übervollen Straßenbahn. Nicht weniger beunruhigte sie die angespannte, gesammelte Aufmerksamkeit Erwin Schwarzenbachs, wenn er jetzt ihre Klasse betrat. Als sei er immer auf jede Art von Überraschung, auf jede Art von Kampf vorbereitet. Er war feinfühliger als sonst, gleichzeitig verlangte er mehr von ihnen als früher und bekämpfte jedes Zeichen von Sichgehenlassen mit ungewöhnlicher Härte. Am schlimmsten von allem war Manfreds Veränderung. Not und Gefahr hatten sein Bewußtsein auf einen Punkt verengt. Manchmal nur, wenn er bei ihr war, hatte er den brennenden Wunsch, wenigstens zu leiden.

Sie war die einzige, die er noch schonte. Seinen Eltern zeigte er offen seinen Haß. Rita war jeden Abend auf das Schlimmste gefaßt, wenn sie im Lichtkreis der Herrfurthschen Lampe saß. Sie wußte kaum, was sie aß, achtete nicht auf die kümmerlichen Gespräche. Sie hörte nur auf die geschmeidige, geschulte Stimme des Radiosprechers *(Eine freie Stimme der freien Welt)*, von dem Frau Herrfurth ihr Evangelium empfing. Wann würde diese Stimme die Verbindlichkeit aufgeben und zustoßen? Wann von Versprechungen zur Drohung übergehen?

Rita sah von ihrem Teller auf, in die Gesichter der anderen: Das nervöse, gereizte Funkeln in Frau Herrfurths Augen,

Herrn Herrfurths schwächliche Gleichgültigkeit, Manfreds verschlossenen Haß.

Keiner mehr, der den Schein wahrte.

Kein noch so oberflächliches Gespräch.

Nackte Fremdheit.

Nur einmal noch brach alles aus: Als Manfred seinen Vater schonungslos in die Enge trieb, bis der zugab: Jawohl, man hat mich im Betrieb von meinem Posten abgesetzt. Ja – ich bin jetzt Buchhalter. Frau Herrfurth griff zum Herzen und lief schluchzend aus dem Zimmer. Manfred hörte nicht auf, seinen Vater zu verhöhnen. Da wies Rita ihn scharf zurecht. Er brach mitten im Satz ab und ging aus dem Zimmer. Rita blieb mit seinem Vater allein.

Herr Herrfurth sah sie klagend an, ohne zu versuchen, etwas von seiner Straffheit, seiner Männlichkeit, seiner Ritterlichkeit zu retten. »Fräulein Rita«, sagte er. »Ich glaube, Sie sind ein guter Mensch. Sagen Sie mir doch: Womit habe ich das verdient?«

»Und das erschüttert dich?« fragte Manfred sie später verächtlich. »Diese ewige Leier der zahnlosen Alten, die nicht ernten wollen, was sie gesät haben? Die auch noch ihre Hilflosigkeit gegen uns mißbrauchen? – Mitleid? Bei mir nicht!«

»Deine Mutter scheint krank zu sein«, sagte Rita. »Sie nimmt heimlich Tropfen.«

»Meine Mutter ist hysterisch, seit ich sie kenne.«

»Laß uns hier ausziehen«, bat sie ihn.

»Wohin?« fragte er mutlos. Eins war ihm jetzt so gut und so schlimm wie das andere.

Sie wollte sagen: Ich habe Angst. Hier werde ich dich verlieren. Statt dessen sagte sie: »Du sprengst doch deine ganze Familie.«

»Ja«, erwiderte er. »Wenigstens hier will ich Heuchelei nicht stumm ertragen.«

»Weil die anderen schwächer sind als du.«

Er sah sie überrascht an. »Mag sein«, sagte er. »Ich bin kein Märtyrer.«

»Das hab ich Martin schon mal gesagt: Er ist kein Held.«

Sie wagte viel. Er lachte nur. »Kluges Mädchen«, sagte er. »Nur daß du eins vergißt: Wir einzelnen sind bloß so unheldisch wie diese ganze unheldische Zeit.«

»Und Martin?« fragte sie.

»Martin ist jung. Jeder löckt mal wider den Stachel. Aber sie haben ihn ja schon kaltgestellt. Das nächste Mal überlegt er sich, was er tut.«

»Und wenn nicht? Wenn ihm die Gerechtigkeit mehr wert ist als alles andere?«

»Dann ist er kein Held, sondern ein Dummkopf«, sagte Manfred schroff.

»Was möchtest du also?«

Er sagte: »Ruhe will ich. Ich will nicht mehr behelligt werden.«

Nein, dachte Rita. Ich müßte dich nicht kennen. Ich hab dich doch mit Martin bei der Arbeit gesehen. So lebendig bist du nie wieder gewesen.

Er erhoffte keine Hilfe mehr von ihr. Schlimmer als alles war die ungläubige Rührung, mit der er sie manchmal ansah. Sein Bedürfnis, in ihrer Nähe zu sein, die Heftigkeit seiner Umarmungen, die Unersättlichkeit seiner Zärtlichkeiten täuschten sie nicht. Manchmal, wenn sie sich wiederfanden – in ihrem Zimmer, im grünen Radiolicht – sahen sie aneinander vorbei. – Mein Gott – laß ihn nicht verlorengehen! Laß es uns nicht auseinandertreiben.

Eines Abends – einer der ganz seltenen feuchtwarmen, üppigen Maiabende – kam Rita nach überstandener Prüfung aus dem Institut. Sie sah sich vergebens nach Manfred um, der sie abholen wollte. Sie ging langsam den Weg, auf dem sie ihn treffen mußte, wenn er noch kam.

In einer stillen Nebenstraße bremste plötzlich hart neben ihr ein Auto. Ernst Wendland stieg aus dem Wagen.

»Sie kommen mir gerade recht«, sagte sie impulsiv.

»Ich?« fragte er. »Ich komme Ihnen recht? – Wissen Sie überhaupt, was Sie da sagen?«

Doch er fiel sofort wieder in den freundschaftlichen Ton zurück, der zwischen ihnen üblich geworden war. Er lud sie zum Abendessen ein, irgendwo draußen, vor der Stadt. Rita hatte Lust, mit ihm zu fahren, aber sie zögerte. Er sagte: »Können Sie sich nicht vorstellen, daß ein einsamer Mann manchmal für eine Stunde nicht allein sein will?«

Rita dachte: Warum hat Manfred mich nicht abgeholt! Sie stieg zu Wendland ins Auto.

Sie müssen dicht an der Straßenecke vorbeigefahren sein, wo Manfred seit einer Stunde auf Rita wartete. Er hatte alles mit angesehen: das haltende Auto, Wendland, seine Werbung, ihr Zögern, ihre Einwilligung.

Die beiden im Auto schwiegen. Rita merkte, warum sie wirklich mit ihm gefahren war: nicht seinetwegen. Ihretwegen. Ausruhen können, nichts denken müssen, keine Verantwortung haben. – Habe ich denn sonst die Verantwortung? fragte sie sich erstaunt. Aber ja doch. Das weißt du doch selbst.

Wendland beobachtete sie. Er sagte: »Mir scheint, Sie wußten gar nicht, daß Frühling ist.«

Sie nickte.

»Sie sind müde«, sagte er.

Sie erzählte von den Prüfungen. Sofort hielt er an und kaufte ihr Blumen, Narzissen mit Birkengrün. Dann ließ er sich alles genau erzählen, jede einzelne Prüfung in jedem Fach, und warum sie da besser, hier schlechter abgeschnitten hatte. Auf einmal stockte sie. Wozu will er das alles wissen? »Interessiert Sie denn mein Kram wirklich?« fragte sie ihn mißtrauisch.

Er wurde um einen Schein blasser wie bei einer unverdienten Kränkung. Ihre Unbefangenheit war dahin. Was tu ich? fragte sie sich. Wohin soll das führen?

Sie hatten die Chemiewerke schon hinter sich und fuhren auf der schnurgeraden Straße nach Süden, dauernd von überbreiten Lastwagen, Öltanks und dem Schwarm der heimkehrenden Fahrräder behindert. Da sagte er als verspätete Antwort auf ihre Frage: »Wissen Sie, wo ich jetzt eigentlich sein müßte? Auf einer Versammlung, in deren Rednerliste mein Name steht.«

Warum erzählt er mir das? Wäre er doch in seine Versammlung gegangen... Und doch war es angenehm zu wissen, daß dieser zuverlässige Mensch ihretwegen leichtsinnig wurde. »Wie wollen Sie sich morgen entschuldigen?« fragte sie.

Er sagte: »Ich werde sagen, daß ich unbedingt nachsehen mußte, ob das stimmt, was sie im Radio erzählen: daß die Bäume blühen und die Vögel singen und irgendwo in der Welt Leute herumlaufen, die glücklich sind. Ich habe herausgefunden: Es stimmt. Nun können wir weiter Versammlungen machen. – Übrigens ist es mein erster Ausbrecher«, setzte er hinzu.

»Meiner auch«, sagte sie schnell. Sie lachten.

Er führte sie in ein kleines dörfliches Lokal mit einem Nußbaumgarten und einem Blick über blühende Bergabhänge jenseits eines kleinen Flusses. »Das kennen viele nicht«, sagte er. »Keiner vermutet so was Hübsches so nah bei der Stadt.«

Er bestellte für beide, ohne sie zu fragen und saß ihr dann ruhig gegenüber. Er war hagerer geworden (aber es steht ihm, dachte sie) und hatte kleine müde Falten um die Augen. »Sie schlafen sicher zu wenig«, sagte sie.

Ja, erwiderte Wendland. Daran habe er sich gewöhnt. »Das ist jetzt wie eine Zerreißprobe, in der wir alle stecken. Besonders wir im Betrieb.«

Er fing an, zu erzählen. Sie dachte: Das sind ja immer noch die gleichen Schwierigkeiten wie vor einem Jahr! Doch er behauptete: Nein. Die Schwierigkeiten sind größer geworden, weil wir gewachsen sind. Rita fragte nach Meternagel, den sie wegen der Prüfungen lange nicht gesehen hatte. Wendland lachte. »Der macht seine eigenen Zerreißproben. Augenblicklich zerreißt er seinen Brigadier.« Da müßte man dabeisein, dachte Rita. Daß er sich nur nicht übernimmt!

»In den Ferien komme ich wieder ins Werk«, sagte sie plötzlich, auch für sich selbst unerwartet.

»Wirklich?« fragte Wendland froh. »Das ist Ihr Ernst?«

Ihr Entschluß erleichterte sie. Da war etwas Festes in Aussicht, darauf konnte man zugehen. Wendland sah sie an. »Sie haben es auch nicht immer leicht?« fragte er leise, besorgt, der dünne Faden von Einverständnis und Vertrautsein zwischen ihnen könnte zerreißen. Sie antwortete nicht, aber sie wies ihn auch nicht zurück. Ich nutze ihre Verzagtheit aus, dachte er. Das hätte mir früher mal einer sagen sollen!

Dann fing Rita an, über Manfred zu sprechen. Nach den ersten Sätzen wünschte sie, sie hätte geschwiegen – verriet sie ihn nicht an den anderen? –, aber nun war es zu spät. Wendland rauchte ruhig weiter und sagte nichts, bis er sich wieder in der Hand hatte. Wie dieses Mädchen von dem anderen sprach! Was für Augen sie bekam, wenn sie an ihn dachte!

Er ließ sich alles genau erzählen: Die Zustände in Manfreds Institut; seine Freundschaft und Arbeitsgemeinschaft mit Martin Jung; die neue Maschine; der ergebnislose Kampf im Werk. Am Ende sagte er nur: »Damit hätten Sie früher zu mir kommen müssen. Dafür werden sich ein paar Leute interessieren.«

Rita erschrak. »Sagen Sie niemandem was. Sie glauben nicht, wie böse er mir wäre!«

»Wenn seine Maschine doch ausprobiert würde?«

»Sie – wollen sich dafür einsetzen?«

»Warum nicht«, sagte er. Er schlug die Augen nieder. Die jähe Freude und das Zutrauen in ihrem Blick brannten ihm auf der Haut. »Wenn er es nicht selber tut...«

»Sie meinen auch, er dürfte nicht aufgeben?« fragte Rita.

Wendland zuckte die Achseln. Schwer zu sagen. Mancher hat sich auch schon ganz umsonst den Schädel eingerannt.

»Aber wie soll man sich sonst seine Selbstachtung bewahren?« fragte Rita. Die Frage quälte sie, seit sie zusehen mußte, wie Manfred sich veränderte.

Wir sind uns zu ähnlich, dachte Wendland. Ich *muß* ihr ja langweilig sein.

Sie saßen schon wieder im Auto, da sagte er noch, ohne besondere Betonung: »Wissen Sie, es gibt einen Sog der Leere. Der ist ihm, glaube ich, nicht ungefährlich. Eine eiskalte Zone, wo einem alles gleichgültig wird.«

Rita dachte: Ja. Aber woher weißt du davon?

Je näher sie der Stadt kamen, um so stärker wurde Ritas Schuldgefühl.

Sie versuchte, es sich auszureden. Aber sie konnte kaum die Bitte unterdrücken, Wendland möge schon an ihrer Straßenecke halten, nicht erst vor ihrem Haus. Sie stellte sich vor, daß Manfred das Bremsen des Wagens, das Türenschlagen, den Abschiedsgruß hören würde...

Wendland sah sie spöttisch von der Seite an. Und wie willst *du* dich entschuldigen? dachte er.

Ihr Trotz erwachte. Nein, diesen Nachmittag nehme ich nicht zurück: Einem Menschen gegenübersitzen, den man ruhig ansehen kann, ohne Angst, daß er das nicht aushält; daß da ein anderes Gesicht unter seiner Alltagshaut hervorkommt; daß er gar nicht der ist, der er ist...

»Ich danke Ihnen«, sagte sie beim Abschied. Dann lief sie, als gälte es das Leben, die Treppen hinauf.

Die Kammer war leer.

Manfred kam um Mitternacht. Er beachtete sie nicht, ging zur Waschschüssel, wusch sich lange und rieb sich trocken. Rita ließ kein Auge von ihm.

»Wenn es nach mir gegangen wäre«, sagte er kalt, »hätte ich heute woanders übernachtet. Aber keine wollte mich dabehalten.«

Rita stand sehr dicht vor ihm. Er konnte sehen, wie ihre

Augen schwarz wurden vor Schmerz und Zorn. Wie der Zorn alles wegspülte: das Mitleid mit ihm, die Gewohnheit, ihn zu schonen. Sie packte ihn an den Schultern und rüttelte ihn mit aller Kraft.

»Was sagst du da! Was sagst du da!«

Sie schrie gegen ihr eigenes Schuldgefühl. Gegen die Angst der langen Wartestunden. Gegen die Ruhe, die sie bei Wendland empfunden hatte. Gegen die Gefahr, in der Manfred war.

Daß er erschrak, befriedigte sie. So hat er mich noch nie gesehen – ja, das glaub ich. Endlich laß ich mich mal los. Und ich hör noch nicht auf. Er soll Angst haben um mich, er soll sehen, wie das ist, was anderes weiß ich nicht mehr...

Manfred merkte nicht, wie von einer Sekunde zur anderen der Zorn in ihr zusammensank. Sie aber spürte es genau, und doch rüttelte sie ihn weiter, bis er ihre Hände festhielt. So ist das also, wenn man gar nichts mehr fühlt und nur noch weitermacht, um etwas zu erreichen... Sie sah sich und ihn stehen, sie sah, wie schlecht sie spielte, aber er merkte es nicht. Und sie erreichte, was sie wollte: daß er Reue zeigte, daß er sie streichelte.

Sie machte sich los. Sie setzte sich auf einen Stuhl und weinte. Soll er glauben, er habe mich so verletzt. Aber wie unwichtig ist das, was er gesagt hat oder viel Schlimmeres, was er noch sagen könnte, gegen das, was ich nun weiß: Ich bin machtlos. Ich hab nichts, um ihm zu helfen. Es kann ein schlimmes Ende mit uns nehmen...

Was sagte er? Hör doch auf, um Gottes willen, ich bitte dich, hör auf. Was soll ich denn tun, daß du aufhörst? Nicht doch, nicht doch...

Rita wurde ruhiger.

Er glaubte immer noch, er müsse sich verteidigen. Er hatte keine Ahnung, warum sie weinte.

»Ich hab dich doch vorhin in sein Auto steigen sehen. Ich stand an der Ecke, wo du immer vorbeikommst. Ich hatte so einen komischen Maiglöckchenstrauß gekauft... Was ist überhaupt mit deiner Prüfung? Gut? Nun hab ich den Strauß weggegeben, einem kleinen Mädchen, draußen in der Vorstadt.

Erinnerst du dich an das ulkige Kino, in dem wir einmal waren? Da haben sie nebenan eine neue Tankstelle aufgemacht. Ich hab mich hingestellt und zugesehen, wie sie Autos waschen. Sehr geschickt machen sie das. Es hat mir gefallen, ich hab sie beneidet. Ich bin hingegangen und hab gefragt: Kann man hier Autos waschen? Der eine hat mich von oben bis unten angesehen und hat gesagt: Wann wollen Sie Ihren Wagen bringen, junger Mann?«

Und dann?

»Dann bin ich umhergegangen. Weiß gar nicht mehr, wo. Ja, ich hab wirklich ein Mädchen von früher getroffen. Sie hat mich nicht haben wollen...«

Er wälzte diese Stunden von sich ab. Er sagte ihr: »Ich würde nicht ertragen, dich zu verlieren. Du weißt es.«

»Ich werde mich zusammennehmen«, sagte er. »Ich werde nicht mehr wie ein Irrer durch die Welt laufen. Ich werde nicht mehr eifersüchtig sein.«

Sie lächelte. Du wirst weiter so durch die Welt rennen. Du wirst immer weiter eifersüchtig sein.

Und?

Wir werden uns weiter lieben.

Aber Rita wußte jetzt: Wir sind gegen nichts gefeit. Wir sind allen Gefahren genauso ausgesetzt wie andere Leute. Uns kann alles passieren, was anderen passiert.

Sie vergaß dieses Wissen wieder. Nur manchmal merkte sie, daß sie jetzt täglich auf ein Unglück wartete.

25

Zwei, drei Wochen hatte sie noch Zeit. Wie sie sich auch anstrengt: Diese Wochen sind ausgelöscht in ihrer Erinnerung. Die Tage müssen ja vergangen sein, sie müssen ja miteinander gesprochen haben, sie müssen ja gelebt haben – sie weiß nichts mehr davon. Manfred fuhr weg – für ein paar Tage nur, zu einem Chemikerkongreß nach Berlin – sie weiß nicht einmal mehr, ob sie Sehnsucht nach ihm hatte, ob böse Ahnungen sie quälten.

Sie weiß nur noch: Eines Abends trat Frau Herrfurth ihr in der Tür entgegen (worüber freut sie sich heute nur, dachte Rita mit einem unangenehmen Vorgefühl) und hielt ihr einen Brief von Manfred hin. Rita wußte immer noch nichts. Sie öffnete den Brief, sie las ihn, aber sie verstand kein Wort. Sie verstand erst, als seine Mutter sagte: »Er hat endlich Vernunft angenommen. Er ist dort geblieben.« Sie war zufrieden. Sie hatte ihr Werk getan.

Rita las: »Ich gebe Dir Nachricht, wenn Du kommen sollst. Ich lebe nur für den Tag, da Du wieder bei mir bist. Denk immer daran.«

So trifft einer uns nur ganz aus der Nähe, einer, der unsere verwundbarste Stelle kennt, der in aller Ruhe zielt und zuschlägt, weil er weiß: Dessen hat man sich nicht versehen. Kann denn einer verschwunden sein, verloren, der einem noch so weh tut?

Frau Herrfurth sagte: »Sie wohnen natürlich weiter bei uns.« Sie konnte sich jetzt Mitleid leisten. Alles würde beim alten bleiben, nicht wahr? Ein paar Sachen würden natürlich aus der Kammer geräumt – seine Kleider und seine Wäsche, seine Bücher, ein Regal...

Eines Abends lief die wiedererwachte Schildkröte Kleopatra im letzten Sonnenstreifen über die fast nackten Dielen, hin und her, hin und her. Rita sah ihr zu, bis ihr die Augen weh taten.

Sie stand auf und hob das Tier in seine Kiste. Sie ekelte sich plötzlich, es anzufassen. Der stumpf-traurige Blick der uralten Augen war ihr auf einmal unheimlich. Sie ging zu Bett. Sie lag, die Arme unter dem Kopf verschränkt, und sah zur Decke. Sie war ganz ruhig. Sie fühlte, daß eine tödliche Starre auf sie zukam. Das war ihr recht, sie tat nichts dagegen. Er ist gegangen. Wie irgendein zufälliger Bekannter ist er aus dem Haus gegangen und hat die Tür hinter sich zugemacht. Er ist weggegangen, um nie mehr zurückzukehren.

Da lächelt man über die alten Bücher, die von unheimlichen Abgründen erzählen und von schrecklichen Versuchungen, denen man nur schwer widersteht. Sie lügen nicht.

Rita sprach mit niemandem in dieser Zeit. Sie sammelte ihr letztes bißchen Kraft und schützte sich durch Schweigen. Sie ließ sich von Sigrid, der eifrigen, dankbaren Sigrid, ins Schlepptau des Prüfungsfiebers nehmen. Sie tat, was man ihr sagte.

Manchmal ging ihr eine flüchtige Verwunderung durch den Kopf: Daß man so wegtreiben kann, Stück für Stück absterben, inmitten all der anderen, und keiner merkt etwas...Aber sie beklagte sich nicht. Sie litt fast nicht. Sie war die Hülle ihrer selbst. Sie ging wie ein Schatten durch Kulissen und wunderte sich nicht, daß die realen Dinge – Wände und Häuser und Straßen – lautlos vor ihr zurückwichen. Menschen anrühren, schmerzte. Sie mied Menschen. In der Herrfurthschen Wohnung, die Rita nie mehr betrat (»Wohnsarg, Eßsarg, Schlafsarg«), war ein erbitterter Kampf ausgebrochen. Ein Kampf um Leben und Tod, wie sich später zeigte. Frau Herrfurth konnte die Flucht ihres Sohnes nur als Signal für sich selbst deuten. Sie verlangte von ihrem Mann, sofort alle Brücken hinter sich abzubrechen. Ich hab alles vorbereitet, innerhalb von zwei Stunden können wir fliehen...

»Fliehen?« sagte Herr Herrfurth. »Warum denn? Und wohin?«

Mann Gottes – er weiß es nicht! In die Freiheit – endlich! Und wäre es nur, weil Eltern zu ihrem Kind gehörten.

»Wer weiß, ob dieses Kind Wert auf seine Eltern legt«, sagte Herr Herrfurth.

Herr Herrfurth war müde.

Seine Frau hatte einen guten Teil ihres Lebens daran gewendet, ihn müde zu machen, ihn sich unterzuordnen. Jetzt, wo es ein einziges Mal darauf ankäme, versagte die Unterordnung, und nur die Müdigkeit war geblieben.

Was immer für Hebel und Schrauben Frau Herrfurth ansetzte, Zustimmung, Auflehnung, Entschlüsse aus ihm zu pressen – sein Lebenssaft war Müdigkeit.

Er sah, wie sie sich aufregte. Wie ihr das Grauen vor der selbstverschuldeten Verstrickung in die Augen stieg, wie ihre Lippen blau wurden, wie sie immer öfter zu der kleinen braunen Flasche mit den Tropfen griff. Er sah: Das war kein Spiel, wenn sie plötzlich mit beiden Händen nach dem Herzen faßte.

Aber was konnte er – am Ende seines Lebens, das er nach Kräften genossen hatte (ohne sie, da es sich so ergab) –, was konnte er für diese Frau denn noch tun?

So saß er eines Nachts bei Rita in der kleinen kahlen Kammer. Es war Ende Juni. Für die meisten Leute hatten die Nächte schon den Geruch von See und Sommerweite, und Manfred war nun sechs Wochen weg. Herr Herrfurth hatte eben nach einem Krankenwagen telefonieren müssen. Fremde Leute mit gleichgültig-ernsten Gesichtern hatten seine Frau, die zwischen tiefblauen Lippen schwer nach Atem rang, auf einer Bahre aus dem Haus getragen.

Herr Herrfurth aber, nicht an schweigendes Dulden gewöhnt, war die Treppen hinaufgestiegen zu dem fremden Mädchen, das ihm als einziges noch geblieben war, und stellte ihm die Frage: »Was kann ich denn noch für sie tun?«

Er hockte in unfreier Haltung auf dem Stuhl. Er sah sich erstaunt in der Kammer um – nie war er hier gewesen, solange sein haßerfüllter Sohn sie bewohnte. Er stützte seinen Kopf in beide Hände und sagte dumpf: »Und diese Träume jede Nacht!«

Rita saß aufrecht im Bett und sah ihn an. Sein Jammer rührte sie nicht, seinen Selbstanklagen widersprach sie nicht. Sie träumte auch nicht. Das sagte sie ihm.

Wozu war er eigentlich gekommen?

Er hob den Kopf und wiegte ihn auf seinem hageren, faltigen Hals: Ach, ach Mädchen, und was haben sie aus dir gemacht...

Falsch, Herr Herrfurth. Das Ziel zeigt keine Wirkung. Dieses Mädchen, dem der Kopf noch dröhnt nach einem schweren, wohlgezielten Schlag, ist unempfindlich gegen Schläge, die auf andere niedergehen.

Herr Herrfurth redete dann einfach vor sich hin. »Was hätte ich denn ›dort‹ zu gewinnen?« fragte er laut. »Wer behängt sich denn ›dort‹ mit überaltertem Personal? Und hier? Ach, man läßt mich nun in Ruhe...Sie – sie hat den Jungen immer mehr geliebt als mich.«

Als er merkte, daß er über seine Frau sprach wie über eine Tote, verstummte er und starrte nur noch trübe vor sich hin.

Rita schlief ein und erwachte wieder – er saß immer noch da, im grauen Morgenlicht, undeutlich vor sich hin murmelnd. Ihr kam auf einmal vor, als sei diese Nacht und dieser Mann von allem Grauenvollen der letzten Zeit das Grauenvollste. »Gehen Sie doch!« sagte sie heftig. Er erhob sich gehorsam und ging.

Rita lag dann wach, bis es Tag wurde und von vielen Kirchen ein aufdringliches Geläute anhob und dauerte, dauerte. Pfingsten, dachte sie und hielt sich die Ohren zu.

Noch einmal kam Herr Herrfurth zu ihr. Das war fast eine Woche später. Er trug einen schwarzen Schlips und teilte ihr mit tränenerstickter Stimme mit, seine liebe Frau sei plötzlich und unerwartet in dieser Nacht verstorben und werde am dritten Tag, von heute aus gerechnet, beerdigt. Die abgegriffene Rolle des hinterbliebenen Ehemannes gab ihm für kurze Zeit etwas Halt.

Wenige Trauernde folgten dem schwankenden Sarg von den Türen der Leichenhalle über die verzweigten Straßen und Wege des alten Friedhofs. Ernst Wendland, der Rita mit den Augen gegrüßt hatte, hielt sich an ihrer Seite.

Das alles ging sie zum Glück nicht viel an. Es betraf die anderen. Nur ein Gedanke machte ihr zu schaffen: Dasselbe, genauso, habe ich doch schon mal erlebt. Diesen Verwesungsgeruch vielleicht nicht. Aber die lange Straße. Ernst Wendland neben mir, wo eigentlich Manfred gehen sollte . . .

Endlich fiel ihr ein: Der Traum. Sie fühlte sich erleichtert. Also träumte sie auch jetzt. Alles ist wie in Wirklichkeit – das ist ja gerade der Trick. Man hat Mühe, dahinterzukommen. Aber wenn man erst weiß: Du träumst, dann ist es natürlich sehr komisch: Die energische, lebensgierige Frau Herrfurth wird beerdigt, und ihr Sohn ist nicht dabei; dafür geht ein anderer an der Seite ihrer Schwiegertochter . . .

Nachher, wenn ich wach bin, werde ich lange darüber lachen können.

Dann waren da ein Erdhügel, hallende Worte und ein dünner beschämter Gesang, Hantierung geübter Männer und ein leichter Sarg, der in die Grube fuhr. Erde zu Erde, Asche zu Asche, Staub zu Staub.

Rita, immer noch lächelnd über ihren Traum, sah in die Höhe. Hinter Baumkronen sah sie den kleinen Turm der Friedhofskapelle und eine Schwalbe auf diesem Turm; sie sah, wie die Schwalbe, da das Glöckchen erneut zu bimmeln begann, aufflatterte und einen weiten Kreis über den Himmel zog, eine Runde über dem Grab segelte; sie folgte ihr mit dem Blick und hörte durch das sanfte Glöckchengewimmer den schrillen freien Schwalbenschrei, sah den Vogel, nachdem er einen hautdünnen Widerstand durchstoßen, pfeilschnell auf eine sehr ferne Wolke zuschießen, schon wieder schreiend, das ganze blaue Himmelsgewölbe auf seinen schmalen, dünnen Schwingen mit sich tragend.

Sie aber blieb allein zurück.

Die Betäubung, von Vogelschrei und Vogelflug durchstoßen, wich von ihr, und sie begann heftig und trostlos zu weinen.

Jemand nahm ihren Arm – Ernst Wendland, der sie nicht aus den Augen gelassen hatte – und führte sie wortlos die vielen verschlungenen Wege zurück zum Friedhofstor. Seinem Fahrer, der im Auto wartete, sagte er, er möge Herrn Herrfurth nach Hause bringen. Er ging an ihrer Seite die lange Kastanienallee hinunter, bis Rita soweit ruhig war, daß man reden konnte.

Wendland wußte von Manfreds Flucht nicht durch Rita, sondern durch den vorsichtigen Herrn Herrfurth, der Grund gesehen hatte, sich »zu distanzieren.«

Sie sprachen nicht über ihn.

Rita brauchte nicht zu fürchten, in Wendlands Augen einen kleinen unsinnigen Hoffnungsfunken aufblitzen zu sehen, wenn der Name des anderen fiel. Wie immer konnte sie lange in dieses zuverlässige Gesicht sehen. Kein Gesicht konnte ihr jetzt helfen wie das seine. Das sagte sie ihm. Er verstand sie so genau, daß selbst jetzt kein Funke Hoffnung in seine Augen trat.

26

Die Sonne dieses Juli schien auf Gerechte und Ungerechte. *Wenn* sie schien. Es war ein regnerischer Sommer.

Der August freilich ließ sich gut an: heiß und trocken, mit hohen Himmeln, die wenig beachtet wurden – außer man sah den Flugzeugen nach, die, häufiger als sonst, das Land überflogen. »Laßt den August erst vorbei sein«, sagten die Leute. »Und noch ein Stück vom September. Später im Jahr fängt kein Krieg mehr an.«

Rita dachte: Nicht mal mehr vom Sommer oder Winter kann man reden, ohne *daran* zu denken. Später werden wir uns selber wundern, wie wir das ausgehalten haben. Nein, mit Gewöhnung ist es nicht zu erklären. An diesen Druck gewöhnt man sich nicht.

Es war der erste Augustsonntag. In aller Herrgottsfrühe saß Rita im Schnellzug nach Berlin. Seit gestern hatte sie einen Brief bei sich, in dem stand: »Es ist nun soweit. Ich erwarte Dich jetzt jeden Tag. Denk immer daran...«

Niemand wußte, wohin sie fuhr – das war der Vorteil, wenn man allein lebte, keinem Rechenschaft schuldig. Und niemand, auch sie selbst nicht, konnte sagen, ob sie zurückkehren würde. Zwar war ihr Köfferchen leicht. Ohne Gepäck kam sie zu ihm. Aber wie zur Probe richtete sie Abschiedsblicke auf die Schornsteine, die den Horizont hinunterglitten, auf Dörfer, Waldstücke, einen einzelnen Baum, Gruppen von Menschen, die auf den Feldern Getreide ernteten. Vor einer Woche war sie mit Hänschen und anderen Waggonbauern dabeigewesen, sogar in dieser Gegend. Sie wußte: Die Ernte war schlecht, und sogar das wenige, was gewachsen war, einzubringen, machte Sorgen. Aber waren das noch ihre Sorgen? Überall auf der Welt wachsen Bäume, Schornsteine und Getreidefelder...

Dies sollte ein heißer Tag werden. Rita zog ihre Jacke aus. Ungebeten half ihr Abteilgefährte. Sie dankte und sah ihn genauer an. Ein schlanker großer Mensch mit blassem länglichem Gesicht, Brille, braunes Haar. Nichts Besonderes. Sein Blick war etwas zudringlich, oder irrte sie sich? Er sah weg, wenn sie ihn anblickte. Trotzdem wurde ihr seine Gegenwart zuviel. Sie stand auf und stellte sich an ein offenes Fenster im Gang. Sie hatte es gern, wenn in dem strengen Fensterrahmen Bild um Bild erschien, bunt und ganz verschieden.

Nur der Himmel blieb sich lange gleich: blasse Morgenbläue, von der tiefstehenden Sonne angeleuchtet. Ein paar weißgraue Wolken, die seltener wurden, je höher der Tag stieg.

Nun also: Was fehlt dir jetzt noch? Hat er nicht so geschrieben, daß kein Zweifel blieb: Er wartet auf dich wie auf Befreiung nach langer Gefangenschaft, wie auf Speise und Trank nach Hunger und Durst? Also nimmst du dein Köfferchen – leicht oder schwer, darauf kommt es nun wirklich nicht an – und gehst zu ihm. Zwei Stunden Fahrt, das ist lächerlich wenig. Und es ist die natürlichste, richtigste Sache von der Welt. Also was ist? Dieses wehe Gefühl, das nicht nachläßt? Danach darfst du dich nicht richten. Es ist kein Maßstab.

»Bist du glücklich, mein Kind?« Ach Mutter, darum geht es nun nicht mehr. Ist es nicht vielleicht auch diese Frage, die ihr immer noch für möglich haltet, die uns von euch trennt – von euch, den immer Besorgten, immer Gutmeinenden, immer Nichtsbegreifenden...

Sie wußte auf einmal, was sie an dem Brief gestört hatte. Dieselben Worte, die immer gut gewesen waren, für eine Verstimmung, für einen Schatten zwischen ihnen, die reichten jetzt auf einmal nicht mehr aus. Hätte sie nur deutlicher empfunden: Er weiß genau, was er von mir verlangt, aber es bleibt ihm keine andere Wahl. Aber dieses zufällige Wegbleiben (»man hat mir hier Chancen geboten, die ich einfach nicht versäumen darf...«), dieses Abhängigsein von irgendwelchen ganz neuen Bekannten, die auf einmal seine Freunde sein sollten...So tut man nichts, was man tun muß. So treibt man dahin, wenn man das Steuer verloren hat und alles gleichgültig wird.

Und ob er überhaupt ahnt, was diese elf Wochen aus mir gemacht haben? Es wäre gut, er dächte nicht, alles sei entschieden, wenn er mich ankommen sieht. Er sollte mich nachdenken lassen, mit ihm gemeinsam. Wenn ich endlich die Besinnung wiederhabe, die er mir geraubt hat mit seinem Weggehen. Daß ich sie nur nicht wieder verliere, wenn er seine Hand auf meinen Arm legt und diese Nächte und Tage zusammenschnurren, als wären sie nie gewesen.

Der Zug hielt zum einzigenmal auf dieser Strecke. Die Hälfte der Fahrt war vorbei. Sie mußte das Wichtigste schneller bedenken. Aber wenn man etwas Bestimmtes, Wichtiges im Kopf festhalten will, rast es, vor Geschwindigkeit unkenntlich, vorbei, und dafür tauchen an den Rändern des Bewußtseins allerhand klare, ruhige Bilder auf, die man gar nicht braucht.

Rita ging in das Abteil zurück, um die unnützen Gedanken loszuwerden. Sie nahm eine Zigarette an, die ihr aufmerksamer Reisegefährte ihr anbot. Sie sah die illustrierte Zeitung, die er ihr herüberreichte.

Vielleicht hätte ich doch mit Wendland sprechen sollen, dachte sie. Gestern wäre eine gute Gelegenheit dazu gewesen. Das grenzt ja schon an Hochmut, wenn man sich nur auf sich selbst verläßt...

Gestern abend war sie, eine Stunde vor Mitternacht, als letzte der Spätschicht aus dem Tor der Montagehalle getreten. Gewohnheitsmäßig sah sie sich noch einmal um und zählte die Wagen, die die Frühschicht zur Fertigmontage vorfand. Sie konnte sich nicht von den stumpfgrauen, schwerfälligen Klötzen trennen. Seit Mittag hatte sie Manfreds Brief bei sich und wußte alle Einzelheiten ihrer Reise zu ihm.

Als sie dann doch aus der Halle trat, sah sie, keine zwanzig Meter entfernt, Ernst Wendland auf der obersten Stufe des Verwaltungshauses stehen, genau unter der Lampe. Er bemerkte sie nicht, weil sie sich im Dunkeln hielt. Er zündete sich eine Zigarette an und ging langsam zum Werktor.

Sie folgte ihm in geringer Entfernung.

Auf dem ganzen Weg trafen sie keinen einzigen Menschen. Auch er, der Werkleiter, mußte einen Grund haben, heute abend allein durch seinen Betrieb zu gehen. Er ging langsam, fast schleppend, aber er sah aufmerksam auf den Weg und auf die Gebäude zu beiden Seiten.

Die Stille an diesem Ort wirkte unnatürlich und traurig. Licht und Schatten waren anders verteilt als am Tage. Gerade in die dunklen Ecken, in die niemals Sonne kam, strahlten nachts die Scheinwerfer. Selbst der enge Gang zwischen dem Drehgestellbau und der Schmiede, in den Wendland einbog, war erleuchtet. An der Stelle, an der er jetzt vorüberging, hatte man einmal zu ihr gesagt: Soll ich kaputtmachen, was mir an dir am meisten gefällt?

Rita ging schneller, auf die Gefahr hin, von Wendland entdeckt zu werden. Aus der Halle der Schweißer drang das scharfe Zischen der Flamme, und ihr bläuliches Zucken fiel auf den Weg.

Als Wendland beim Pförtner vorbeiging, rief Rita ihn an. Mit einem Ruck blieb er stehen und kam dann schnell die paar Schritte auf sie zu. »Rita!« sagte er, dasselbe, was sie einmal zu ihm gesagt hatte: »Du kommst mir gerade recht.«

Er merkte nicht, daß er »Du« zu ihr sagte. In seinen Gedanken nannte er sie seit langem so.

Er sagte, diesmal habe *er* so eine Art Prüfung hinter sich. Er sei noch knieweich davon. Und besonders tapfer habe er sich, im Gegensatz zu ihr, wohl nicht gehalten.

Rita fiel ein, daß das Werkgelände tagsüber von fremden Autos gewimmelt hatte. Eine große Werkleiterkonferenz hatte im Kultursaal getagt. War er kritisiert worden?

Das auch, sagte Wendland. »Ich vertrage Kritik schlecht – weißt du das? Ich sehe selbst, daß wir seit Wochen nicht vorankommen. Aber wie das so ist: Die mich kritisierten, wußten von allem nur die Hälfte, vom Schlechten und vom Guten. Das Lob war auch nicht recht verdient, es war kein Trost. Später kamen die schweren Brocken, da hab ich das andere vergessen.«

Rita erschrak, als er fast schroff sagte: »Wir bauen den neuen Wagen nicht!« Nicht? Das war doch nicht möglich. Seit Wochen hörte man nichts anderes mehr im Werk: Laßt man, wenn wir erst den neuen Wagen bauen...»Nein«, sagte Wendland. »Bestimmte Metalle, die wir brauchen und aus dem Westen bezogen, sind uns gekündigt. Die wissen immer ganz gut, womit sie uns gerade drücken können.«

Wir geben nicht auf, sagte er noch. Wir müssen umdisponieren. Wir brauchen Zeit.

»Und Meternagel?« fragte Rita. »Sagen Sie es ihm selbst?«

Wendland nickte. Zwei Nächte und einen Tag hatte er Zeit, um Montag früh in der Sitzung der Werkleitung ruhig zu erklären: Wir bauen den Wagen später. Hier sind die neuen Maßnahmen, die wir einleiten müssen, um von den Metallen unabhängig zu sein, mit denen man uns jetzt erpressen will.

Es schlug Mitternacht, als sie in Ritas Straße einbogen.

Wendland schwieg jetzt. Die ganze Enttäuschung, die morgen wieder dasein würde (oder vielleicht schon in wenigen

Minuten), war wie aus seinem Kopf geblasen. Da ging er neben dem Mädchen, da sagte er endlich du zu ihr, da standen sie schon vor ihrer Haustür, und wovon redete er die ganze Zeit? »Weißt du noch«, sagte er, »hier habe ich dich zum erstenmal gesehen. Wir stießen in der Tür aufeinander. Und ich war gerade Werkleiter geworden.«

Beide dachten: Mein Gott, ist das lange her...

»Ja«, sagte Rita. »Aber das erstemal war es nicht. Ich saß doch schon bei den Ermisch-Leuten in der Kneipe.«

»Richtig!« sagte er. »Da hast du mich bemerkt?«

Sie lachte auf. »Man mußte Sie ja bemerken. Sie haben doch allen die Stimmung verdorben.«

Das wäre der Augenblick gewesen, von dem Brief zu sprechen, den ich in der Tasche trug und nicht für eine Sekunde vergaß. Er wird nie begreifen, daß ich es ihm nicht gesagt habe.

Sie standen immer noch da. Als die Pause zu lang wurde, sagte Wendland leichthin: »Mir passiert das öfter, daß ich zuwenig sage. Bei dir täte es mir leid. Du weißt wohl, daß du auf mich rechnen kannst?«

Beide sagten sie nicht, was sie sagen wollten – vor allem nicht im richtigen Ton. Sie fanden keinen neuen Anfang – er, weil er nicht wußte, daß dies vielleicht die letzte Gelegenheit zum Reden war. Sie, weil sie es wußte. Ein paar Sekunden standen sie noch unschlüssig. Dann verabschiedete Wendland sich, und Rita ging hinauf. Mit ein paar Handgriffen packte sie ihren kleinen Koffer. Dann trat sie ans Fenster und sah, seit langem zum erstenmal, noch eine Weile nach den Sternen. Das gibt einen klaren Tag, dachte sie. Sie stellte den Wecker und legte sich schlafen.

»Nun«, sagte der Mann, der ihr gegenübersaß (sie fuhr ja im Schnellzug nach Berlin), »dieses Interesse für meine bescheidene Zeitung hätte ich gar nicht erwartet.«

Rita wurde rot.

Sie blickte endlich auf die Seite, die sie wer weiß wie lange aufgeschlagen hatte. Drei schwarze Buchstaben: OAS. Darunter der zerfetzte Leichnam einer Frau. – Sie blätterte um: Ein strahlendes Kindergesicht. Und wieder schwarze Buchstaben UdSSR.

»Das Medusenhaupt der Zeit«, sagte ihr Begleiter.

»Jeder hat seine Schwierigkeiten: die einen Plastikbomben, die anderen dieses Zahnpastalächeln. Wenn man der Illustrierten glauben darf.«

Was will denn der? »Doch ziemlich verschiedene Schwierigkeiten, nicht?« fragte Rita erstaunt.

»Gewiß«, erwiderte er höflich. »Wie Sie meinen. – Sie fahren zu Besuch nach Berlin?«

»Mein Verlobter«, sagte sie abweisend, mit einer Spur von Triumph. Merkwürdig, es störte ihn nicht. Ein schöner Tag, um seinen Verlobten zu besuchen, sagte er. Ein ausnahmsweise herrlicher Tag.

Man wußte nie, wie er etwas meinte. Das beste wäre, ihn unsympathisch zu finden. Andererseits ist er ein amüsanter Erzähler. Ach, er ist Lehrer! Er scheint nicht überrascht, eine zukünftige Kollegin in ihr zu finden.

»Aber wieso denn, das kann man mir doch unmöglich ansehen!«

Er lachte, sehr gewinnend. Dieser Weltverbesserungsblick! Der typisch deutsche Lehrerblick, mit dem man sich für das dürftige Gehalt entschädige... Man konnte ihm nicht böse sein. Man fühlte sich aber auf unangenehme Weise durchschaut, ohne recht zu wissen, was er eigentlich mit seiner höflichen Vertraulichkeit andeuten wollte.

Fuhr er auch auf Verwandtenbesuch?

Er lachte, als sei man schon wieder über Gebühr naiv gewesen. Doch, sagte er dann. So könne man es auch nennen.

Rita wurde des anstrengenden Gesprächs müde. Er respektierte das. Er kramte ein Buch aus seiner Tasche und lehnte sich in die Ecke zurück.

Später weiß Rita nicht mehr, wann die Stadt begann und wann sie zum erstenmal die Kälte in sich fühlte, die sie brauchte, um ihren Entschluß nun auch auszuführen, was immer geschah.

Sie fuhr nicht zum erstenmal nach Berlin, aber damals begriff sie, daß sie diese Stadt überhaupt nicht kannte. Sie fuhren an Laubengärten vorbei, an Parks, dann an den ersten Fabriken. Keine schöne Stadt, dachte sie. Aber man sieht ihr nichts an.

Ihr Reisebegleiter sah auf. »Ich hoffe«, sagte er freundlich, »Ihr Verlobter wohnt in Pankow oder Schöneweide?«

»Warum?« fragte Rita bestürzt.

»Man könnte Sie danach fragen.«

»Ja«, sagte sie schnell. »Pankow. Er wohnt in Pankow.«

»Dann ist's ja gut.«

Will er mich aushorchen? Oder warnen? Und was sage ich, wenn sie nach der Straße fragen? Wie wenig eigne ich mich für das, was ich da tue...Wer soll mir glauben, daß ich es tun muß?

Zum Nachdenken blieb keine Zeit mehr. Der Zug hielt. Polizisten kamen herein und verlangten die Ausweise zu sehen. (Wenn sie mich fragen – lügen werde ich nicht. Dem nächsten besten erzähle ich jetzt alles von Anfang bis Ende.) Sie blätterten in ihrem Ausweis und gaben ihn zurück. Ihre Hände zitterten, als sie ihn in die Tasche zurücksteckte. Nicht sehr wirksam, diese Kontrolle, dachte sie fast enttäuscht.

Der Mann, der ihr gegenübersaß, trocknete sich mit einem blütenweißen, scharf gebügelten Taschentuch die Stirn. »Heiß«, sagte er.

Danach sprachen sie nicht mehr. Rita sah ihn noch einmal an der Sperre, zusammen mit einer Frau, die aus dem gleichen Zug gestiegen war und mit der er sehr vertraut schien.

Dann vergaß Rita ihn. Sie hatte ihre eigenen Sorgen. In der Nebenhalle des Bahnhofs fand sie einen großen Stadtplan. Sie stand sehr lange davor und lernte fremde Straßen- und Bahnhofsnamen auswendig. Ihr war klar: In der Sache, die sie heute vorhatte, war sie ganz auf sich angewiesen.

Sie trat an den Fahrkartenschalter. Zum erstenmal mußte sie preisgeben, was sie tun wollte.

»Zoologischer Garten«, sagte sie.

Gleichmütig wurde ihr eine kleine gelbe Pappkarte zugeschoben. »Zwanzig«, sagte die Frau hinter der Glasscheibe.

»Und wenn man – zurückkommen will?« fragte Rita zaghaft.

»Also vierzig«, sagte die Frau, nahm die Karte zurück und schob eine andere durch das Fensterchen.

Darin also unterschied diese Stadt sich von allen anderen Städten der Welt: Für vierzig Pfennig hielt sie zwei verschiedene Leben in der Hand.

Sie sah auf die Karte und steckte sie dann sorgfältig ein. Ich muß den Kopf für andere Sachen frei haben.

Sie war schon müde, als sie sich von den Sonntagsausflüglern durch den Bahntunnel und die Treppen hoch auf den Bahnsteig schieben ließ. Hier fing der Tag erst an. Schöne Kleider, Gedränge, Kindergeschwätz. Der gewöhnliche Sommersonntagsbetrieb. Rita stand an den breiten Türen, die sich bei jeder neuen Station lautlos öffneten und schlossen. Zum erstenmal in ihrem Leben wünschte sie, irgend jemand anders zu sein – einer von den harmlosen Sonntagsausflüglern –, nur nicht sie selbst. Dieser Wunsch war das einzige Zeichen dafür, daß sie sich in eine Lage brachte, die gegen ihre Natur ging.

Es gab nun gar keine Wolken mehr am Himmel – wenn man sich die Mühe machte und aus dem fahrenden Zug nach den Wolken sah.

Rita wurde das peinliche Gefühl nicht los, jeden Augenblick etwas Entscheidendes zu versäumen. Sie wiederholte sich alle Namen von Bahnhöfen und Straßen, die auf ihrem Weg lagen. Was rechts und links von diesem Weg lag, wußte sie nicht und wollte sie nicht wissen. In dieser riesigen, unheimlichen Stadt war ihr eine feine dünne Linie vorgezeichnet. An die mußte sie sich halten. Wich sie von ihr ab, würde es Verwicklungen geben, deren Ende sie sich gar nicht ausdenken konnte.

Sie versäumte nichts und verfehlte nichts. Sie stieg pünktlich aus, umsichtig und ohne Hast. Sie zwang sich, in aller Ruhe ein paar Kioskfenster auf dem Bahnsteig anzusehen (das sind also diese Apfelsinen und Schokoladen, die Zigaretten, die billigen Bücher...), und sie fand, daß sie sich das genauso vorgestellt hatte.

Unter den letzten ging sie langsam zur Sperre. Da stieß sie auf eine kleine Menschengruppe, die den Weg versperrte und ganz in ihre Gefühlsäußerungen verstrickt war. Große Freude oder großer Schmerz – es war schwer zu unterscheiden. Übrigens mochte es beides sein.

Auf einmal sah Rita im Mittelpunkt dieser Gruppe ihren Reisebegleiter aus dem Schnellzug. Die Frau, mit der er durch die Sperre gegangen war, hing jetzt an seinem Arm und weinte mit ein paar anderen Frauen um die Wette, die wohl gekommen waren, die beiden abzuholen.

Rita blieb unwillkürlich stehen. Im gleichen Augenblick traf sie ein Blick des Mannes, ihres Bekannten. Er erkannte sie. Er hob grüßend den Arm – aus dem Kreis der Frauen konnte er nicht heraus – und lächelte spöttisch.

Rita lief schnell die Treppen hinunter.

Schlimmer hätte das alles gar nicht anfangen können, dachte sie. Warum mußte mir dieser Mensch über den Weg laufen? Bin ich denn auch schon so vom schlechten Gewissen gezeichnet wie der?

27

Sie schloß die Augen, um alles noch einmal vor sich zu haben, wie es auf dem großen Plan war, reinlich und nüchtern.

Zuerst rechts halten. Die breite Straße überqueren, vor der man (das zeigt der Plan nicht) minutenlang warten muß, ehe der vorbildlich geschulte Polizist mit eleganten Armbewegungen den Autostrom von beiden Seiten stoppt und die Fußgänger kreuzen läßt. In die berühmte Geschäftsstraße einbiegen (um die sich Legenden gewoben hatten. *So* schön, *so* reich, *so* glänzend sollte sie sein, daß sie es doch nicht ganz schaffte, mit ihrer eigenen Sage Schritt zu halten); ihr folgen bis zur fünften Querstraße rechts. Rita kam in stillere Straßen, ging genau und ohne die mindeste Abweichung nach der dünnen Linie auf dem großen Plan, die sie deutlicher vor Augen hatte als die wirklichen Häuser und die wirklichen Straßen. Ohne ein einziges Mal nach dem Weg gefragt zu haben, stand sie dann vor dem Haus, in dem Manfred jetzt wohnte.

Hier war sie jeden Tag in Gedanken gewesen, nun sah sie es.

Sie unterdrückte eine Verwunderung darüber, daß dieses Haus – ein Dutzendmietshaus in einer einförmigen Großstadtstraße – das Ziel der Sehnsüchte und der Flucht eines Menschen sein konnte. Sie trat in den kühlen Flur und merkte erst jetzt die Hitze, die draußen blieb. Sie stieg langsam die abgenutzte blankpolierte Linoleumtreppe hinauf. Je heftiger ihr Herz schlug, um so sicherer wußte sie: Das ist nicht harmlos, was du vorhast. Es ist ein Wagnis, und du hättest es nicht allein unternehmen sollen. Aber nun ist es zu spät, umzukehren.

Nun war sie schon an der Tür mit dem blanken Namensschild. Nun schlug die Glocke an, kurz und dünn. Schritte näherten sich. Die hagere, schwarzgekleidete Frau, die dann vor ihr stand, mußte wohl Manfreds Tante sein.

Das ganze Haus roch säuerlich von der Anstrengung, arm, aber vornehm zu sein. Es hielt sich behutsam am Rand des Abgrunds, denn hinter dieser Straße begannen die Arbeiterhäuser. Der säuerliche Geruch und das blanke Linoleum des Treppenhauses waren bis in den dunklen Flur der Wohnung gedrungen, in die Rita nun widerwillig eingelassen wurde. Befangen ging sie ein paar Schritte, trat in ein Zimmer und sah erst hier, im helleren Licht, die Frau an, die ein paar Auskünfte verlangte.

Ja, das war die Schwester der verstorbenen Frau Herrfurth.

Allerdings eine vom Schicksal benachteiligte Schwester. Soweit man von einer Toten sagen kann, sie sei irgend jemand Lebendem gegenüber im Vorteil. Der kleine Zug von Triumph, der neben Selbstmitleid und bigotter Trauer um den Mund dieser Frau lag, mochte gerade daher rühren: Endlich war sie, die Lebende, einmal auf eindeutige Weise im Vorteil gegenüber der toten Schwester.

»Bitte«, sagte Frau Herrfurths Schwester. Zum erstenmal, seit ihr Neffe bei ihr wohnte, öffnete sie seine Zimmertür einem Besucher.

All ihre Tränen später galten eigentlich dem Bild, das sie in den wenigen Sekunden sah, als sie in sein Zimmer trat.

Manfred saß, mit dem Rücken zur Tür an einem Tisch, der dicht vor das Fenster gerückt war. Er las mit aufgestützten Ellenbogen in einem Buch: Sein schmaler Hinterkopf, das kurzgeschnittene Haar, das am Wirbel hochstand, sein jungenhafter, runder Rücken. Als die Tür ging und jemand eintrat (seine Tante, meinte er), blieb er reglos sitzen, las aber nicht weiter, sondern machte sich steif zur Abwehr. Da keine Anrede kam, drehte er schließlich langsam den Kopf.

Sein kalter, abweisender Blick sagte Rita mehr über sein Leben in diesem Zimmer, als er ihr je hätte erzählen können.

Dann sah er sie.

Er schloß die Augen und öffnete sie wieder mit einem ganz neuen Blick: Unglauben, Bestürzung, auch unsinnige Hoffnung. Er trat auf sie zu, hob die Arme, als wollte er sie ihr auf die Schulter legen, und sagte leise ihren Namen. Die ungeheure Erleichterung auf seinem Gesicht tat ihr weh. Aber sie lächelte und strich ihm leicht über das Haar.

Sie hatte recht getan, daß sie zu ihm gegangen war. Aber was nun folgen würde, wußte sie bis in Einzelheiten voraus. Es quälte sie, daß die Schritte doch noch getan, die Worte noch gesagt, dieser Tag noch verbracht werden mußten. Er wußte es auch, und so ließ es sich leichter ertragen.

Das dauerte sehr kurze Zeit: Solange sie sich ansahen. Dann vergaßen sie, was sie eben noch fest und sicher gewußt hatten. Noch einmal war alles möglich.

»Aber du hast dich verändert«, sagte Manfred, als sie auf dem einzigen Stuhl saß (dem, der am Tisch stand) und er sich auf das Kopfende seines Bettes gehockt hatte.

Sie lächelte nur. Auf einmal wußten sie wieder genau, warum sie sich liebten. Wie sie vorausgesehen hatte: Nächte voll großer Qualen und Tage voll schwerer Entschlüsse verbrannten in einem einzigen Blick. In einer leichten, vielleicht zufälligen Berührung seiner Hand.

Rita sah sich um. Die Frau nebenan, seine Tante, hatte in Wochen erreicht, worum seine Mutter sich jahrzehntelang vergebens mühte: Das Zimmer war peinlich aufgeräumt. Ein kleines, unendlich ödes Viereck. Das bißchen Staub, das sich hier halten konnte, tanzte in dem langen, schmalen Sonnenstrahl, der um diese Zeit für eine halbe Stunde hereinfiel. Gleich würde er lautlos von der Tischkante herunterstürzen, auf Manfreds unbewegliche Hände. Die würden sich trotzdem nicht rühren.

Wie lange kann man so dasitzen?

Rita stand auf, und im gleichen Augenblick erhob sich Manfred, wie auf ein gemeinsames Zeichen. Sie traten in das Zimmer der Tante, die »Vorhölle«, wie Manfred Rita schnell zuflüsterte. Da saß die Frau am Fenster, von dieser gleichen unheimlich lautlosen Sonne angeschienen, und strickte an einem schwarzen Wolltuch für den Winter. Sie hatte nichts weiter, als die Trauer um die verstorbene Schwester, die mußte für lange Zeit reichen.

Als ihr klar wurde, woher das Fräulein kam, war sie auf einmal bereit, Kaffee zu kochen. In ihre blassen Augen kam etwas Farbe. Wer ließ sich die Gelegenheit entgehen, einen Gast aus dem Osten zu bewirten und auszufragen?

Mit ein paar höflichen Worten machten sie sich frei. Draußen, als die Flurtür hinter ihnen zuschlug, sahen sie sich sekundenlang unverhüllt an. Ist es das, was du hier gesucht hast? – Wie kannst du fragen? Nein, das ist es nicht. – Was aber dann?

Manfred sah zu Boden. Er ergriff ihre Hand und zog sie hinter sich her die Treppen hinunter. Er schwenkte sie um die vielen Biegungen. Dann liefen sie durch den kühlen, hallenden Steinflur und standen endlich draußen: Im Straßenlärm, in der Hitze und im grellen Mittagslicht.

»Na«, sagte Manfred spöttisch. »Nun sieh dich um. Die freie Welt liegt dir zu Füßen.«

Von allen Türmen schlugen die Uhren zwölf.

28

»Soll ich hier überwintern?« fragte Rita den Arzt bei seinem täglichen Besuch. Der Oktober ist vorübergegangen. Ein trüber, kalter November kündigt sich an.

»Im Gegenteil«, sagt der Arzt. »Sie sind frei. Sie können gehen, wohin Sie wollen.«

»Gleich?« fragte Rita.

»Sagen wir: Morgen.«

An diesem letzten Nachmittag kommt Erwin Schwarzenbach.

Man hat das Haus zum erstenmal geheizt. Rita setzt sich mit ihrem Besucher in den Wintergarten am Ende des Flurs. Die üppigen grünen Pflanzen in den großen Glasfenstern stehen vor der grauen Himmelswand.

Was will er eigentlich? fragt Rita sich. Er hat doch gewußt, daß ich bald entlassen werde.

Schwarzenbach ist wortkarg und nachdenklich. Er raucht und sieht sich gründlich um. Rita fragt, solange ihr Fragen einfallen. Er antwortet ruhig, bis nichts mehr zu fragen und zu antworten ist. Also gut, denkt sie, schweigen wir eben. Sie lehnt sich in den Korbsessel zurück und hört zu, wie Regenböen gegen das Fenster schlagen, wie der Wind die Parkbäume durchfährt. Manchmal setzen Wind und Regen aus, dann wird es ganz still.

»Hören Sie«, sagt Schwarzenbach. »Haben Sie nie daran gedacht, ihm nachzufahren?«

Rita versteht sofort.

»Ich *bin* ihm nachgefahren«, sagt sie, ohne zu zögern. Schwarzenbach ist nicht der Mann, überflüssige Geständnisse zu sammeln. Tatsachen, ohne Umschweife mitgeteilt, nimmt er gelassen zur Kenntnis.

»Und?« fragt er gespannt.

Vielleicht wäre es gut, darüber zu sprechen, denkt Rita. Gerade heute, gerade zu ihm. Von morgen an werden ihr wieder die alltäglichen Freuden und Sorgen zu schaffen machen, nach denen sie sich schon lange sehnt. Der Arzt war so klug gewesen, diese Sehnsucht anwachsen zu lassen, bis sie groß genug wurde, um sie über die ersten schwierigen Tage hinwegzutragen. Aber wann wird dann noch jemand fragen: Warum hast du dies oder das getan? Wann wird sie dann noch über eine Antwort nachdenken können?

»Ich erinnere mich«, sagt sie, »daß der Sonntag sehr heiß war. Damals habe ich es kaum gemerkt.«

Dabei müssen die Straßenschluchten wie Hitzeschächte gewesen sein. Die paar Leute, die nicht an ihren Mittagstischen saßen – Umhergetriebene wie wir –, drückten sich in den schmalen Schattenstreifen der Häuser, die erst nachmittags die gespeicherte Hitze wieder abgeben würden.

Übrigens ähneln sich diese Häuser überall. Sie sind »dort« nach dem gleichen Muster gebaut wie bei uns. Für die gleichen Leute, für den gleichen Kummer und die gleichen Freuden. Ich konnte nicht einsehen, warum sie anders sein sollten als andere Häuser irgendwo. Natürlich: Mehr Glas und Zellophan in den Geschäftsstraßen. Und Waren, die ich nicht einmal dem Namen nach kannte. Aber das weiß man doch vorher. Das gefiel mir. Ich konnte mir genau vorstellen, wie gern ich in solchen Läden einkaufen würde.

Aber schließlich läuft alles das doch auf Essen und Trinken und Sichkleiden und Schlafen hinaus. Wozu aß man? fragte ich mich. Was tat man in seinen traumhaft schönen Wohnungen? Wohin fuhr man in diesen straßenbreiten Wagen? Und woran dachte man in dieser Stadt, ehe man einschlief bei Nacht?

»Nicht doch«, sagte Schwarzenbach. »Erzählen Sie ruhig der Reihe nach. Was Sie da eben sagten, das denken Sie *heute*, nicht wahr?«

»Nein«, sagt Rita. »Das alles habe ich damals gedacht. Ich weiß es noch genau.«

Wieso meint er, ich übertreibe? Wenn sie alle wüßten, wieviel ich früher schon nachgedacht habe über die eine Frage: Was hat es für einen Sinn, daß wir auf der Welt sind? Als ich mit Manfred zusammen war, verschwand diese Frage, als hätte sie sich beantwortet. An jenem Sonntag war sie wieder da. Sie war aus mir herausgetreten. Alles und jedes fragte, wenn ich es bloß ansah.

Sie gingen schweigend dicht nebeneinander, aber sie berührten sich nicht. Einmal streifte seine Hand ihren nackten Arm, da sah sie ihn schnell an, ob das Absicht war. Diesen verletzten Stolz, mit dem er ihr den Blick zurückgab, kannte sie zu genau.

Sie mußte lächeln.

»Weißt du, was Jumpologie ist?« fragte er rauh. Sie standen vor einer Litfaßsäule, er zeigte auf ein auffälliges Plakat.

»Nein«, sagte Rita.

»Aber ich. Das ist eine Wissenschaft. Man läßt die Leute in die Luft springen, und nach ihren Sprüngen beurteilt man ihren Charakter...«

Er fand sich selbst ungeschickt. Sie schüttelte leicht den Kopf, und er nahm den Verweis widerspruchslos hin. Am leichtesten war es überhaupt, wenn sie ohne Worte auskamen.

»Jetzt gehen wir erst mal was essen«, sagte Manfred. »Wir brauchen nicht schüchtern zu sein: Ich verdiene schon Geld.« Er merkte gleich, daß er wieder nicht das Richtige gesagt hatte. Allmählich stieg eine leise Wut in ihm hoch. Er begann, die Straßen und Gebäude zu erklären, an denen sie vorbeikamen.

»Laß doch«, sagte Rita. »Das hast du nie gemacht.«

»Doch«, erwiderte er verletzt. »Ich hab's schon mal gemacht, aber du hast es vergessen.«

Sein Gesicht neben meinem im Fluß – wie kann er das vergleichen?

»Ich hab nichts vergessen«, sagte sie still.

»Waren Sie schon einmal dort?« fragte Rita Erwin Schwarzenbach. »Ja«, sagte der. »Vor Jahren.«

»Dann wissen Sie ja, wie das ist. Vieles gefällt einem, aber man hat keine Freude daran. Man hat dauernd das Gefühl, sich selbst zu schaden. Man ist schlimmer als im Ausland, weil man die eigene Sprache hört. Man ist auf schreckliche Weise in der Fremde.«

So sagte sie es auch Manfred, als er sie beim Essen fragte:

»Gefällt es dir?«

Er meinte nur das Lokal, das modern und schön war. Er nahm aber ihre Antwort hin, die sich auf viel mehr bezog. Die Antwort reizte ihn, doch er beherrschte sich.

»Natürlich«, sagte er. »Du hast noch diese politische Brille. Ich weiß doch selbst: Es ist nicht leicht, sie loszuwerden. Aber in Westdeutschland ist alles anders. Nicht so hysterisch wie in diesem verrückten Berlin. Ich war zwei Wochen da. Dorthin gehen wir. Sie haben Wort gehalten. Zum Ersten habe ich meine Stellung. Alles ist perfekt.«

»Ich war gerade drüben, als – Mutter starb«, sagte er mit Überwindung, weil er einsah, daß man nicht umhin konnte, davon zu sprechen. »Vaters Telegramm bekam ich erst, als sie schon beerdigt war.«

Aber auch sonst wärst du nicht gekommen, nicht wahr? Sie

haben einen Kranz von dir hinter dem Sarg hergetragen: Meiner lieben Mutter als letzter Gruß.

Die Schwalbe, dachte Rita. Davon weiß er nichts, und er wird's nie wissen. Wie vieles weiß er nicht...

»Wir haben gerade eine schwere Zeit«, sagte sie, scheinbar ohne Zusammenhang mit ihrem Gespräch.

»Wer: Wir?« fragte Manfred.

»Alle«, sagte sie. »Der Druck nimmt zu. Besonders im Werk haben wir's gemerkt: Meternagel, Hänschen, Ermisch...« Wendlands Namen nannte sie nicht, obwohl sie einen Augenblick lang dachte: Warum eigentlich nicht? »Ich bin wieder im Werk für die Ferien.«

Manfred sagte: »Als du zum erstenmal im Werk warst, hatten sie auch gerade eine schwere Zeit. Erinnerst du dich?«

In Rita stieg Widerspruch hoch. Willst du sagen: Die schweren Zeiten reißen nicht ab? Es lohnt nicht, auf ihr Ende zu warten?

»Das alles liegt hinter mir«, sagte Manfred, ohne Bitterkeit. »Daran will ich gar nicht mehr denken. Diese sinnlosen Schwierigkeiten. Diese übertriebenen Eigenlobtiraden, wenn eine Kleinigkeit glückt. Diese Selbstzerfleischungen. Ich kriege jetzt eine Arbeit, da werden andere extra dafür bezahlt, daß sie mir jede Störung wegorganisieren. So was hab ich mir immer gewünscht. Drüben hab ich das nie – jedenfalls nicht zu meinen Lebzeiten. Du wirst sehen, wie uns das gefällt.«

Uns? dachte Rita. Von mir ist doch gar keine Rede. Oder soll ich »dort« Lehrerin werden?

Und wieso kommt mir das unmöglich vor?

Manchmal hatte sie selbst gedacht: Der Meternagel macht sich umsonst kaputt. Er hat sich mehr vorgenommen, als er schaffen kann. Aber gerade deshalb hätte sie nicht fertiggebracht, ihn im Stich zu lassen. Auch mit Worten nicht. Auch nicht mit Zweifeln, die sie aussprach.

»Stell dir vor«, sagte sie zu Manfred (sie fühlte deutlich, daß jetzt *sie* es war, die über unpassende Dinge sprach). »Neulich sollten zwei aus der Brigade gehen, weil sie die Norm um zweihundert Prozent überboten hatten!«

»Ach«, sagte er. Es fiel ihm schwer, wenigstens Interesse zu heucheln.

Rita wendet sich wieder an Schwarzenbach, den es nicht stört, wenn sie zwischen zwei Sätzen lange Pausen macht. Er erwartet nicht, daß sie ihm alles erzählt. Er fragt nicht, er unterbricht sie nicht. Er scheint zu warten, daß er etwas ganz Bestimmtes zu hören bekommt.

»Ich hab ihm damals die ganze Geschichte erzählt, deren Ende ich selbst noch nicht wußte«, sagt Rita. »Ich konnte mir noch gar nicht vorstellen, wie das alle ausgehen sollte.«

Meternagel und Ermisch hatten sich endgültig verzankt. Für oberflächliche Beobachter sah es aus, als ginge es immer wieder um das gleiche: Meternagel kämpfte für den Nutzen des Betriebes, und Ermisch suchte für seine Brigade so viel Vorteile zusammenzuscharren, wie er erwischen konnte. Alles schien sich zu wiederholen. Hatte Meternagel vor einem Jahr gefordert: Zehn Rahmen täglich anstatt acht, so verlangte er jetzt: Zwölf Rahmen täglich statt zehn. »Das glaub ich«, höhnte Ermisch. »Und nächstes Jahr sagst du vierzehn!« – »Jawohl«, erklärte Meternagel. »Darauf kannst du dich weiß Gott verlassen.« Nur wer genau hinsah, bemerkte die neuen Züge in diesem gewohnten Streit: daß Meternagel, so heftig er werden konnte, sorgfältig darauf achtete, Ermisch nicht zu beleidigen; daß Ermisch, so verbissen er sich wehrte, stiller war als früher. Ging es denn überhaupt noch um die zwei Fensterrahmen?

»Ich fand mich nicht zurecht«, sagte Rita zu Schwarzenbach. »Wo sollte man sprechen, wo schweigen? Eines Tages sah ich zu, wie Horst Rudolf – der größte und schönste Mann in unserer Brigade, er verdient am meisten und hat die meisten Frauengeschichten –, wie der in vierzehn Minuten einen Rahmen einbaute. Das war die reine Zauberei. Die Normzeit war neunzig Minuten. Was machte er mit den sechsundsiebzig Minuten, die übrigblieben? Ich fragte ihn. ›Mensch‹, sagte er, ›halt den Mund! Sag keinem, was du gesehen hast!‹ – Tatsächlich hab ich es keinem gesagt.«

»Auch Meternagel nicht?« fragt Schwarzenbach.

»Dem brauchte ich nichts zu sagen. Der wußte das. Der wußte noch ganz andere Sachen. Aber ich war unruhig, seit ich das gesehen hatte. Sie waren es doch, der immer zu uns sagte: Zeit brauchen wir, nur Zeit. Fünf oder zehn Jahre. Dann können sie uns nichts mehr anhaben... Wenn ich damals an den Werkbänken vorbeiging, fragte ich mich oft: Wieviel von unserer kostbaren Zeit, die unser Leben ist, fällt hier täglich unter den Tisch – verloren, ungenützt?

Später erst merkte ich, daß andere dieselben Gedanken hatten. Als ich mit Manfred zusammensaß, habe ich ihm nichts davon gesagt. Ich wußte nicht, wie das ausgehen konnte. Ich hatte aber gesehen, wie jeder einen Bogen um Meternagel machte. Es quälte mich. Ich erzählte es Manfred.«

»Sogar der Parteisekretär nahm ihn sich vor«, sagte sie zu Manfred, während der Ober die Suppe hinstellte. »Er sagte: ›Hör mit deinen Überspitzungen auf. Du treibst mir die Leute nach dem Westen.‹«

»Um Gottes willen – nicht so laut!« flüsterte Manfred. »Ach so«, sagte sie und sah ihn gründlich an. »Du hast dich aber auch verändert.«

Dann schwieg sie und aß ihre Suppe.

Sie hörte alle Geräusche in diesem dezenten, freundlichen Raum sehr laut. Sie hörte eine Mutter am Nachbartisch nachsichtig mit ihrem Kind schelten: »›Die‹ sagt man nicht, Ingelein. Es heißt ›die Tante‹.«

»Aber ich bitte Sie: Kinder sind Kinder!« – Sie hörte das Geschirrscheppern hinter der Küchenklappe und die leisen Schritte des Kellners. Das Licht fiel hier gedämpft durch lindgrüne Vorhänge. Wenn man es nicht wußte – man glaubte nicht, daß draußen die Stadt in der Sonne kochte.

Manfred, der nicht zulassen konnte, daß das Schweigen zwischen ihnen wuchs, fragte behutsam: »Woran denkst du?«

»Entsinnst du dich«, fragte Rita, »daß wir uns manchmal über die Gewohnheiten der Erwachsenen entsetzten. Daß wir uns vornahmen: Daran gewöhnen wir uns nie? Jetzt hab ich manchmal Angst, auch ich könnte mich an die schlimmsten Sachen gewöhnen. Auch du.«

»An was für Sachen?« fragte er.

»Ach«, sagte sie, »alles mögliche. Daß man anders spricht als man denkt. Daß man weniger arbeitet als man kann. Daß es schon jetzt mehr Bomben gibt, als man braucht, die Erde in die Luft zu sprengen. Daß ein Mensch, zu dem man gehört, für immer von einem weggetrieben werden kann. Und es bleibt nur ein Brief: Denk immer daran . . .«

»Rita«, sagte Manfred. »Mädchen! Meinst du, mir ist es leichtgefallen? Meinst du, es hat seitdem eine einzige wirklich frohe Minute für mich gegeben? Es war zuviel für dich. Du bringst ja alles durcheinander, dein Werk und die Bomben und mich. Wenn du bei mir bleibst, mach ich alles wieder gut. Vielleicht weißt du jetzt nicht genau, was das Richtige für dich ist. Könntest du dich nicht dieses eine Mal auf mich verlassen?

Wie es heißt: Ich will dir folgen durch Wälder und Meer, durch Eis, durch Eisen, durch feindliches Heer...«

Er versuchte, einen Scherz daraus zu machen. Rita schwieg. Was wußten denn die, dachte sie bitter, als sie solche Lieder ausdachten. Eis und Eisen und feindliches Heer! Aber was für ein Lied hätten sie gefunden auf diesen Tag, auf diese Stadt, auf sie beide, die, nicht durch große Räume, nicht durch Eis noch Eisen getrennt, doch ohne Hoffnung zusammen an diesem Tisch saßen?

Rita aß eine Mahlzeit, die sicher vorzüglich war, aber sie erinnerte sich später nicht mehr, was sie gegessen hatten. Sie lehnte es ab, jetzt schon Wein zu trinken, und Manfred stimmte sofort zu: Der Tag sei noch lang.

Dann traten sie wieder hinaus in die Hitze. Rita merkte, daß dies alles anfing, über ihre Kraft zu gehen. Hatte die ganze flimmernde Stadt keinen Flecken für sie beide?

»Gibt es hier keinen Park?« fragte sie.

»Nicht gerade Park. Eine Grünanlage.«

»Gehen wir dorthin.«

Später dachte sie: Wir hätten in den Straßen bleiben sollen. Eine Straße ist eine Straße, man weiß, was man von ihr zu erwarten hat. Aber das hier wird nie ein Park. Die paar Bäume und Sträucher – Birken, Linden, Schneeball und Flieder – hatten ihre beste Zeit in diesem Jahr hinter sich. Sie waren grau von Staub, und ihre Blätter rollten sich in der Hitze wie dünnes Pergament. Sie knisterten beim Vorbeigehen, obwohl kein Hauch ging. Die einzige Farbe kam von den bunt angestrichenen Bänken, die von alten Leuten und jungen Müttern mit Kinderwagen besetzt waren.

Wohin gingen die Liebespaare?

Rita und Manfred hockten in einer Reihe mit den müden, schweigenden Insassen einer Bank. Sie wagten nicht, sich anzusehen. Sie schämten sich voreinander. Es tat weh, an die einfachen, für immer verlorenen Freuden des letzten Sommers zu denken.

»Wo sollen diese Leute schließlich alle hin?« fragte Manfred gereizt. »Eine Stadt ohne Hinterland. Grausam, sag ich dir!«

»Daran gibst du mir die Schuld?« fragte Rita.

Manfred fing sich sofort. »Du«, sagte er. »Entschuldige. Ich bin selbst schon verrückt. Man wird tatsächlich verrückt. Hören wir damit auf, uns zu beschuldigen, als wären wir feindliche Politiker! Das ist doch einfach lächerlich.«

Er war erschrocken. Er sah, wohin es mit ihnen kommen konnte. Der Schreck machte ihn aufrichtig.

Doch seine Aufrichtigkeit nahm ihr die Hoffnung. Sie sah: Er hatte aufgegeben. Wer nichts mehr liebt und nichts mehr haßt, kann überall und nirgends leben. Er ging ja nicht aus Protest. Er brachte sich ja selbst um, indem er ging. Kein neuer Versuch: Das Ende aller Versuche... Was ich von jetzt an tue, gilt nicht mehr.

Sie aber, in den Wochen danach, verzweifelte über dem Gedanken: Das alles war in ihm, als er noch neben mir lebte.

Und ich, ich habe ihn nicht halten können.

Die Verluste der letzten Stunde in einem Krieg sind besonders bitter. Besonders bitter sind uns diese letzten Verluste auf unserem Weg.

Rita fragte sich: War das denn ungewöhnlich, daß ein Mädchen seinen Liebsten verlor? War das denn zum Verzweifeln? Nein, sagte sie sich. Wäre er von mir zu einer anderen weggelaufen, ich hätte mich auf meinen Stolz verlassen können. Der hätte mich nicht im Stich gelassen, da bin ich sicher. Aber worauf soll man sich denn verlassen, auf welchen Instinkt, auf welche Gewißheit, wenn er einem sagt:

»Dich lieb ich, keine andere, und für immer. Ich weiß, was ich sage. Vor dir hat das keine von mir gehört. Ist es zuviel verlangt, dich zu bitten: Geh mit?

Ich versteh dich doch. Aber mach mal die Augen zu. Hör bloß mal ein paar Namen: Schwarzwald, Rhein, Bodensee. Sagt dir das nichts? Ist das nicht auch Deutschland? Ist dir das denn nur noch eine Sage oder eine Seite aus deinem Erdkundebuch? Ist es nicht unnatürlich, wenn du gar keine Sehnsucht danach hast? Nicht einmal Sehnsucht? Wenn du das alles in dir auslöschst?«

Mit jedem seiner Worte wich Lebenskraft aus ihr. Sie war schwach wie nie zuvor und voller Bitterkeit. Ach, die Sehnsucht nach allen Orten, an denen er von jetzt an sein würde, nach all den unerreichbaren Landschaften und Gesichtern, die sich in ihn eindrücken würden, die Sehnsucht nach dem ganzen, vollen, gemeinsamen Leben brach in sie ein und vernichtete sie fast. Wer auf der Welt hatte das Recht, einen Menschen – und sei es einen einzigen! – vor solche Wahl zu stellen, die, wie immer er sich entschied, ein Stück von ihm forderte?

Sie glaubte, diese fremde Stadt, dieses fremde Stückchen einer großen Stadt jetzt besser zu kennen als mancher, der jahrelang hier lebte. Sie wurde von gewöhnlichen Leuten bewohnt, war aber keine gewöhnliche Stadt. Ihre Tage und Nächte waren aus einem anderen Stoff als anderswo: aus dem Stoff fremden Lebens. Als ob die millionenfache Menschenmühe, sich täglich neu die Unordnung, das Chaos vom Leibe zu halten, nicht ausgereicht habe gerade für diesen Ort. Eine Stadt in der Umarmung des Augenblicks, zitternd vor dem unausbleiblichen Einbruch der Wirklichkeit. Hundertmal Ausprobiertes, Verworfenes wurde hier abermals wie solide Ware auf den Markt gebracht. Und der Mensch, diesem Ausverkauf ausgeliefert, merkte nicht, daß er nur noch wenige wohlberechnete Figuren abschritt...

»Wo bist du jetzt?« fragte Manfred sie. Er lächelte.

»Mach doch kein Drama daraus. Was ist schon passiert? Ich war sowieso hier. Man machte mir ein günstiges Angebot. Ich blieb. – Eine normale Sache.«

»Überall«, sagte Rita. »Nicht bei uns. Weißt du, daß deine Mutter sich rühmte, die zwei Leute, die dich geworben haben, direkt bestellt zu haben? Weißt du auch, warum sie das tat? Daß sie krank war vor Verzweiflung über ihr verlorenes Leben? Daß du, weil du sie verachtet hast, ihr Rechtfertigung verschaffen solltest? – Weißt du auch, was Wendland gesagt hat: Ich verzeih das manchem. Ihm nicht. Er wußte, was er tat.«

»Gerade Wendland!« rief Manfred voller Haß. Die stillschweigende Übereinkunft, sich gegenseitig nicht unnötig noch mehr zu verletzen, war außer Kraft gesetzt. »Gerade der! Der sollte doch wissen, was gespielt wird! Der ist doch nicht auf die Zeitung angewiesen. Der sieht doch hinter die Kulissen. Ja denkst du denn, ich wäre nicht auch mal voller Hoffnung gewesen? Ich hätte nicht auch mal gedacht, mit der Wurzel des Übels würde man auch das Übel aus der Welt ausreißen? Aber es hat tausend Wurzeln. Es ist nicht auszurotten. Edel vielleicht, sich weiter daran zu versuchen. Aber ohne Überzeugung wird Edelmut zur Grimasse.

Denkst du, das macht Spaß, sich zeitlebens angeschmiert zu sehen? Du erlebst es zum erstenmal – ich nicht. Das ist der Unterschied.

Hier weiß ich, woran ich bin. Hier bin ich auf alles Mögliche gefaßt. Drüben wird es noch wer weiß wie lange dauern, ehe hinter den schönen Worten die Tatsachen vorkommen. Die Tatsachen sind: Der Mensch ist nicht dazu gemacht, Sozialist zu sein. Zwingt man ihn dazu, macht er groteske Verrenkungen, bis er wieder da ist, wo er hingehört: an der fettesten Krippe. Dein Wendland kann mir leid tun, tatsächlich, das kann er!«

»Warum bist du so wütend auf ihn?« fragte Rita leise.

Die Frage brachte ihn soweit, daß er sie am liebsten geschlagen hätte. Diese wilde Verzweiflung hatte sie noch nie an ihm gesehen. In dieser Sekunde begriff er: Das Leben, das er hinter sich gelassen hatte, das er beschimpfte, verließ ihn nicht mehr. Es machte ihn rasend. Es ging jetzt nur noch darum, die schale Enttäuschung über sich selbst – dem Druck des härteren, strengeren Lebens nicht standgehalten zu haben – loszuwerden an einen anderen.

Wenn ich mit ihm ginge, dachte Rita, schadete ich nicht nur mir selbst. Ich schadete auch ihm, und ihm am meisten.

»Alles wäre leicht«, sagte Rita zu Schwarzenbach, »wenn sie dort als ›Kannibalen‹ auf den Straßen herumliefen, oder wenn sie hungerten, oder wenn ihre Frauen rotgeweinte Augen hätten. Aber sie fühlen sich ja wohl. Sie bemitleiden uns ja. Sie denken: Das muß doch jeder auf den ersten Blick sehen, wer in diesem Land reicher und wer ärmer ist. Vor einem Jahr wäre ich mit Manfred gegangen, wohin er wollte. Heute...«

Das ist es, was Schwarzenbach wissen will. »Heute?« fragt er gespannt.

Rita überlegt. »Der Sonntag nach meinem Besuch bei Manfred war der dreizehnte August«, sagt sie, ohne direkt auf Schwarzenbachs Frage zu antworten. »Früh, als ich die ersten Nachrichten gehört hatte, ging ich ins Werk. Als ich sah, daß ich nicht die einzige war, wurde mir bewußt, wie ungewöhnlich es war, daß so viele am Sonntag in den Betrieb kommen. Manche waren gerufen worden, andere nicht.«

Schwarzenbach weiß, was sie sagen will. Es ist nicht sehr verschieden von dem, was er selbst, was sie alle an jenem Sonntag erlebt haben.

»Liebten Sie ihn nicht?« fragte Erwin Schwarzenbach. »Haben nicht viele Mädchen blindlings nur danach gefragt? Warum nicht auch Sie?«

Als ob ich es nicht versucht hätte! Wie viele Nächte habe ich wach gelegen und versuchsweise »dort« an seiner Seite gelebt, wie viele Tage hab ich mich gequält. Aber die Fremde ist mir fremd geblieben, und dies alles hier heiß und nah.

»Der Sog einer großen geschichtlichen Bewegung...«, sagt Erwin Schwarzenbach und nickt. Rita muß lächeln. Auch er.

Aber wer sagt denn, daß sie nicht sogar damals, an Manfreds Seite, in diesem elenden Park, etwas Ähnliches empfunden hat?

Sie waren auf den paar Wegen hin und her gelaufen wie Verirrte, bis sie in einer Nische standen, rings von verschnittenen Hecken eingezäunt. Rita lehnte zum Sterben müde an einem Baum, und Manfred stand vor ihr, seine Hände zu beiden Seiten ihres Gesichts an den Stamm gestützt. Sie blickten sich an. Sie sahen und hörten nicht, was um sie geschah. Nichts, gar nichts geschah in diesen Augenblicken außerhalb des kleinen Vierecks – Baum und Arme – das nur sie beide umschloß.

»Was macht Kleopatra?« fragte er leise.

»Sie frißt nicht viel.«

»Vielleicht versuchst du's mit Tomatenstückchen?«

»Du hast recht. Das versuch ich.«

Sie lächelten. Sie hatten schon begonnen, sich voneinander zu lösen, sich zurückzunehmen. Jetzt aber lächelten sie. Ja, das bist du noch, der da jeden Abend an dem zerzausten Chausseebaum stand, an dieser windzerrupften lächerlichen Weide, du mit deinen zu langen Armen und dem Vogelkopf. Ach, ich hab damals gleich alles von dir gewußt. Ich hatte ja nicht die Wahl, zu dir zu gehen oder nicht. Wenn es das nur einmal im Leben gibt – ich glaube, das gibt es nur einmal – dann liegt dieses eine Mal nun hinter mir. Und auch hinter dir, nicht wahr?

Sie lächelten. Manfred legte sein Gesicht auf ihr Haar. Er preßte ihre Hände. Rita begann zu zittern. Sie legte ihren Kopf zurück, bis sie durch die dürftigen Baumzweige hindurch den ausgeblichenen, faden Sommernachmittagshimmel sah. Es ist alles noch da. Das ist seine Hand. Das ist der Geruch seiner Haut. Das ist seine Stimme, von der er jetzt selbst nichts weiß.

Eine grüne stumme Wand zwischen uns und der Welt. Die Welt – gibt es sie denn. Uns gibt es. Ach du mein Gott, uns gibt es ...

Und doch genügte eine Stimme, ein dünnes, krähendes Kinderstimmchen – nach langer Zeit, so schien es ihnen – die Wand zu durchbrechen. *Heile, heile Gänschen, es wird schon wieder gut, das Kätzchen hat ein Schwänzchen, es wird schon wieder gut. Heile, heile Mausespeck, in hundert Jahrn is alles weg* ...

In hundert Jahren. Ich möchte lachen. Das ist ja gar keine Wand. Da sind du und ich und die dünne Stimme mit dem dummen Lied. Sie ging schnell zum Rand dieses verfluchten

Parks voraus, in die nächste beste Straße hinein, wo er sie einholte.

Sie wechselten hinüber auf die Schattenseite und liefen stumm nebeneinanderher. Sie mußten eine Weile straßauf, straßab gewandert sein, als sie auf ein kleines, sauberes Vorgartencafé stießen. Sie setzten sich an einen zierlichen runden Tisch unter einen Sonnenschirm, der wie ein riesiger Fliegenpilz aussah. Für diesen Tag hatte er seine Arbeit getan. Die Sonne war schon hinter das Dach des vierstöckigen Hauses getaucht, in dessen Erdgeschoß das Café lag.

Sie aßen Eis und sahen auf die Leute, die kamen und gingen und mit sich selbst beschäftigt waren. Sie waren zu erschöpft, um sich noch mit sich selbst zu beschäftigen. Sie wußten: jetzt gleich oder morgen, übermorgen wird der Schmerz zurückkommen, er wird sich in dir einnisten, er wird dich durch und durch schütteln, er wird sich in dir um und um drehen. Jetzt waren sie stumpf vor Erschöpfung, eine kurze Gnade. Freundlich gaben sie einem Kind den Ball zurück, der unter ihren Tisch gerollt war, sie hörten sich höflich die Entschuldigung der Mutter an, sie erlaubten lächelnd einem eifrigen Mann – der gerade für diesen Nachmittag ein großes Treffen mit seinen Verwandten aus nah und fern in diesem Café arrangiert hatte – daß er den überflüssigen dritten Stuhl von ihrem Tisch nahm und ihn an die große Familientafel rückte.

Sie schwiegen so, daß sie Angst bekamen, sie würden überhaupt nicht mehr sprechen. Sie saßen so still, daß es möglich schien, sie würden sich nie mehr bewegen. Sie kannten nun beide ihren Weg, aber den nächsten Schritt kannten sie nicht.

An dem Familientisch wurde es laut. »Bedienung!« rief der eifrige Mann entrüstet. Die einzige Kellnerin hatte um diese Zeit reichlich zu tun. Nun trat sie schnell an den Tisch des ungeduldigen Gastes. »Da haben wir extra unseren Onkel aus der Zone hergeholt«, sagte der. »Meinen Sie, wir wollen ihm hier schlechte Bedienung zeigen?« – »Aus der Zone?« fragte die Kellnerin schnell und sah den Onkel des Eifrigen an. Er kam vom Lande und schwitzte in seinem dunkelblauen Anzug. »Von drüben? Welche Stadt?« »Hermannsdorf«, sagte der Alte. Die Kellnerin wurde rot. Nicht möglich! Sie war doch aus derselben Gegend. Sie trat hinter den Stuhl des Landsmannes und umfaßte die Lehne, was ihr nicht zukam. Aber die Freude siegte über die noch frische Dressur der Kellnerin.

Nein, ihr Dorf kannte er nicht. Aber mit dem Schirrbach aus ihrem Dorf – mit dem war er zusammen beim Militär gewesen. Auf einmal interessierte die Kellnerin sich für den Schirrbach, an den sie nie gedacht hatte, seit sie ihr Dorf verließ. – Und die Ernte? Steht sie gut? – Das könnte allerdings besser sein dies Jahr. – Aber Sie gehen zurück? – Was denn sonst? Wo sollte ich denn sonst hingehen? – »Mein Fräulein«, sagte der Eifrige, »ich kann Sie ja menschlich verstehen. Man sieht wieder mal: Die Welt ist doch ein Dorf. Sogar die freie Welt.« Er lachte. »Aber Sie lassen Ihren Landsmann dursten.« Sie ging ja schon. Sie sagte zu dem Alten: »Die Männer heutzutage taugen alle nichts...«

Rita lehnte sich in ihren Stuhl zurück. Mein Gott, der Mond stand schon am Himmel! Am hellen grünen Nachmittagshimmel stand der Mond, eine fast durchsichtige ausgefranste Hälfte. Um ihn herum wird sich die Nacht zusammenziehen, die noch gar nicht da ist.

Während der Mond, unbemerkt von ihnen, sichtbar wurde, mußte die Luft sich verändert haben. Sie atmete sich jetzt leicht, viel zu leicht. Man spürte sie nicht in den Lungen. Man wollte immer noch nachatmen, um nicht zu ersticken in dem Nichts. Diese Luft verwies jeden auf sich selbst, außerstande, Freude oder Schmerz von einem zum anderen zu leiten.

Die Stadt, taub und stumm, war auf einmal wie unter Wasser getaucht, sie wußte es nur noch nicht. Hoch über ihr der Mond, eine bleiche Lampe aus der wirklichen Welt. Kein Laut sonst, kein Licht. Die Leuchtschriften, die nun hier und da aufsprangen, blieben geheime Chiffren, unentzifferbar. *Kauft Salamander – Neckermann machts möglich – 4711 Immer dabei.*

Es war die Stunde zwischen Hund und Wolf.

29

In der Glasveranda tickt die Stille mit dem Regen an die Scheiben. »Er läßt nach«, sagt Schwarzenbach. »Ich kann jetzt gehen.«

Aber sie bleiben beide, wo sie sind.

Nach einer Weile sagt Rita: »Manchmal frag ich mich: Ist die Welt überhaupt mit unserem Maß zu messen? Mit Gut und Böse? Ist sie nicht einfach da – weiter nichts?«

Sie denkt: Und dann wäre es ganz sinnlos, daß ich nicht bei

ihm geblieben bin. Dann wäre jedes Opfer sinnlos. Wie er gesagt hat: Das Spiel bleibt doch immer das gleiche. Die Regeln ändern sich. Und über allem das Lächeln der Auguren...

Schwarzenbach hat sie genau verstanden. Aber auch er antwortet ihr nicht direkt.

»Wissen Sie, warum ich heute zu Ihnen gekommen bin?« fragt er. »Ich wollte wissen: Hat es Sinn, die Wahrheit, die man kennt, immer und unter allen Umständen zu sagen?«

»Das wollten Sie von mir hören?«

»Ja«, sagt Schwarzenbach. »Ich habe es von Ihnen gehört.«

»Was ist denn los?« sagt Rita. »Warum haben Sie daran gezweifelt?«

Schwarzenbach ist sich nicht zu schade für eine ehrliche Antwort. »Ich war unsicher geworden«, sagt er. »Sie wissen ja, wie das ist: Manchmal kommt alles auf einmal.« Er habe einen Aufsatz in der pädagogischen Zeitschrift geschrieben, über Dogmatismus im Unterricht. Er schilderte falsche Methoden von Lehrern, auch an ihrem Institut. Er schrieb: Immer noch versuchen manche, zu diktieren, anstatt zu überzeugen. Aber wir brauchen keine Nachplapperer, sondern Sozialisten.

»Ja«, sagt Rita. »Was gibt es da zu zweifeln?«

Schwarzenbach lächelt. Er ist fast fröhlich geworden. Dieser Artikel und was darauf folgte, bedrückt ihn gar nicht mehr. Natürlich hat man ihm gesagt – um zu verbergen, daß man sich angegriffen fühlte: Mußt du das gerade jetzt schreiben? Haben wir nicht eine besondere Lage, die verbietet, alles auszusprechen?

Auch Mangold trat wieder auf den Plan.

Er glaubte, seine Zeit sei gekommen. Schwarzenbach sei schon immer anfällig für politische Schwärmerei gewesen, sagte er.

Die Leute, die ihn verdächtigen, haben mehr Macht als er, denkt Rita. Und Schwarzenbach, als habe er ihren Gedanken erraten, sagt: »Sollen sie ruhig noch ein paar Versammlungen machen und über mich schimpfen. Ich werde daran denken, wie gierig Sie nach Aufrichtigkeit sind. Ich werde sagen: Jawohl, wir haben eine besondere Lage. Zum erstenmal sind wir reif, der Wahrheit ins Gesicht zu sehen. Das Schwere nicht in leicht umdeuten, das Dunkle nicht in hell. Vertrauen nicht mißbrauchen. Es ist das Kostbarste, was wir uns erworben haben. Taktik – gewiß. Aber doch nur Taktik, die zur Wahrheit hinführt.

Sozialismus – das ist doch keine magische Zauberformel. Manchmal glauben wir, etwas zu verändern, indem wir es neu benennen. Sie haben mir heute bestätigt: Die reine nackte Wahrheit, und nur sie, ist auf die Dauer der Schlüssel zum Menschen. Warum sollen wir unseren entscheidenden Vorteil freiwillig aus der Hand legen?«

»Nicht doch«, sagt Rita fast erschrocken. »Sie legen zuviel in meinen Bericht hinein.«

Schwarzenbach lacht. »Ich habe Sie schon verstanden«, sagt er.

Er ist jetzt doch aufgestanden. Vor dem Fenster wird es schon dunkel. Eine Krankenschwester kommt den Gang entlang und knipst die Lampen an. Sie sieht zu ihnen herein, nickt und geht dann wieder. Sie hören jetzt beide die Stille in dem großen Haus. Schließlich sagt Schwarzenbach: »Bringen Sie mich zum Bus?«

Rita antwortet nicht. Sie hat seine Frage nicht gehört.

»Jetzt müssen wir Wein trinken, nicht?« sagte Manfred. Rita nickte. Sie sah zu, wie er der abgehetzten Kellnerin die Flasche aus der Hand nahm und selbst eingoß. Der Wein war grünlich-gelb, er hatte seinen Duft und seine herbe Leichtigkeit schon in der Farbe. Mondwein, dachte sie. Nachtwein, Erinnerungs-wein...

»Worauf trinken wir?« fragte er. Da von ihr keine Antwort kam, hob er sein Glas. »Auf dich. Auf deine kleinen Irrtümer und ihre großen Folgen.«

»Ich trink auf gar nichts«, sagte sie. Sie trank auf gar nichts mehr.

Als die Flasche leer war, verließen sie das Café, das immer noch von der Familie des Eifrigen beherrscht wurde. Sie gingen die Straße hinunter bis an einen großen runden Platz, der, fernab vom Verkehr, um diese Zeit fast einsam war. Sie blieben an seinem Rand stehen, als scheuten sie sich, seine Ruhe zu verletzen. Eine merkwürdige, aus vielen Farben gemischte Tönung, die über dem Platz lag, lenkte ihre Blicke nach oben. Genau über ihnen verlief, quer über dem großen Platz, die Grenze zwischen Tag- und Nachthimmel. Wolkenschleier zogen von der schon nachtgrauen Hälfte hinüber zu der noch hellen Tagseite, die in unirdischen Farben verging. Darunter – oder darüber? – war Glasgrün, und an den tiefsten Stellen sogar noch Blau. Das Stückchen Erde, auf dem sie standen –

eine Steinplatte des Bürgersteigs, nicht größer als ein Meter im Quadrat – drehte sich der Nachtseite zu.

Früher suchten sich Liebespaare vor der Trennung einen Stern, an dem sich abends ihre Blicke treffen konnten. Was sollen wir uns suchen?

»Den Himmel wenigstens können sie nicht zerteilen«, sagte Manfred spöttisch.

Den Himmel? Dieses ganze Gewölbe von Hoffnung und Sehnsucht, von Liebe und Trauer? »Doch«, sagte sie leise. »Der Himmel teilt sich zuallererst.«

Der Bahnhof war nahe. Sie gingen durch eine schmale Seitenstraße und hatten ihn vor sich. Manfred blieb stehen. »Dein Koffer!« Er sah, daß sie nicht mehr zurückgehen würde. »Ich schick ihn dir.« Alles, was sie brauchte, hatte sie in der Handtasche.

Sie kamen in den dicksten Abendverkehr. Sie wurden gestoßen, gedrängt, auseinandergetrieben. Er mußte sie festhalten, um sie nicht jetzt schon zu verlieren. Er umspannte mit der Hand leicht ihren Oberarm und schob sie vor sich her. Keiner sah das Gesicht des anderen, bis sie in der Bahnhofshalle stehenblieben.

Was jetzt nicht beschlossen war, konnten sie nicht mehr beschließen. Was jetzt nicht gesagt war, konnten sie nicht mehr sagen. Was sie jetzt nicht voneinander wußten, würden sie nicht mehr erfahren.

Ihnen blieb nur dieser schwerelose, blasse, nicht mehr von Hoffnung und noch nicht von Verzweiflung gefärbte Augenblick.

Rita nahm ein Fädchen von seiner Jacke. Ein Blumenverkäufer, der genau studiert hatte, wann man abschiednehmende Liebespaare stören darf, trat an sie heran. »Ein Sträußchen gefällig?« Rita schüttelte hastig den Kopf. Der Mann zog sich zurück. Man lernte nie aus.

Manfred sah auf die Uhr. Ihre Zeit war genau bemessen. »Geh jetzt«, sagte er. Er ging mit ihr bis zur Sperre. Da blieben sie wieder stehen. Rechts zog der Strom zum Bahnsteig hoch an ihnen vorbei, links der Strom zurück in die Stadt. Sie konnten sich auf ihrem Inselchen nicht lange halten. »Geh«, sagte Manfred.

Sie sah ihn weiter an.

Er lächelte (sie soll ihn lächeln sehen, wenn sie an ihn denkt). »Leb wohl, braunes Fräulein«, sagte er zärtlich. Rita legte ihren

Kopf eine Sekunde lang an seine Brust. Noch Wochen später fühlte er den federleichten Druck, wenn er die Augen schloß.

Sie mußte dann wohl durch die Sperre und die Treppe hinaufgegangen sein. Sie muß mit einer Bahn gefahren sein, die sie zum richtigen Bahnhof brachte. Sie wunderte sich nicht, daß nun alles leicht und schnell ineinandergriff. Ihr Zug stand schon da, wenig besetzt. Ohne Hast stieg sie ein, nahm Platz, und da fuhren sie schon. So mußte es sein.

Das geringste Hindernis zu überwinden, irgendeinen noch so unwichtigen Entschluß zu fassen, wäre jetzt über ihre Kraft gegangen.

Sie schlief nicht, aber sie war auch nicht voll bei Bewußtsein. Das erste, was sie nach langer Zeit wahrnahm, war ein heller stiller Teich im dunklen Land. Der hatte das ganze bißchen Licht, das immer noch am Himmel war, auf sich gezogen und spiegelte es verstärkt zurück.

Merkwürdig, dachte Rita. Soviel Helligkeit bei soviel Dunkel.

30

Der Tag, an dem Rita in die rußerfüllte Stadt zurückkehrte, war kühl und gleichgültig. Ein Dutzendtag Anfang November, von der Abschiedswehmut des Herbstes genauso weit entfernt wie von der durchsichtigen Leichtigkeit des Winters. Das Mädchen zog – kaum verändert durch mehr als zweimonatige Abwesenheit – fast feierlich in ihre alte Behausung ein, als gälte es, einen längst gefaßten Beschluß zu erneuern oder ihn für immer zu bekräftigen.

Sie wußte, was hinter ihr lag, und sie wußte, was sie erwartete; das war die einzige, freilich unüberschätzbare Veränderung, die mit ihr vorgegangen war.

Es bedrückte sie nicht, daß sie allein durch die Straßen ging, niemanden kennend, jedermann unbekannt. Es war die lebhafte Stunde vor Mittag, kurz ehe die Geschäfte schließen. Sie staunte doch über den Tumult in den Hauptstraßen. Sie hatte kaum den Mut, darin unterzutauchen. Ihre Sinne würden Zeit brauchen, sich wieder an grelle Geräusche, Farben, Gerüche zu gewöhnen. Also diesen Lärm und dieses Gedränge hielten die Leute ihr Leben lang aus? Sie lächelte über sich selbst, über ihre Dorfmädchengedanken. Vielleicht schon morgen wird sie die Stadt wieder mit den Augen des Stadtbewohners ansehen. Aber einmal hat sie sie so gesehen wie heute, in diesem harten Licht, grell und stark. Eine Spur davon wird immer in ihr sein.

Sie hat schlimme Tage durchgemacht, das ist nicht zuviel gesagt. Sie ist gesund. Sie weiß nicht – wie viele von uns es nicht wissen – welche seelische Kühnheit sie nötig hatte, diesem Leben Tag für Tag neu ins Gesicht zu sehen, ohne sich zu täuschen oder täuschen zu lassen. Vielleicht wird man später begreifen, daß von dieser seelischen Kühnheit ungezählter gewöhnlicher Menschen das Schicksal der Nachgeborenen abhing – für einen langen, schweren, drohenden und hoffnungsvollen geschichtlichen Augenblick.

So steht Rita wieder am Fenster ihrer Mansarde. Mit gewohnten Handgriffen schiebt sie den Vorhang beiseite, öffnet das Fenster (ah, dieser Geruch nach Herbst und Rauch!), stützt den Arm auf den oberen Fensterrahmen und legt den Kopf darauf: Eine Kette von eingelaufenen Bewegungen, an der sie, unvermeidlich, vor langer Zeit hier unterbrochene Gedanken wieder ans Licht zieht. Genau wie an jenem noch gar nicht so weit zurückliegenden Augusttag entdeckt sie wieder, daß die Weiden am jenseitigen Ufer alle vom langjährigen Wind in die gleiche Richtung gedrückt sind – landeinwärts –, und sie glaubt sogar den Pfiff der Lokomotive wieder zu hören, der sich damals in ihr Gehör einritzte.

Heute kommt ihr vor, sie habe dann den ganzen Tag lang nichts mehr hören können außer diesem Pfiff. Sie weiß noch, wie sie sich verfolgt glaubte von dem furchtbar gleichgültigen Blick irgendeiner unausweichlichen Instanz. Sie war damals keine drei Wochen von Manfred getrennt, und sie verstand: Nicht vor der Trennung, vor der stumpfen Wiederkehr des Alltags wichen die großen Liebespaare der Dichter in den Tod. Bleierne Nüchternheit lähmte ihre Glieder, schlug ihren Geist nieder, höhlte ihren Willen aus. Der Kreis der Gewißheiten, früher unermeßlich weit, verengte sich auf schmerzliche Weise. Vorsichtig schritt sie ihn ab, immer neuer Einstürze gewärtig. Was hielt stand?

Dieser Pfiff der Lokomotive zog alle Lebensmöglichkeit, die damals noch in ihr war, auf sich. Heute schreckt sie nicht mehr davor zurück, sich einzugestehen, daß es kein Zufall war, wann sie endlich zusammenbrach, und wo. Sie sieht die zwei schweren, grünen Wagen noch heranrollen, unaufhaltsam, ruhig, sicher. Die zielen genau auf mich, fühlte sie, und wußte doch auch: Sie selbst verübte einen Anschlag auf sich. Unbewußt gestattete sie sich einen letzten Fluchtversuch: Nicht mehr aus verzweifelter Liebe, sondern aus Verzweiflung darüber, daß Liebe vergänglich ist wie alles und jedes.

Deshalb weinte sie, als sie aus der Ohnmacht erwachte. Sie wußte, daß sie gerettet war und weinte. Heute empfindet sie fast Abneigung, sich in jenen krankhaften Gemütszustand zurückzuversetzen. Indem sie die Zeit ihre Arbeit tun ließ, hat sie die ungeheure Macht zurückgewonnen, die Dinge beim richtigen Namen zu nennen.

Rita tritt vom Fenster zurück und macht sich daran, ihren Koffer auszupacken. Sie nimmt ein Stück nach dem anderen in die Hand und breitet alles im Zimmer aus. Manches gefällt ihr plötzlich nicht mehr. Sie hat noch Geld von ihrer Arbeit im Werk. Sie wird morgen gehen und sich einen Rock kaufen und ein paar Blusen nach dem Schnitt, der jetzt modern ist. Sie wird Marion mitnehmen, um keinen Fehler zu machen.

Sie greift nach dem Handspiegel, der unten im Koffer liegt. Sie hockt sich auf den Bettrand, hält den Spiegel so, daß er genug Licht hat, und blickt aufmerksam hinein. Ich hab zu lange in keinen Spiegel gesehen, denkt sie. Das macht häßlich. Das soll nicht wieder vorkommen. Sie streicht sich über die Brauen. Daran läßt sich wirklich nichts bessern. Sie prüft die Augenwinkel. Die Tränen haben keine Spur zurückgelassen. Sie sieht ihr Gesicht an, Zentimeter für Zentimeter, die Wangenlinien, das Kinn. Unbewußt beginnt sie zu lächeln. Der Ausdruck in den Augen, der ihr neu ist, bleibt. Hierhin hat sich die Erfahrung zurückgezogen.

Sie ist, das sieht sie, immer noch jung.

Sie hat überhört, daß jemand die Treppe hochgestiegen ist und vorsichtig die Klinke heruntergedrückt hat. Erst als Herr Herrfurth in der Tür steht, blickt sie auf. In der ersten Regung will er sich zurückziehen – er hat nicht gedacht, sie jetzt schon anzutreffen –, aber dann streckt er wie einen Ausweis hastig einen Zettel vor, den er ihr hatte auf den Tisch legen wollen. Außerdem hat er Kleopatra mitgebracht, in einem Pappkarton. Das Tier habe die Abwesenheit seiner Besitzerin ohne Schaden überstanden.

Der Zettel ist von Meternagel. Rita liest: »Komm mich besuchen, wenn Du wieder da bist. Bin krank. Liege zu Hause.«

»Der Mensch ist fertig«, sagt Herr Herrfurth. »Man hat ihn wieder zum Meister gemacht. Also war er doch am Ziel seiner Wünsche. Also hätte er doch Ruhe geben können. Statt dessen hat er weitergewütet. Er hat es so weit getrieben, daß man ihn im Krankenwagen aus dem Betrieb fuhr.«

Wenn das wahr ist, muß ich sofort zu ihm gehen.

Rita nimmt Herrn Herrfurth die Schildkröte ab und stellt sie in ihre Ecke. Sie nimmt ihren Koffer vom Stuhl. »Setzen Sie sich doch«, sagt sie.

Herr Herrfurth will sie nicht aufhalten, aber er ist so frei.

Wie er so dasitzt, mag er auch lange Zeit in keinen Spiegel mehr gesehen haben. Wenn man ihn früher gekannt hat, sind die kleinen Zeichen beginnender Verwahrlosung unübersehbar. Und auch Tränen, die man ein Leben lang nicht aufkommen läßt, hinterlassen Spuren.

Nach einer Weile sagt Rita: »Ich werde jetzt Miete zahlen für das Zimmer.«

Herr Herrfurth fährt auf. Das wäre das Letzte! Niemals würde er von einem Menschen, der fast... Also jedenfalls, sie solle ihn nicht beleidigen.

Es sei ihr aber lieber, sagt Rita. Herr Herrfurth sinkt wieder in sich zusammen.

»Sie sind – verzeihen Sie meine Offenheit – ein merkwürdiger Mensch«, sagt er. »Auch meiner verstorbenen Frau war vieles an Ihnen unverständlich. Gewiß: Auch sie hatte ihre Eigenheiten... Ich nahm Sie rückhaltlos in unsere Familie auf, das kann ich von mir sagen. Anscheinend gelang es mir nicht, die gleichen Gefühle in Ihnen zu erwecken.«

Rita begreift, daß Herr Herrfurth in der Art schwacher Menschen einen Zuhörer für seine unentwegt funktionierende Wahrheitsummünzung braucht. Einmal, in jener Nacht, vor dem Tod seiner Frau, hat sie ihn aufrichtig gesehen, aufrichtig vernichtet. Das hat er nicht lange durchgehalten.

Er habe geglaubt, sagt er, zwischen ihr und Manfred käme alles wieder in Ordnung: An jenem Sonntag, sie wisse schon, als sie plötzlich verreiste. Er habe wieder Hoffnung geschöpft. Denn wer könne ihm nachempfinden, was es heiße, mit einem Schlag Frau und Sohn zu verlieren?

Seit wann war dein Sohn nicht mehr dein Sohn? denkt Rita. Aber sie schweigt.

»Ihre Rückkehr«, sagt Herr Herrfurth, »ist mir, offen gestanden, bis heute ein Rätsel. Sie mögen mich altmodisch nennen;

aber zu meiner Zeit war die Liebe romantischer. Und unbedingter. Ja, das auch.«

Rita denkt an das Hochzeitsbild dieses Mannes und schweigt. Was kann man da tun als schweigen?

Herr Herrfurth deutet ihr Schweigen falsch. »Denken Sie nicht«, sagt er beschwörend, »daß ich meine Kenntnis von Ihrem Berlin-Ausflug zu Ihrem Schaden mißbrauchen werde!«

Rita sieht ihn an. Nein, das denkt sie nicht von ihm. Herr Herrfurth kann sich beruhigen. Aber seine Unruhe ist nicht gleich zu dämpfen. Sie treibt ihn zu einer neuen Frage.

»Warum hat mein Sohn mich gehaßt?« fragt er.

Rita sah ihn überrascht an. Will er es wirklich wissen? Ach nein. Er will sich beklagen über seine unverdiente Alterseinsamkeit. Dieser Mann ist ein für allemal unbrauchbar für die Wahrheit.

Herr Herrfurth fährt fort, sich seinen Kummer von der Seele zu reden. »Sehen Sie«, sagt er. »Jeder Mensch hat das Recht auf Irrtum. Wie soll man vorher wissen, ob man auf das falsche Pferd setzt? Hinterher ist es leicht, den Älteren ihre Irrtümer vorzuwerfen! Liebes Fräulein Rita – ich kenne das Leben. Die Söhne wiederholen immer die Fehler ihrer Väter. Und am Ende fahren wir doch alle auf die gleiche Weise in die Grube.«

Da er, seit neuestem, den Ekel am Leben kennt, glaubt er, das Leben zu kennen.

»Er haßt Sie nicht mehr«, sagt Rita. »Wirklich nicht.« Solche Väter haben auch Kinder, man kann es ihnen nicht verbieten. Ich werde die Kinder vor diesen Vätern schützen.

Herr Herrfurth fühlt, daß er gehen muß. Er erhebt sich leicht ächzend. Schicksalsschläge nehmen einen Menschen mit. Er ist ein schwergeprüfter Mann, aber er steht über den Dingen. Er gibt dem Mädchen, das ihn in jugendlichem Starrsinn nicht verstehen will, resigniert die Hand. Unten in seiner großen leeren Wohnung wird ihn wieder der Jammer packen. Aber für eine Minute ist er noch Herr Herrfurth – ein Mann, der auf sich hält.

Ehe er geht, fällt ihm noch etwas ein. Er habe neulich Herrn Schwabe getroffen – Herrn Rudi Schwabe, sie wisse schon: den persönlichen Referenten des Studentendekans, den er als alten Freund seines Sohnes natürlich gut kenne. Kein übler Mensch. Er habe wohl Schwierigkeiten bekommen wegen Manfred. Er würde jedenfalls viel darum geben, gewisse

Schroffheiten heute zurücknehmen zu können. (Rita erinnert sich: »Dein Freund? Wir müssen ihn leider exmatrikulieren...« Was tut einer, der einsieht, daß er solche Sätze zu Unrecht gesagt hat?) Herr Herrfurth sagt: »Da sehen Sie's: Von solchen Zufällen – ob einer gut oder schlecht gelaunt ist in einem bestimmten Moment – hängen heutzutage Schicksale ab.«

Der Rudi Schwabe. Den sie damals in der Professorgesellschaft herumgescheucht haben wie einen dummen Hund. Ob er inzwischen wirklich was begriffen hat? Oder marschiert er nur unverdrossen und unverändert nach einer neuen Losung?

Aber sie sagt etwas anderes. Als habe sie die ganze Zeit an nichts anderes gedacht, fragt sie: »Und Rolf Meternagel? Hat man den Zufall, der ihn damals seine Meisterstelle kostete, aus seinen Akten gestrichen?«

»Ich bitte Sie!« sagt Herr Herrfurth freundlich, glatten Gesichts. »Dreitausend Mark! Eine Lappalie!« Dann geht er endgültig.

Rita macht sich auf den Weg zu Rolf Meternagel, der schon wieder – zum wievielten Mal in seinem Leben! – am Boden liegt. Man kann sich ja ausrechnen, wie oft ein Mensch sich aufrappelt, der niemals in einer windstillen Ecke gestanden und mit Krämermiene dem Leben die offene Hand hingehalten hat: Ich nehme. Der nie kleinlich sein Guthaben nachgerechnet, der seinen Schuldnern immer großzügig gestundet hat, der mit seinem einzigen Besitz – der Kraft, tätig zu sein – nicht geknausert hat, als sei er unerschöpflich.

Rita vergißt nicht, wie Herbert Kuhl, Meternagels alter Widersacher, ihn Woche um Woche beobachtet hat. Als noch keiner wußte, welche Folgen seine erneute Forderung, mehr zu produzieren, für die Brigade haben würde, als alle ihn mieden wie einen, der einen Bazillus mit sich herumschleppt, reizte Herbert Kuhl ihn noch besonders durch höhnische Bemerkungen. Manchmal sah es aus, als würden sie sich schlagen. Dabei hatte Kuhl einen neuen Zug von Spannung in seinem Gesicht, der nichts mehr mit seiner früheren Kälte zu tun hatte. Er schien sich gegen diese Spannung, die ihn ganz ergriff, zu wehren, aber er wurde sie nicht mehr los. Bis er wohl beschlossen hatte, sich gewaltsam von ihr zu befreien – so oder so. Am Morgen, nachdem er und Kurt Hahn, ein Neuer, jeder vierzehn Fensterrahmen in der Nachtschicht eingebaut hatten, war sein Gesicht kälter und höhnischer denn je. Lauernd sah er Meternagel an: Worum ging es hier? Ging es darum, mehr zu leisten, oder ging es um den Erfolg eines einzelnen – Meternagels? War etwas an diesem Menschen, oder schindete auch er sich nur für sich selbst?

Meternagel schwieg, drei Tage lang. Drei Nächte bauten Kuhl und Hahn vierzehn Fenster pro Schicht. Drei Tage lang lieferten alle anderen nicht mehr als zehn.

Es zeigte sich, daß Rolf Meternagel mehr aushielt als Herbert Kuhl. Am vierten Morgen – die Brigade wollte gerade wieder mit steifem Nacken an den beiden Normbrechern der Nachtschicht vorübergehen, blieb Herbert Kuhl hart vor Meternagel stehen. Alle anderen, die in dem engen Gang zwischen Wagen und Wand nicht an den beiden vorbeikonnten, stauten sich hinter ihnen auf.

»Na, was ist?« fragte Kuhl herausfordernd.

»Was soll denn sein?« entgegnete Meternagel ihm freundlich.

»Ich werde auch morgen und übermorgen in jeder Schicht vierzehn Fenster bauen«, sagt Kuhl.

»Bravo!« sagte Meternagel.

»Das ist dir wohl nicht recht, daß einer wie ich damit angefangen hat?« fragte Herbert Kuhl.

»Du bist vernagelt«, erwiderte Meternagel, immer noch mit der gleichen wachsamen Freundlichkeit. »Aber ich wüßte gerne: Warum tust du das?«

Kuhl sah aus, als wollte er sich auf Rolf stürzen. Vielleicht wäre es auch so weit gekommen, wenn Meternagel nur für eine Sekunde seinen ruhigen, freundlichen Blick aus Kuhls Augen gelöst hätte. Aber er tat es nicht. Er hielt Herbert Kuhl, den noch niemand so erregt gesehen hatte, mit seinem Blick im Zaum.

»Das glaub ich«, sagte Kuhl gefährlich leise. »Jeder andere kann weniger tun: Er ist ein Held. Bei mir fragst du bloß: Warum tust du das? Warum bei mir? Weil ich Leutnant war? Jawohl: Ich war es mit ganzer Seele. Ich hab niemals was halb getan. Jawohl, wenn ihr es hören wollt: Hätte man damals Menschen vor mich hingestellt und mir befohlen: Erschieß sie! – ich hätte sie erschossen. Ohne Gewissensbisse danach. Der Unterschied zwischen mir und den meisten ist bloß: Ich sag das. Und ihr schweigt lieber darüber. Jawohl, ich sag es: Aus jedem Menschen kann man einen Schweinehund machen. – Na und? Was starrt ihr mich so an?«

»He!« sagte Meternagel mit seiner Alltagsstimme. »Komm

zu dir. Du widersprichst dir ja selber. Nun wolltest du dir sechzehn Jahre lang beweisen, daß du ein Schwein bist, und auf einmal machst du dir selber einen Strich durch die Rechnung...« Er lachte leise, um die Blicke der anderen auf sich zu lenken.

Sie vermieden alle, Kuhl jetzt ins Gesicht zu sehen. Er war sehr erschöpft wie nach einer Arbeit, die weit über seine Kraft gegangen war. Seine Wangenmuskeln zuckten. Noch verzieh er sich diese Niederlage nicht. Er sprach kein Wort mehr. Rita war nicht sicher, ob er überhaupt verstand, was gesprochen wurde.

Horst Rudolf, der schöne Mann der Brigade, der vor Ritas Augen in vierzehn Minuten einen Rahmen eingebaut hatte und auf ein Auto sparte, begehrte auf. »Bei uns kommt jeder auf sein Geld«, sagte er. »Warum? Aus Kameradschaft. Ich arbeite nicht mit Leuten, die uns in den Rücken fallen. Ich oder die!«

»Das täte mir aber leid um dich«, sagte Meternagel sanft.

»Wir können nicht mehr zurück«, sagte bedrückt der alte Karßuweit. »Wenn man so weit gegangen ist, kann man nicht mehr zurück. Das könnt ihr mir ruhig glauben.« Er hielt unerschütterlich an den Erfahrungen aus seiner Gutstischlerzeit fest.

Sie schwiegen. Jeder fragte sich: *Wollen* wir denn noch zurück? Zurück zu den Rechenmanövern von Ermischs Bleistift?

Meternagel tat, als wolle er solche Fragen überhaupt nicht aufkommen lassen. »Ich weiß nicht, ob ihr es gemerkt habt«, sagte er. »Mir kommt es vor, es riecht augenblicklich ziemlich brenzlig. Da kommt etwas auf uns zu. Kann sein, wir können mit ein paar Normstunden, die wir abgeben, den Brand mit zudecken helfen. Das ist nicht so absurd, wie es scheint. Was aber, wenn man es wirklich von uns verlangt? Dann sagen wir: Laßt uns in Ruhe, bei uns kommt jeder auf sein Geld.« Er sah Günter Ermisch an, offen, zupackend. Der hatte seit Wochen gerade auf diesen Blick gewartet. Er wurde glutrot.

»Wofür hältst du uns!« sagte er, halb erstickt vor Erregung. »Du denkst, weil wir dich einmal betrogen haben, betrügen wir immer weiter? Jawohl, wenn du es wissen willst: Wir haben dich damals mit den dreitausend Mark übers Ohr gehauen. Natürlich hab ich gewußt, daß es diese verdammten Arbeitsgänge, die ich da immer noch abrechnete, überhaupt nicht mehr gab. Das haben die meisten gewußt. Du hast deinen Posten verloren, gut. Aber sind wir deshalb für alle Zeiten Halunken?«

Meternagel war so blaß geworden, daß Rita Angst um ihn bekam. Ihm lag nichts daran, die Stille in die Länge zu ziehen. Die großen Stunden in seinem Leben machte er immer nebenbei ab.

Er bückte sich nach seiner abgewetzten Tasche. Er sagte: »Versammlungen soll man nicht unnötig in die Länge ziehen.«

Als sie gehen wollten, kam Ernst Wendland dazu. Er sprach Ermisch an. »Uns fehlen Tischler«, sagte er. »Kriegen wir nun von euch mehr Rahmen oder nicht?« »Vielleicht«, sagte Ermisch. Ihm saß dieser Tag in den Knochen.

»Vielleicht ist Romanstil«, erwiderte der Werkleiter. »Nicht doch«, sagte Meternagel. Er sah Wendland wartend an. »Du weißt doch: Wenn eine Jungfer vielleicht sagt...«

Wendland verstand. Er lachte und bot allen Zigaretten an. »Du hast's gut«, sagte er zu Ermisch. »Berühmter Brigadier wird man leichter als berühmter Werkleiter.«

»Aber man bleibt's nicht so leicht«, sagte Ermisch.

Sie lachten und klopften ihm auf die Schulter: Ein wahres Wort!

Beklommen klopft Rita an Meternagels Tür. Kann ein Mann sich in acht Wochen sehr verändern?

Wie immer öffnet seine Frau. Ihr Gesicht erhellt sich, als sie Rita erkennt. »Er schläft«, sagt sie. »Aber Ihretwegen kann ich ihn wecken.« In der Tür zum Schlafzimmer dreht sie sich noch einmal um. »Lassen Sie es ihn nicht merken, wenn sie erschrecken sollten...«

Die Warnung war nötig. Rita verbirgt beim Eintreten ihren Schreck unter einem Lächeln. »Na«, sagt sie. »Wer hat dir gesagt, daß du mich ablösen sollst?«

Er sieht ihr an, daß sie nicht darauf vorbereitet ist, einen schwerkranken Mann zu finden, aber er geht darüber hinweg. Er kann immer nur eines auf einmal tun: Den Kopf anheben oder lächeln oder sprechen. Er machte das alles der Reihe nach. Sein Lächeln ist das einzige, was sich in seinem Gesicht nicht verändert hat. Es macht ihn noch fremder.

»Setz dich, Mädchen«, sagt er. Ja, ihn hat es erwischt: Herz und Nieren und Kreislauf, und weiß der liebe Himmel was sonst noch alles. Er wird zur Kur fahren, damit sie ihn wieder zusammenflicken.

»Und wer vertritt dich als Meister?« fragt Rita.

Nein, sagt Rolf. Das habe keinen Sinn, sich etwas vorzumachen. Meister wird er nicht mehr werden. Der Ermisch ist sein Nachfolger.

Was soll man dazu sagen? Sie sehen sich an. Rita gibt es auf, sich zu verstellen. Sie merken beide gleichzeitig, daß sie sich nun lange genug kennen für aufrichtige Gespräche über alles. Ein Jahr und ein halbes. Länger ist es nicht her, daß sie, ein unfertiges Ding, hinter diesem Mann da ängstlich durch den Betrieb gelaufen ist, keines größeren Unglücks gewärtig, als in seinen Augen zu versagen.

Rolf sagt: »Wenn man immer vorher wüßte, was alles noch auf einen zukommt... Es gab Zeiten, da dacht ich: Nun kann dir nichts mehr passieren. Nun schmeißt dich überhaupt nichts mehr um.«

»Denk das ruhig«, sagt Rita. »Dich schmeißt ja nichts um.«

Sie lachen. Frau Meternagel steckt den Kopf herein. Sie ist zufrieden. Sie hat sich gleich gedacht, daß dieser Besuch ihrem Mann guttun wird. Sie lädt Rita ein, im Wohnzimmer mit ihr Kaffee zu trinken.

Der Kaffee ist dünn. Rita kennt das Zimmer nur, wenn Meternagel in seinem Fensterstuhl sitzt. Ohne ihn und ohne den Qualm seiner Zigarette ist das Zimmer leer. Heute merkt sie, wie abgewetzt das Sofa ist, und daß ein Teppich fehlt.

Meternagels Frau ist froh, wenn sie mit einem Menschen ihre Sorgen besprechen kann. Ihm, ihrem Mann, sagt sie seit langem nichts mehr davon. »Er ist nicht wie andere Menschen«, sagt sie mutlos. »Ich habe ja mitangesehen, wie er sich kaputtgemacht hat. Andere haben sich einen Fernseher und einen Kühlschrank hingestellt und ihrer Frau eine Waschmaschine. Wissen Sie, was er mit seinem Geld macht, seit die Mädels unsere Hilfe nicht mehr brauchen? Er spart es. Er denkt, ich weiß nicht, wofür. Aber ich weiß: Er will die dreitausend Mark zurückgeben, die er damals zuviel ausgezahlt hat. Er ist verrückt, er ist wirklich verrückt. Fehlen denn so einem Betrieb dreitausend Mark? Mir fehlen sie.«

Rita trinkt ihren dünnen Kaffee. Sie ißt ein paar Bissen Brot dazu. Die Frau hat er geheiratet, als sie Dienstmädchen war und er Geselle. Sie kannten sich schon als Kinder vom gleichen Hinterhof. Das Haus, in dem sie aufwuchsen, steht noch. Rita hat es sich angesehen. »Wo es so sauber ist, herrscht keine Armut«, sagte die Fürsorgerin und ließ Meternagels Mutter mit ihren fünf Kindern ohne Unterstützung. Das Mädchen, das später Rolfs Frau wurde, kam öfter herüber und räumte auf, wenn seine Mutter waschen ging. Sie waren alles Jungen, Rolf der Älteste.

Die Frau ist neben dem Mann alt geworden. Sie muß früher hübsch gewesen sein. Er hat sie immer gezwungen, den Groschen umzudrehen. Ihr Gesicht ist jetzt schlaff und ergeben. Sie hat ein Kleid an, das vor fünf Jahren modern war.

Auch die Frau wird er hinter sich hergezogen haben, er hat nie etwas darüber gesagt. Wie lange reichen die Kräfte eines Menschen?

»Sie können sich nicht vorstellen, was Ihr Mann leistet«, sagt Rita, unfähig, die richtigen Worte zu finden, um die Frau zu trösten. »Wie sie ihn alle schätzen. Ohne ihn kommt man überhaupt nicht aus.«

»Ich weiß schon«, sagt sie still. »Er muß so sein, wie er ist.«

Als Rita noch einmal zu Rolf Meternagel geht, schläft er schon wieder. Sie scheut sich, in sein erschöpftes Gesicht zu sehen. Sie zieht die Tür hinter sich zu.

Der Tag, der erste Tag ihrer neuen Freiheit, ist fast zu Ende. Die Dämmerung hängt tief in den Straßen. Die Leute kommen von der Arbeit nach Hause. In den dunklen Häuserwänden springen die Lichtvierecke auf. Nun beginnen die privaten und öffentlichen Zeremonien des Abends – tausend Handgriffe, die getan werden, auch wenn sie am Ende nichts anderes bewirken als einen Teller Suppe, einen warmen Ofen, ein kleines Lied für die Kinder. Manchmal blickt ein Mann seiner Frau nach, die mit dem Geschirr aus dem Zimmer geht, und sie hat nicht gemerkt, wie überrascht und dankbar sein Blick ist. Manchmal streicht eine Frau einem Mann über die Schulter. Das hat sie lange nicht getan, aber im rechten Moment fühlt sie: Er braucht es.

Rita macht einen großen Umweg durch die Straßen und blickt in viele Fenster. Sie sieht, wie jeden Abend eine unendliche Menge an Freundlichkeit, die tagsüber verbraucht wurde, immer neu hervorgebracht wird. Sie hat keine Angst, daß sie leer ausgehen könnte beim Verteilen der Freundlichkeit. Sie weiß, daß sie manchmal müde sein wird, manchmal zornig und böse.

Aber sie hat keine Angst.

Das wiegt alles auf: Daß wir uns gewöhnen, ruhig zu schlafen. Daß wir aus dem vollen leben, als gäbe es übergenug von diesem seltsamen Stoff Leben.

Als könnte er nie zu Ende gehen.

Erich Loest
im dtv

Foto: Isolde Ohlbaum

**Es geht seinen Gang
oder Mühen in unserer Ebene**

Ein Mann verweigert sich dem
Leistungsdruck seiner Gesellschaft
und seiner Familie. Ein DDR-
Roman von souveränem Format,
für das ZDF verfilmt. dtv 10430

Völkerschlachtdenkmal

Carl Friedrich Fürchtegott Vojciech
Felix Alfred Linden wird vom
DDR-Staatssicherheitsdienst ver-
haftet, weil er versucht hat, das
Völkerschlachtdenkmal zu
sprengen. Sein anschließender Auf-
enthalt in einer psychiatrischen
Klinik gibt ihm auf groteske Weise
Gelegenheit, den Ärzten Glanz
und Elend der Leipziger Geschichte
darzulegen. dtv 10756

Schattenboxen

Gert Kohler wird nach zweieinhalb Jahren aus dem Gefängnis
entlassen. Doch die Freiheit sieht
längst nicht so rosig aus, wie er sie
sich in seiner Zelle erträumt hatte.
Vor allem gibt es da den kleinen
Jörg, das Kind seiner Frau, das
während der Haftzeit geboren
wurde und dessen Vater ein anderer
ist. dtv 10853

Zwiebelmuster

Hans-Georg Haas und seine Frau
Kläre, beide in der SED, haben
ihre Kinder sozialistisch erzogen
und sind »gesellschaftlich aktiv«.
Deshalb ist es ihr gutes Recht,
so glauben sie, sich um »das größte
Privileg, das die DDR zu vergeben
hat«, zu bemühen: eine Reise in
den Westen. Doch wider Erwarten
gibt es Probleme ... dtv 10919

Froschkonzert

In einer kleinen Provinzstadt hat es
eine junge Lehrerin nicht leicht. Da
kann schon ein von einem Schüler
verschluckter Frosch zum Ver-
hängnis werden. Eine erfrischende
Satire auf bundesdeutsche Kräh-
winkelei. dtv 11241

Durch die Erde ein Riß

Wer wissen will, wie die DDR wirklich war, der lese diese Autobio-
graphie eines deutschen Schrift-
stellers, der alles ganz hautnah
miterlebt hat. dtv 11318